KB178581

겐지이야기
3
物語

Translated by Kim Nan-Joo
Published by Hangilsa Publishing Co., Ltd., Korea, 2007.

「이 도서의 국립중앙도서관 출판시도서목록(CIP)은
e-CIP 홈페이지(http://www.nl.go.kr/cip.php)에서 이용하실 수 있습니다.
(CIP제어번호: CIP2006002696)」

겐지 이야기 3

◆무라사키 시키부 지음
◆세토우치 자쿠초 현대일본어로 옮김
◆김난주 한국어로 옮김
◆김유천 감수

한길사

겐지이야기 源氏物語 3

지은이 · 무라사키 시키부
현대일본어로 옮긴이 · 세토우치 자쿠초
한국어로 옮긴이 · 김난주
감수 · 김유천
펴낸이 · 김언호
펴낸곳 · (주)도서출판 한길사

등록 · 1976년 12월 24일 제74호
주소 · 10881 경기도 파주시 광인사길 37
www.hangilsa.co.kr
E-mail: hangilsa@hangilsa.co.kr
전화 · 031-955-2000~3 팩스 · 031-955-2005

제1판 제1쇄 2007년 1월 1일
제1판 제5쇄 2021년 8월 27일

값 12,000원
ISBN 978-89-356-5806-0 04830
ISBN 978-89-356-5814-5 (전10권)

내 옷은
하늘 선녀의 날개옷이 아니니
그 소매가 좁아
쓰다듬기도 모자랍니다
당신의 넓은 소맷자락으로
사랑스러운 이 아이를
어서 빨리 쓰다듬어주세요

겐지이야기 3

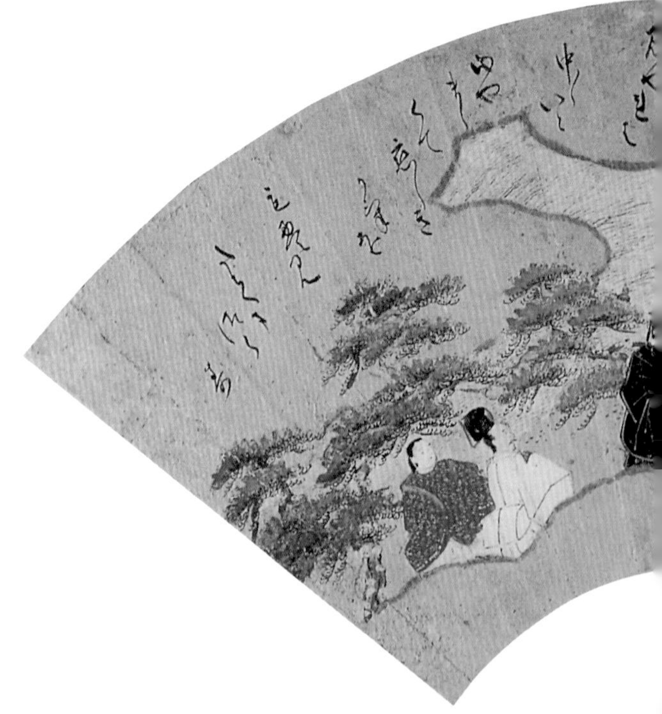

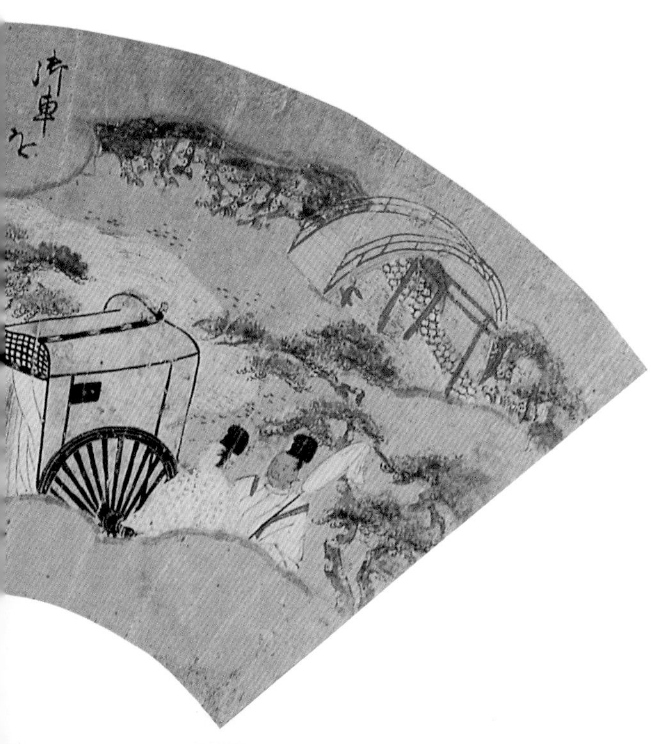

일러두기

- 이 책은 무라사키 시키부(紫式部)의 고전소설 『겐지 이야기』(源氏物語)를 세토우치 자쿠초(瀬戸内寂聴)가 현대일본어로 풀어쓴 것을 한국어로 옮긴 것이다.

- 처소명에 따라 붙여진 등장인물의 이름은 처소를 나타낼 땐 한자음으로 읽고, 인물을 가리킬 땐 소리 나는 대로 썼다. 따라서 동명이인이 많다.
  예1: 장소 승향전(承香殿); 인물 쇼쿄덴(承香殿) 여어.
  예2: 장소 여경진(麗景殿); 인물 레이케이덴(麗景殿) 여어.
  예3: 장소 홍휘전(弘輝殿); 인물 고키덴(弘輝殿) 여어.

- 산, 강, 절 이름은 지명과 한글을 혼합해서 달았다.
  예: 히에이 산(比叡山), 나카 강(那賀川), 기요미즈 절(清水寺).

- 거리, 건물, 직함명 등은 한자음 그대로 읽었다.
  예: 육조대로(六条大路), 이조원(二条 院), 자신전(紫宸殿), 여어(女御), 갱의(更衣), 대납언(大納言).

- 각 첩의 제목은 될 수 있는 대로 뜻으로 풀었다.
  첩명 해설은 자료를 바탕으로 옮긴이가 정리해 붙였다.
  예: 저녁 안개(夕霧), 밤나팔꽃(夕顔).

- 등장인물의 이름은 직함에 따라 한자음으로 읽은 경우와, 고유음 그대로를 살린 경우가 있다. 그밖에 인물의 특징을 잘 보여주는 경우에는 뜻을 살려서 달았다.
  예1: 중납언, 대보 명부; 예2: 고레미쓰; 예3: 검은 턱수염 대장, 반딧불 병부경.

- 이 책의 말미에 붙은 부록 중 '어구 해설'과 '인용된 옛 노래'는 다카기 가즈코(高木和子)가 작성한 것을 바탕으로 필요에 따라 첨삭했다. 본문에 풀어쓴 것은 생략하고, 필요에 따라 그 내용을 옮긴이가 보완하여 정리한 것이다.

- 일본 고유의 개념인 미카도(帝)는 이름 뒤에 올 때는 '제'로, 단독으로 쓰일 때는 '천황'과 '폐하'를 혼용했다.

스마

머나먼 도읍의 그리운 분이여
어찌 지내시는지요
외로운 스마의 해변을
홀로 헤매이는 이 몸
눈물로 지내는 날들이여

◆겐지

❁ 제12첩 스마(須磨)

'스마'(須磨)는 겐지가 도읍을 떠나 유적생활을 한 곳이다. 도읍을 떠난 겐지와 도읍에 남아 있는 여인들이 주고받은 편지에 '스마'라는 지명을 읊은 노래가 몇 수 있다.

세상이 어수선해지면서 겐지는 설자리가 없을 정도로 불편하고 껄끄러운 일만 많아졌습니다. 애써 모르는 척 평정을 가장하고는 있지만 당장이라도 보다 끔찍한 사태가 벌어질 것만 같은 느낌이었습니다.

유배라는 치욕스런 처벌을 받기 전에 차라리 스스로 도읍을 멀리 떠나는 것이 좋지 않겠나 싶은 생각도 들었습니다.

'이러한 때에 사람들이 번잡하게 드나드는 곳에 살 수야 없지. 그렇다고 도읍에서 너무 멀리 떠나면 도읍의 일이 오죽이나 마음에 걸릴꼬.'

스마란 곳은 옛날에는 사람들이 살았다 하나 지금은 사람의 발길이 완전히 끊겨 황폐하고 쓸쓸해져 어부들의 집조차 거의 없다는 풍문을 들었습니다. 이렇게 생각하니 겐지의 마음고생은 이만저만이 아닙니다.

지난날과 앞날, 이런저런 모든 것을 생각하니 슬픈 일이 실로 많았습니다. 참으로 싫고 괴로워 스스로 버린 세상이나, 막상 떠나려 하니 미련이란 굴레마저 내치기가 어려웠습니다. 특히 겐지와의 이별을 슬퍼하며 눈물로 날을 지새는 무라사키 부인이 가엾고 안쓰러워 안타깝기 그지없었습니다.

헤어져도 언젠가는 반드시 다시 만나리라 알고는 있지만, 겨우 하루 이틀 헤어져 지낼 때도 염려스러워 견딜 수가 없고 무라사키 부인도 불안한 마음 가누지 못하는데, 이번에는 몇 년이 지나야 돌아올지 알 수 없는 기약 없는 여행길입니다.

다시 만날 날을 약속한다 한들 행선지조차 알 수 없는 끝없는 여행길. 무상한 세상의 일이니 이대로 영원히 만날 수 없는 여행길이 되지는 않을까, 겐지 역시 처량하고 안타까운 마음 가누지 못합니다. 이렇게 애가 탈 것이라면 차라리 무라사키 부인을 은밀하게 대동할까 하는 생각도 하였습니다. 허나 그렇게 쓸쓸한 바닷가, 바닷바람이 아니면 들려주는 이조차 없는 곳에 사랑스러운 이를 데리고 가는 것은 합당하지 않은 일, 오히려 겐지에게는 고뇌의 씨앗이 될 터이니 데리고 가서는 안 된다고 마음을 고쳐먹었습니다.

"힘겨운 여행길이나 함께 데려가주신다면 한이 없겠습니다."

무라사키 부인은 이렇게 자기 마음을 넌지시 알리며 동행을 채근하고 한탄하였습니다.

하나치루사토는 좀처럼 찾아주지 않는 겐지이지만 그래도 그 비호 덕분에 불안하고 불편하나마 평온한 날을 보내고 있었습니다. 그래서 겐지가 멀리 떠난다는 소식을 듣자 더더욱 슬퍼지니, 그 또한 당연한 일이었습니다.

사소한 인연으로 잠시 밀회를 가졌던 분들 중에도 남몰래 마음을 끓이는 사람이 많았습니다.

출가한 후지쓰보는 자신을 위해서라도 조심해야 한다는 것을 잘 알고 있었으나, '세상 사람들이 얼마나 이러쿵저러쿵 말이 많을까' 하고 걱정하며 은밀히 문안 편지를 보냈습니다.

"옛날에도 이렇듯 서로 편지를 주고받으며 사랑을 나누고, 애정을 보여주셨더라면. 허나 우리 두 사람의 운명은 어쩌면 이리도 마음고생이 끝이 없을꼬."

겐지는 이렇게 옛날 일을 떠올리는 한편 괴로움에 견딜 수 없어하였습니다.

삼월 이십일이 지나 겐지는 도읍을 떠났습니다. 아무에게도 출발을 알리지 않고, 가까이 부리던 자들 일고여덟 명만을 데리고 사람 눈에 띄지 않게 소리 없이 출발하였습니다.

마음에 걸리는 여자들에게는 편지만 은밀히 전하였는데, 이런 와중에도 겐지를 애처로이 그리워하도록 갖은 표현을 썼을 터이니 그야말로 멋진 편지였겠지요. 허나 이때에는 슬픔에 정신을 가누지 못하여 자세한 얘기를 듣지 못하였습니다.

도읍을 떠나기 이삼 일 전, 겐지는 야음을 틈타 전 좌대신 댁을 찾았습니다. 양옆에 삿자리를 대어 여자의 수레인 양 허술하게 꾸민 채 문 안으로 들어가는 모습이 또 처량하기 그지없으니, 모든 것이 꿈만 같습니다.

돌아가신 아오이 부인의 방은 황량하고 적막합니다. 이렇게 오랜만에 찾아준 겐지가 반갑고 고마워 도련님의 유모와 이전부터 시중을 들던 시녀들이 모두 모여들었습니다. 겐지의 그 모습을 보고 세상 물정도 아직 모를 듯한 어린 시녀들까지 세상의 덧없고 무상함이 슬퍼 눈물지었습니다.

어린 도련님은 그런 것도 모르고 조잘거리며 돌아다닙니다.

"오래도록 보지 못하였는데도 나를 잊지 않았구나."

겐지는 도련님을 무릎에 앉히고는 측은한 마음에 눈물을 참지 못하였습니다.

좌대신이 나와 겐지와 마주 앉았습니다.

"따분하게 댁에 계시는 동안에 찾아 뵈어 옛날이야기라도 나눌까 생각하였으나, 병이 무겁다는 이유로 조정에도 나가지 않고 관직마저 반납한 마당에 사적인 일로는 함부로 행동한다 하여 세상 사람들이 말이 많을까 하여 사양하였습니다. 관직에서 물러난 지금에야 사람들의 말에 그리 신경 쓸 필요도 없는 몸이 되었으나, 무슨 일이든 혹독한 반응이 즉각 돌아오니 참으로 끔찍한 세상입니다. 이렇듯 겐지 님의 슬픈 운명을 뵈오니, 오래 사는 것이 원망스럽습니다. 정말이지 말세이옵니다. 천지가 뒤집힌들 이런 일을 상상할 수 있었겠습니까. 이런 비참한 모습을 뵈오니, 그저 세상만사에 염증이 날 뿐입니다."

좌대신은 이렇게 말하며 한없이 눈물을 흘렸습니다.

겐지는 좌대신에게 말하였습니다.

"모든 것은 전생의 업대로 정해져 있는 것이라 하니, 나의 운명이 박복한 것이겠지요. 죄가 그리 무겁지 않아 관직을 거두어들이지는 않으나 조정의 법도에 따라 근신하고 있는 자가 보통 사람들처럼 살아가는 것은 다른 나라에서도 중죄에 해당된다 들었습니다. 하물며 나를 유배에 처해야 한다는 의견도 있었다 하니 중죄임이 틀림없겠지요. 내 양심이 결백하다 하여 시치미 뗀 얼굴로 도읍에 남아 있는 것도 수월치 않은 일이니, 더 큰 모욕을 당하기 전에 스스로 이 도읍을 떠나고자 결심하였습니다."

좌대신은 옛날 일을 추억하며 돌아가신 선황의 일이며, 또 선황이 겐지의 앞날을 염려하여 남기신 유언 등을 얘기하며 하염없는 눈물로 소매를 적시고는 고개조차 들지 못합니다.

겐지도 그만 굳은 마음으로 대하지 못하고 눈물을 흘립니다. 아무것도 모르는 철없는 도련님만 시녀들에게 엉겨 붙는지라 그 모습이 가여워 어쩔 줄을 모릅니다.

"세월이 흘러도 죽은 딸을 잊지 못하여 지금도 슬픔에 겨운데, 만약 살아서 이 슬픈 일을 당하였다면 얼마나 한탄하였겠습니까. 일찍이 유명을 달리하여 이 악몽 같은 비운을 겪지 않은 것이 그나마 위로가 되옵니다. 허나 어린것이 어미도 없이 이 늙은 것들 사이에서 자라고 있는데, 아버지와 정들 새도 없이 오래 떨어져 있어야 한다고 생각하니 못내 아쉽고 슬프기 짝이 없습니다. 옛사람들은 실제로 죄를 지었을 때도 이렇듯 엄한 벌은 받지 않았습니다. 허나 역시 전생의 업 때문에 무고한 죄를 덮어쓴 예가 다른 나라에도 많았습니다. 그러나 그런 경우에도 주변에서 웅성거릴 만한 자초지종이 있어 무고죄가 성립한 것이었습니다. 사정이 그러하니, 이번 겐지 님의 일은 도무지 납득이 가지를 않사옵니다."

좌대신은 이렇게 많은 이야기를 하였습니다.

지금은 3위에 오른 두중장이 그 자리에 찾아와 밤이 늦도록 술잔을 기울였습니다. 겐지는 좌대신 댁에 머물기로 하고, 시녀들을 불러 모아 이런저런 이야기를 들었습니다.

다른 시녀들에 비하여 각별하게 정을 쏟았던 중납언이 속내를 털어놓지 못하고 울적해하는 모습을 보니 겐지도 가여운 생각이 들었습니다.

사람들이 모두 잠든 후 겐지는 중납언과 정답게 소곤소곤 이야기를 나누었습니다. 아마도 오늘 밤은 중납언을 위해 좌대신 댁에 머물기로 한 게지요.

다음날 아침, 날이 채 밝기도 전에 겐지는 좌대신 댁을 나섰습니다. 하늘에는 새벽달이 아름답게 떠 있었습니다.

벚꽃도 한창때가 지나 몇 송이 남아 있지 않은 나무 아래 꽃잎이 하얗게 떨어져 있습니다. 정원에는 자욱하게 아침 안개가 끼어 모든 것이 뿌옇게 보이니 가을밤의 정취보다 한결 멋이 더합니다.

겐지는 툇마루의 구석 난간에 기대어 잠시 정원을 바라보았습니다. 중납언이 배웅을 하려는지 옆문을 열어놓고 앉아 있습니다.

"언제 다시 만날 수 있으려나 생각하면 참으로 어려운 일이로구나. 세상이 이렇게 변할 줄 모르고, 만나고자 생각하면 언제든 마음대로 만날 수 있는 날들을 태평스럽게 그냥 지나 보냈구나."

겐지가 이렇게 말하자 중납언은 말을 못하고 눈물만 흘렸습니다.

좌대신의 부인이 도련님의 유모인 재상을 통하여 편지를 보냈습니다.

"직접 찾아 뵙고 인사를 드리고 싶으나 슬픔을 이기지 못하여 제정신이 아닌 터라 마음을 가라앉힌 연후로 하자고 생각하였더니 어느새 밤은 깊고, 벌써 떠나신다고 하니 세상이 참 많이 변하였다 싶습니다. 어린 도련님이 지금은 잠들어 있으니 눈을 뜰 때까지만이라도 기다려주실 수는 없사온지요."

겐지는 눈물을 흘리며 편지를 읽었습니다.

사랑하는 이의 시신을 태우고
도리베 산 위로 피어오르는 연기
혹여 그 연기 닮지 않았나 하여

멀리멀리
어부가 소금을 굽는다는
스마의 해변을 찾아갑니다

이렇게 읊조리고는 말하였습니다.

"새벽녘의 이별이 이리도 괴로울 줄이야. 이 괴로움 알아줄 이 있겠지."

재상은 눈물 섞인 목소리로 흐느끼며 말하였습니다.

"이별이란 언제든 싫고 괴로운 것이지만, 이 아침의 슬픈 이별을 그 무엇에 비하겠사옵니까."

겐지는 좌대신 부인에게 이런 말만 전하였습니다.

"드리고 싶은 말씀은 가슴이 벅차도록 많으나, 슬픔에 억장이 무너져 미처 말씀드리지 못하는 이 마음 헤아려주십시오. 곤히 잠든 아이의 얼굴을 다시 보면 오히려 이 시름 많은 세상을 떠나지 못할까 두려우니 그만 발길을 돌리려 합니다."

시녀들은 돌아가는 겐지의 모습을 멀리서 배웅하였습니다. 서쪽 산으로 기운 달빛이 실로 밝은 가운데, 수심에 잠겨 돌아가는 겐지의 모습이 한결 우아하고 아름다우니 사나운 호랑이와 늑대마저 울었을 것입니다. 하물며 겐지가 어렸을 때부터 친근하게 지냈던 사람들이니 영락하여 한없이 가여워진 겐지의 처지를 한탄하고 슬퍼하는 것은 당연한 일이지요.

먼 길 떠나는 그대
죽은 사람과는
더더욱 먼 이별
그 사람이 연기 되어 사라진
도읍을 떠나 먼 바닷가로 향하니

좌대신의 부인은 이렇게 노래로 답하였습니다. 슬픔과 애절함이 더하여 그칠 줄을 모릅니다.

겐지가 돌아간 후에도 시녀들은 불길할 정도로 울음을 가누지 못하였습니다.

이조원으로 돌아오니 겐지의 시중을 드는 시녀들도 한숨도 못 잔 듯하였습니다. 여기저기 모여서 뜻하지 않은 겐지의 처지에 그저 슬퍼하고 어이가 없어 넋을 놓고 있을 뿐이었습니다.

평소 겐지를 가까이 모시는 부하들은 어디까지든 겐지와 동행할 심산으로 제각기 가족이며 연인들과 이별의 아쉬움을 나누러 갔는지, 대기소에는 사람의 그림자도 보이지 않았습니다.

이 댁을 드나들기만 해도 무거운 형벌을 받는 등 성가신 일이 많은지라 평소에는 별 연고도 없는 사람들까지 모여들어 발 디딜 틈도 없었던 곳에 말이며 수레는 흔적도 없고 그저 한산하고 황량하기만 합니다.

겐지는 세상이란 이렇듯 얄팍한 것이었음을 새삼스럽게 통감하였습니다.

커다란 상은 쓸 기회가 없어진 탓인지 일부는 먼지가 쌓여 있고, 돗자리도 군데군데 걷혀 있었습니다.

'아직은 내가 있는데도 이 모양이니, 도읍을 떠난 후에는 얼마나 험악해질꼬.'

겐지는 이렇게 생각하면서 서쪽 별채로 건너갔습니다.

무라사키 부인이 격자문도 올리지 않은 채 수심에 잠겨 날을 지새웠는지 어린 시녀들이 툇마루 여기저기에서 꾸벅꾸벅 졸고 있는데, 겐지가 모습을 보이자 당황하여 깨어나 허둥지둥댑니다. 잠옷 차림을 한 나이 어린 귀여운 시녀들을 보면서도 자신이 도읍을 떠난 후 불안한 세월을 오래도록 지내다보면 더 이상 참고 기다릴 수 없어 이리저리 흩어질 터이지, 하고 생각하니 평소에는 아무 생각 없이 지나치던 것들에도 눈길이 머물렀습니다.

"어젯밤에는 밤도 깊은데다 이런저런 사연이 많아 그쪽에서 묵었습니다. 또 예전처럼 뜻하지 않게 밖에서 자고 온다고 안달을 하였겠지요. 이렇게 도읍에 있는 동안만이라도 곁을 떠나지 않고 함께 있고 싶은데, 떠나기에 앞서 마음에 걸리는 일이 많아 잠자코 집안에만 있을 수가 없구려. 무상한 이 세상, 박정한 사람이라고 사람들에게 손가락질 받는 것도 싫은 일이고."

"뜻하지 않은 일이라니, 이렇게 슬픈 일 말고 뭐가 있겠습니까."

겐지의 말에 무라사키 부인이 짤막하게 답하자, 겐지는 그 슬픔에 겨워하는 안쓰러운 모습도 당연한 일이라 여겼습니다. 무라사키 부인의 아버지와는 원래부터 사이가 소원한데다 일이 이렇게 되어 세상 사람들의 소문이 염려되는지 편지도 없고 찾아오지도 않았습니다. 무라사키 부인은 그런 아버지의 태도가 시녀들 보기에도 체면이 서지 않아, 차라리 이곳에 있다는 것을 아버지가 몰랐다면, 하고 생각하였습니다.

"갑작스럽게 행운을 잡았나 했더니 오래가지도 못하는군. 불길한 일이야. 사랑해주는 사람과는 잇달아 헤어질 운명인 것이야."

계모가 이렇게 말했다는 소리를 어디에선가 전해 들은 무라사키 부인은 그 박정함이 서러워 소식을 영 끊은 터였습니다. 겐지 말고는 의지할 곳 없는 몸, 참으로 서글픈 처지입니다.

"만약 죄를 면하지 못하고 세월만 흐를 듯하면 아무리 허술한 오두막이라도 그대를 불러들이리다. 그러나 지금 당장 그런 짓을 하면 세상의 눈이 곱지 못할 터. 조정의 법에 따라 근신하는 자는 햇빛도 달빛도 가리고 칩거하는 것이 당연한 일, 마음 편하게 행동하면 죄가 더한다고 합니다. 나는 아무 잘못도 하지 않았는데, 전생의 업으로 이런 일을 당하게 되었다 하나 유적지에 사랑하는 사람을 데리고 가는 것은 전례에 없는 일이고, 세상이 뒤집혀 도리가 통하지 않는 지금 그런 일을 했다가는 더 혹독한 재난을 당할지도 모르는 일입니다."

겐지는 이렇게 무라사키 부인을 달랬습니다.

그날 두 사람은 해가 높이 뜨도록 침전에서 나오지 않고 휴식을 취하였습니다.

겐지의 동생 대재부 태수와 3위가 된 두중장이 찾아왔으므로 겐지는 그들을 맞기 위해 옷을 갈아입었습니다. 위계를 박탈당하여 관직이 없는 처지라 하여 겐지는 무늬 없는 평상복을 입었습니다. 그렇게 소박한 차림을 한 모습이 오히려 친근감이 있고 아름답게 보였습니다.

머리를 손질하려 경대 앞에 앉자, 거울 속에 비친 초췌한 얼굴이 스스로 보기에도 기품 있고 아름답습니다.

"무척이나 초췌해졌군. 정말 거울에 비친 저 모습처럼 야윈 것일까. 딱한 일이로다."

겐지가 이렇게 말하자 무라사키 부인은 눈물을 가득 머금고 고개를 돌렸습니다. 겐지는 그런 무라사키 부인의 모습이 말할 수 없이 가여웠습니다.

설사 몸은 이 세상 끝까지
방랑길을 더듬는다 해도
그대의 거울에는
내 모습 머물러 있으리니
어찌 헤어짐이 있으랴

설사 그대와 헤어진단들
사랑하는 그대 모습
거울에 머문다면
하루인들 이 거울
어찌 보지 않고 살리오

겐지의 노래에 답하여 이렇게 읊조리며 기둥 뒤에 숨어 눈물을 보이지 않으려 애를 쓰는 무라사키 부인의 모습은 과연 지금까지 만난 많은 여자들 중에서 비할 데 없이 출중한 사람이라 여겨질 만큼 아름다웠습니다.

대재부 태수는 마음을 저미는 많은 이야기를 하고는 해질 무렵 돌아갔습니다.

하나치루사토의 댁에서는 겐지가 떠나는 것을 못내 아쉬워하여 열심히 편지를 보내니, 그 또한 무리가 아니었습니다. 하나치루사토를 한번은 만나고 떠나야지 안 그러면 박정한 사람이라 원망이 클 듯하여 겐지는 그날 밤 그쪽으로 발길을 돌리려 하였으나, 말할 수 없이 마음이 무거워 깊은 밤이 되어서야 걸음을 떼었습니다.

"이렇듯 변변치 못한 이 몸까지 배려하여주시다니, 잘 오셨습니다."

언니인 여어가 기뻐하며 예를 갖추는 모습까지 일일이 다 쓰자니 번거로운 일입니다.

지금까지 오직 겐지의 비호에 의지하여 소박하게 살아왔는데, 앞으로는 이 집도 쓸쓸하고 황량해질 것이 눈에 보이는 듯합니다. 집 안이 여느 때보다 더 조용합니다.

어렴풋한 달빛이 비쳐 정원의 연못이 드넓게 보이고, 낮은 언덕에 자리한 잎사귀 무성한 나무들도 고적하게만 보이니 도읍을 멀리 떠나 앞으로 살게 될 동굴 같은 쓸쓸한 집이 떠올랐습니다.

서쪽 별채에 있는 하나치루사토는 이렇게 겐지가 찾아줄 줄은 꿈에도 모르고 낙담한 채 있었습니다. 여느 때보다 한결 정취 있는 달빛이 뿌옇게 비치는 가운데 향그런 향내를 풍기며 소리 없이 겐지가 들어왔습니다.

하나치루사토는 방에서 살며시 나와 함께 달을 바라보았습니다.

그렇게 달을 바라보며 이야기를 나누다 보니 어느덧 날이 밝아왔습니다.

"밤이 어쩌면 이리도 짧은 것인지요. 이렇게 덧없는 만남조차 두 번 다시 없으리라 생각하니 지금까지 흘려보낸 세월이 후회스럽습니다. 자나 깨나 세상에서 말들이 많은 신분이라, 나도 모르게 마음이 분주하여 느긋하게 만날 틈조차 없었습니다."

이렇게 지난날을 추억하다 보니 첫닭이 우는 소리가 요란하여 사람들의 눈을 조심하느라 서둘러 집을 나섰습니다. 달은 여느 때처럼 저 산으로 기우는데 그 풍정이 돌아가는 겐지의 뒷모습처럼 여겨져 하나치루사토는 한없는 상념에 잠겼습니다.

하나치루사토의 짙은 보라색 옷이 달빛에 빛나니, 그 모습이 '내 소맷자락에 깃든 달빛조차 젖는 얼굴이여'란 옛 노래의 정취와 똑같아 이렇게 노래를 지어 읊조렸습니다.

달그림자 스미는 이내 소맷자락
설령 이렇듯 좁아도
아무리 보아도 질리지 않는
달빛 닮은 그대의 아름다움
이 소맷자락에 언제까지고 담아두고 싶으니

수심에 잠긴 그 모습이 가련하고 안쓰러워 겐지 역시 괴로운 심정으로 위로의 노래를 지었습니다.

언젠가는 반드시
다시 돌아오는 달
지금 잠시 구름 끼는 것을
그리 슬픈 눈으로
바라보지 마시구려

"생각해보면 참으로 덧없는 일이지요. 그야말로 '앞길을 알 수 없어 흐르는 슬픈 눈물'이란 옛 노래가 있듯이 눈물만이 앞을 가려 마음이 어둡습니다."

겐지는 이렇게 말하고 날이 채 밝기 전에 돌아갔습니다.

겐지는 이조원에서 신변을 정리하고 있습니다. 시세의 흐름에 흔들리지 않고 가까이 따르는 충실한 부하들만 추려 집안의 뒷일을 맡기려 각자의 임무를 성해주었습니다.

스마에 동행할 자는 따로 선별하였습니다. 스마에서 사용할 살림 도구는 반드시 필요하면서도 소박하고 간소한 것으로 챙기고, 서적류, 『백씨문집』을 담은 상자와 그밖에 칠현금을 챙겼습니다. 갖가지 살림 도구와 화려한 옷들은 모두 두고, 옷차림도 천한 산골 사람처럼 차려입었습니다. 겐지의 시중을 들었던 시녀들을 비롯하여 모든 것은 서쪽 별채에 있는 무라사키 부인에게 관리를 맡겼습니다.

겐지의 영지인 장원과 목장은 물론 군데군데 소유하고 있던 땅의 권리도 무라사키 부인에게 양도하였습니다. 그밖에 창고가 줄지어 있는 어창소며 금은과 비단을 보관해둔 납전은 이전부터 듬직한 사람이라 신용하였던 소납언 유모에게 맡기고 심복을 의논 상대로 붙여 재산을 관리하는 데 필요한 사무를 보도록 하였습니다.

지금까지 동쪽 별채에서 겐지의 시중을 들며 정분을 나누었던 중무와 중장은 늘 겐지를 박정하다 원망하면서도 곁에서 모시는 동안에는 그나마 위로가 되었는데, 이제 어떻게 살아가면 좋을지 불안해하였습니다. 겐지는 위로부터 아래까지 모든 시녀들을 서쪽 별채로 보내며 이렇게 말하였습니다.

"살아 있으면 언젠가는 도읍으로 돌아올 것이니. 그리 믿고 기다리겠다는 사람은 서쪽 별채에서 마님을 모시고 있거라."

좌대신 댁에서 어린 도련님의 시중을 드는 유모와 하나치루사토에게도 정성이 담긴 선물은 물론 일용품까지 보내어 한껏 배려하였습니다.

예의 오보로즈키요 상시에게도 사람을 통해 이별의 편지를 보냈습니다.

"그대가 문안의 말조차 보내지 않음을 어쩔 수 없는 일이라 알고는 있으나, 이제 세상을 등지고 도읍을 떠나는 고통스러움과 한탄스러움이 그저 괴로울 따름입니다."

만날 수조차 없는 슬픔에
하염없이 흐르는 눈물의 강
그 강에 빠진 것이
괴로운 방랑의 여행길
첫걸음일런가

"그대를 잊지 못함이 벗어날 길 없는 죄라 여겨집니다."

편지를 들고 가는 길도 행여 사람 눈에 띄지 않을까 위험하니, 자세한 것은 쓸 수가 없습니다. 오보로즈키요도 슬픔을 가누지 못하니 참고 참은 눈물이 소맷자락으로 닦아낼 수 없을 정도로 넘쳐흘렀습니다.

이내 몸이야말로 눈물의 강에 떠다니는 물거품
마침내는 덧없이
꺼지겠지요
떠나가는 당신
돌아올 날 채 기다리지 못하고

눈물을 흘리며 써내려간 어지러운 필체가 오히려 가슴이 저리도록 아름다웠습니다. 겐지는 한번만이라도 만날 수는 없을까, 이대로 영영 헤어지는 것인가, 하고 안타까워하였습니다.

허나 겐지를 증오하는 우대신 댁의 일족 중에는 인연이 있는 사람도 많은데, 오보로즈키요 혼자만 고독을 견디고 있음을 알기에 그 처지를 헤아려 마음을 고쳐먹고 더 이상 무리하게 만나자는 편지는 보내지 않았습니다.

내일이면 마침내 도읍을 떠나는 날, 해 저물녘에 겐지는 선황의 능을 참배하러 북산으로 향하였습니다. 새벽에야 달이 뜨는 때인지라 사람의 눈을 피해 어둠 속을 더듬어 후지쓰보의 처소를 찾았습니다. 후지쓰보 중궁은 가까운 발 앞에 자리를 마련하고 직접 겐지를 면대하였습니다.

후지쓰보 중궁은 동궁의 앞날이 더없이 염려되노라 말하였습니다. 마음 깊은 곳에 서로를 묻어둔 두 사람의 대화에는 사뭇 감개무량한 일이 여러 가지로 많았겠지요.

출가한 후지쓰보 중궁의 기척이 전처럼 부드럽고 아름답게 느껴지니, 겐지는 자신에게 매정하기만 하였던 그녀에 대한 원망을 넌지시 호소하고 싶은 마음도 있었으나 지금 와서 새삼스럽게 그런 소리를 해봐야 오히려 경원하게 될 터이고, 겐지 자신도 입에 담아 말하면 마음이 혼란스러워질 듯하여 생각을 바꾸었습니다.

"이렇듯 뜻하지 않은 죗값을 치르게 되었으나, 하늘을 우러러 딱 한 가지 두려운 일이 있습니다. 이 목숨 다하여도 아깝지 않으니, 부디 동궁께서 대업을 이어받아 평안을 누릴 수 있다면야."

이렇게만 말하니 아비로서 지당한 일이었습니다.

후지쓰보 중궁도 짐작되는 바가 있으니 마음만 소용돌이칠 뿐 대답을 하지 못하였습니다. 모든 일이 한꺼번에 떠오르면서 눈물을 흘리는 겐지의 모습이 형용할 길 없이 우아하고 아름답게만 보였습니다.

"이제 선황의 능을 참배하려고 하는데 혹여 전하실 말씀은 없으신지요."

겐지가 이렇게 말하자 후지쓰보 중궁은 잠시 말을 잇지 못하고 애절한 마음을 참고 있는 듯하였습니다.

지금은 곁에 있던 사람 없고
남은 사람은 비운에 잠기는
덧없는 이 세상
떠난 보람 더욱이 없으니
눈물이 그치지 않는 이즈음

두 사람 모두 형용할 길 없는 슬픔에 마음이 어지러워 가슴에 쌓이고 넘치는 한을 미처 말로는 다하지 못하였습니다.

선황과 사별하여
슬픔은 이제 끝이라 여겼거늘
지금 또 세상의 수심과 괴로움이
이 몸을 덮치니
더하는 한스러움 다할 길 없네

겐지는 새벽 달빛을 받으며 선황의 능으로 발길을 돌렸습니다. 수행은 대여섯 명, 심복만 데리고 말을 타고 떠났습니다.

새삼 말할 필요도 없는 일이나, 전성기 때의 화려했던 외출과는 전혀 달리 초라하고 쓸쓸한 행색입니다. 부하들은 그런 겐지의 처지를 슬퍼하였습니다.

가모의 계의 날, 임시 수행을 맡았던 우근위 장감이 겐지의 측근이라 여겨져 마땅한 지위로 승진하지 못한데다 끝내는 전상인의 명부에서도 제명되어 관직까지 박탈당하자 세상 볼 면목이 없다 하여 겐지가 스마로 떠나는 길에 동행하게 되었습니다.

시모가모 신사가 멀리 보이는 곳을 지날 때 문득 계의 날이 생각난 이 남자는 말에서 뛰어내려 겐지가 타고 있는 말의 코뚜레를 잡고 이렇게 노래하였습니다.

경하로운 계의 날
아름다운 행렬에 접시꽃 꽂으며
행진하였던 그 옛날 화려한 꿈이여
지금 생각하니 한스러워
이 가모의 울타리마저

'이 사내는 대체 무슨 생각을 하고 있단 말인가. 그때는 그 누구보다 늠름하고 아름다웠는데.'

겐지는 이런 생각이 들자, 그가 가엾기 짝이 없었습니다.

겐지도 말에서 내려 저 멀리 보이는 시모가모 신사 쪽을 향하여 배례하고 신에게 작별을 고하였습니다.

시름 많은 도읍을
멀리멀리 떠나가는 이내 몸
뒤에 남을 오명은 오직
그 이름 바로잡을 신에게

기도하며 맡기고 떠나갑니다

겐지가 또 이렇게 읊조리니 감동하기 잘하는 젊은이인 우근위 장감은 구절구절이 사무쳐 이 얼마나 훌륭한 분이신가, 하고 겐지를 올려다보았습니다.

겐지는 선황의 산릉에 참배하고, 선황이 살아 계셨을 때의 모습을 마치 눈앞에 보듯 선명하게 떠올렸습니다.

하늘 아래 가장 높은 자리인 천황의 몸이었지만 세상을 뜨고 나니 더할 나위 없이 무상하였습니다. 선황의 능 앞에서 이러니 저러니 눈물로 호소한들 이 세상에서는 선황의 대답을 들을 수가 없습니다. 그토록 자상하게 마음을 써 남기셨던 많은 유언들은 다 어디로 가버렸는지, 지금 새삼스레 따져봐야 소용없는 일이었습니다.

잡풀이 무성하게 자란 능을 헤치고 들어가자니 맺힌 이슬은 축축하고 눈물은 하염없이 흘러넘쳤습니다. 달마저 구름에 가리니 울창한 숲이 고적하게만 보였습니다. 돌아가는 길을 알 수 없을 정도로 슬픔은 북받치고, 참배를 하고 나니 살아 계실 때의 선황의 모습이 눈앞에 또렷하게 나타났습니다. 겐지는 소름이 쫙 돋는 듯한 느낌이었습니다.

이내 몸의 처량함을

부황의 혼은 뭐라 생각하실까

그 모습 더듬으며
올려다보는 달마저
떼구름에 가려 보이지 않는 슬픔이여

날이 환히 밝을 무렵 이조원으로 돌아간 겐지는 동궁에게도 편지를 썼습니다. 지금은 왕명부가 후지쓰보를 대신하여 동궁을 모시고 있는 터라, 그 앞으로 썼습니다.

"오늘 끝내 도읍을 떠나네. 동궁을 다시 한 번 뵙지 못하고 떠나는 것이 무엇보다 서러워 견딜 수가 없으니, 이 마음을 헤아려 동궁에게는 부디 잘 전해주게나."

언제런가 봄날의 도읍에 핀 벚꽃
다시 볼 날이 있을까
세월에 버림받아
나무꾼처럼 유랑하는
영락한 이 몸이

꽃이 다 떨어진 벚나무 가지에 편지를 묶어 보냈습니다.

"겐지 님에게서 이 같은 글월이 왔습니다."

왕명부가 동궁에게 편지를 보이자, 동궁은 어린 나이에도 침울한 표정으로 읽어 내렸습니다.

"뭐라 답장을 써 보내오리까?"

"잠시를 못 뵈어도 그리워 참을 수 없는데 멀리 떠나시면 얼마나 보고 싶을까, 이리 전해다오."

그 철없는 대답에 왕명부는 동궁이 가엾고 애처로웠습니다. 가눌 길 없는 애절한 사랑에 겐지가 고뇌하였던 옛날의 일들이 주마등처럼 떠오르니, 겐지나 후지쓰보 중궁이나 고생 않고 지낼 수 있는 신분인데 스스로 고생을 자처한 것이라 생각되었습니다. 일이 그렇게 된 것도 이 천박한 몸이 중재한 탓이라 여겨지니 왕명부는 새삼 그때 일이 후회스러웠습니다.

"뭐라 말씀드려야 좋을지 모르겠사오나 전하께는 틀림없이 전하였습니다. 외로워 울적해하시는 전하의 모습이 가엾기 짝이 없습니다."

겐지에게 보내는 글이 이렇듯 두서없는 것을 보면 왕명부의 마음도 슬픔에 찢어질 듯한가 봅니다.

피는가 싶으면 어느새 지는
벚꽃은 덧없으나
다시 돌아올 봄에는
그대 또한 꽃의 도읍으로 돌아와
꽃향내 풍기는 꽃을 즐기리니

"시절만 돌아온다면야."

이렇게 답장을 쓰고도 시녀들과 두런두런 추억담을 나누니,

동궁 처소의 사람들은 모두 소리없이 눈물을 흘렸습니다.

겐지를 한번이라도 본 사람은 이렇듯 고뇌에 절어 시든 지금의 모습을 슬퍼하고 안타까워하였습니다. 하물며 늘 곁에서 시중을 들었던 사람들에서 겐지를 알 리 없는 허드렛일 하는 시녀와 뒷간을 치우는 시녀에 이르기까지, 지금까지 겐지에게 더없는 은혜를 입어왔던 사람들은 그 모습을 보지 않고 지내야 하는 세월을 한탄하였습니다.

세상의 사람들 중에서 그 누가 이 사건을 예사로이 여겼겠습니까. 일곱 살 때부터 지금까지 낮이나 밤이나 한시도 곁을 떠나지 않고 부황을 모시면서 주상하는 일마다 이루어지지 않은 것이 없었으니, 관록을 먹으며 겐지의 은혜를 입지 않은 자가 없고 그 은덕에 감사하지 않는 자가 없었습니다. 높은 신분의 공경과 중견 관료들 중에도 은혜를 입은 자가 많았습니다. 그보다 낮은 계급 사이에서는 그 수를 이루 헤아릴 수 없습니다. 그 사람들은 겐지의 은덕을 고맙게 여기지 않는 바는 아니나, 세월이 혹독하고 현실이 두려워 겐지를 찾아가지 못하였습니다. 온 세상이 겐지의 처지가 가엾다 안타까워하고 뒤에서는 조정을 비난하고 원망하기는 하여도, 제 목숨을 걸면서까지 찾아가본들 무슨 소용이 있으랴 생각하기 때문일까요.

소문은 날로 흉흉해지고 한스러울 정도로 매몰찬 사람만 많아지니 세상은 참으로 속절없는 것이라 생각됩니다.

출발 당일, 겐지는 하루 종일 무라사키 부인과 천천히 이야기를 나누며 지내다 관례대로 밤이 깊어서야 문을 나섰습니다. 옷차림과 장신구는 간소하고 소박하게 차렸습니다.

"휘영청 달이 밝구려. 좀더 이리로 나와 배웅해주시구려. 앞으로는 하고 싶은 말이 얼마나 많이 이 가슴에 쌓일지 모르겠소이다. 하루 이틀 보지 않아도 마음이 저리고 울적한데."

겐지가 그렇게 말하며 발을 걷어 올리고 마루 끝으로 손짓하자, 쓰러져 슬피 울고 있던 무라사키 부인은 마음을 가다듬고 살며시 나와 앉았습니다. 달빛 속에 앉아 있는 모습이 한없이 아름다워 보였습니다.

'유랑길에 올랐다가 그대로 스마에서 허망하게 죽으면 이 사람은 얼마나 서글픈 처지에 놓일까.'

두고 가는 무라사키 부인이 마음에 걸리고 서운하기 그지없으나, 슬픔을 가누지 못하는 그 사람에게 한 마디 하면 슬픔이 더할 듯하여 넌지시 이렇게 말을 건넵니다.

이 세상에
살아 헤어질 운명이 있는 줄을 모르고
그대를 얻어
목숨이 다하도록 사랑하겠노라
맹세하였더니

"생각하면 참으로 허망한 약속이었습니다."

아깝지 않은
내 목숨과 바꿔서라도
이 이별의 순간을
잠시나마
멈추게 하고 싶으니

답가를 들으니 겐지는 부인의 애타는 마음이 헤아려져 걸음을 떼기가 더욱 괴로웠습니다. 그런데도 날이 밝으면 세상의 이목이 있으니 서둘러 출발하지 않을 수 없었습니다.

길을 가면서도 무라사키 부인의 그림자가 따라 걷는 듯하여 찢어지는 가슴을 안고 배에 올랐습니다. 해가 긴데다 순풍까지 불어 다음날 오후 네 시경 스마의 해변에 무사히 도착하였습니다.

겐지는 가까운 곳에 유람차 행차할 때에도 뱃길을 사용한 경험이 없는 터라 불안함도 볼만한 경치도 신기하게만 느껴졌습니다.

과거 이세의 재궁이 귀경하여 머물렀던 대강전은 지금은 황폐하여 소나무만이 흔적으로 남아 있습니다.

초나라 사람 굴원은

무고한 죄를 덮어쓰고 헤매다
멱라수에 몸을 던졌느니
굴원 못지않게 서글픈 이 몸은
그 어드메를 헤매 다닐까

파도가 밀려왔다 밀려가는 것을 보면서 '부럽구나 돌아가는 파도여'라고 모두 아는 옛 노래를 읊조리는데, 왠지 각별히 새로운 노래로 들려 동행한 사람들까지 슬픔을 이기지 못하였습니다.

겐지가 돌아보자 지나온 산은 멀리 안개 저편에 있으니, '삼천 리 밖'이라 좌천당하는 신세를 한탄하는 『백씨문집』의 시구가 떠올라 애달픈 마음에 '노에서 떨어지는 물'처럼 눈물이 흘러넘쳤습니다.

멀고 먼 도읍
안개 낀 봉우리로 가로막히고
보이지 않으나 우러르는 하늘
두고 온 그 사람도
같은 마음으로 우러를까

무엇 하나 슬프지 않은 것이 없었습니다.

겐지가 거처할 곳은 아리와라노 유키히라 중납언이 그 옛날 '눈물 흘리며 적적하게 사노라 답해다오'라고 노래하였던 곳에서 가까웠습니다. 해변에서 약간 떨어진, 몸이 저미도록 외롭고 쓸쓸한 산속이었습니다.

겐지에게는 울타리의 이음매를 비롯하여 모든 것이 낯설게만 보였습니다. 띠로 지붕을 얹은 집이며 갈대로 지붕을 얹은 복도 같은 건물 등이 조촐하게 서 있습니다. 장소에 걸맞게 자연 그대로인 소박한 집의 구조가 색달라 이런 처지가 아니었다면 사뭇 풍류를 느꼈을 터인데 하고, 그 옛날 흥에 겨워 밀행하였던 때를 떠올렸습니다.

근처 겐지의 장원에서 일하는 관리를 불러들였습니다. 그중에서 요시키요가 집사가 되어 관리에게 이것저것 명하고 처리하는 것을 보고 있자니, 이런 곳이기에 감개 또한 유별하였습니다. 덕분에 오래지 않아 집은 풍류가 넘치는 멋들어진 곳으로 손질이 마감되었습니다.

정원에는 물길을 놓고 나무도 풍성하게 심는 등, 지금은 이곳을 거처로 삼자 하니 일단은 마음이 안정되었지만 여전히 꿈인 듯싶었습니다.

셋쓰 지방의 국수 또한 겐지의 가까운 신하로 신세를 많이 진 자라 정성껏 겐지를 모셨습니다.

이렇듯 임시 거처라 여겨지지 않을 만큼 사람들의 들고남이 잦은데, 정작 터놓고 이야기할 사람은 없으니 낯선 타향이란 느낌이 절로 들었습니다. 맑은 날이 있으면 궂은 날도 있듯이 겐지의 마음 또한 그러하니 앞으로 오랜 세월을 어찌 보낼까 걱정스러웠습니다.

드디어 집안 수리까지 마무리되어 안정이 되자 장마철이 찾아와 떠나온 도읍의 일이 더욱 염려되었습니다. 눈물로 얼룩져 있던 무라카시 부인의 모습이며 동궁, 좌대신 댁의 어린 도련님이 천진하게 뛰노는 모습을 비롯하여 도처에 있는 사람들이 생각나 보고 싶었습니다.

겐지는 도읍으로 사람을 보내었습니다. 이조원의 무라사키 부인에게 보내는 편지와 후지쓰보 중궁에게 보내는 편지를 쓸 때는 차고 넘치는 생각에 눈물이 앞을 가리는 듯하였습니다.

후지쓰보 중궁에게는 이렇게 편지를 썼습니다.

머나먼 도읍의 그리운 분이여
어찌 지내시는지요
외로운 스마의 해변을
홀로 헤매이는 이 몸
눈물로 지내는 날들이여

"낮이나 밤이나 늘 한탄하며 지내는 가운데, 특히 요즘은 지나온 날들과 앞날을 생각하면 어둠에 갇혀 있는 듯하여 눈물만 흐를 뿐, 그 눈물에 강물까지 붓는 듯하옵니다."

오보로즈키요에게 보내는 편지는 늘 그렇듯 중납언에게 보내는 듯 꾸며 그 안에 은밀하게 편지를 넣었습니다.

"따분하게 있다 보면 지나간 옛일이 떠올라."

혼이 나도 여전히
그대만이 보고 싶어
애타하는 이 몸
그리운 그대는 지금도
나를 생각하고 있음일까

그밖에 줄줄이 늘어놓은 사연은 읽는 이의 상상에 맡기겠습니다.

좌대신 댁에도 편지를 보냈는데, 그 안에는 어린 도련님을 돌보는 데 주의해야 할 사항을 적어 유모에게 보내는 편지도 있었습니다.

도읍에서는 겐지가 보낸 이 편지들을 도처에 있는 사람들이 읽으며 슬픔에 겨운 나머지 마음까지 어지러워진 분들이 많았습니다. 이조원의 무라사키 부인은 편지를 읽자마자 그대로 자리에 몸져누워 한없는 슬픔에 잠긴 채 겐지를 애타게 그리워하였습니다. 시녀들은 어떻게 위로해야 좋을지 몰라 서로 안타까운 마음을 나눌 뿐이었습니다.

무라사키 부인은 늘 겐지가 아껴 사용하던 물건과 칠현금, 벗어두고 간 옷가지에 밴 향내를 맡으며, 지금은 마치 겐지가 저세상으로 떠나기라도 한 것처럼 탄식하고 있습니다. 유모 소납언은 그러한 무라사키 부인의 처지가 불길하여 북산의 승도에게 기도를 청하였습니다. 승도는 두 가지 소원을 위해 수법을 올렸습니다. 한 가지는 겐지의 신변의 안전을 위하는 것이고 또 하나는 무라사키 부인의 마음을 진정시켜 평온하게 하기 위함이었습니다.

무라사키 부인은 겐지의 잠옷가지를 마련하여 스마에 보냈습니다. 무늬 없는 딱딱한 비단 평상복과 대님바지를 지을 때에는 지금까지 화려하게 짓던 것하고는 너무도 다른 것이 마음 아픈데, '그대의 거울에는 내 모습 머물러 있으리니'라 말했던 겐지의 모습이 노랫말 그대로 한시도 떠나지 않고 곁에 있는 것 같으나, 정작 본인이 없으니 허망한 노릇이었습니다.

늘 겐지가 머물렀던 방과 기대어 있었던 나무 기둥을 볼 때도 가슴이 터져나갈 듯하였습니다. 세상 경험을 많이 쌓아 만사를 이리저리 생각할 수 있는 연배의 사람도 그러한데, 하물며 무라사키 부인은 겐지만을 따르고 겐지를 부모 대신이라 여기고 자라왔거늘 그런 분과 갑작스럽게 헤어지게 되었으니 그리움에 사무치는 것도 당연한 일이겠지요. 그것도 아예 유명을 달리하였다면 말해야 소용없는 일이고 세월이 흐르면 자연히 망각의 풀도 무성하게 자라 잊혀지겠지만, 스마라 하면 말은 쉽고 가깝게 느껴지는데 실제로는 훨씬 더 멀다고 하는데다 언제까지라고 기한이 정해져 있는 것도 아닌 터라, 생각하면 생각할수록 슬픔만이 한이 없을 뿐이었습니다.

후지쓰보 중궁 역시 동궁의 장래를 생각하면 겐지의 실각이 한탄스러움은 말할 필요도 없습니다. 두 사람의 전생의 인연이 깊은 것 또한 그러하니, 겐지의 신변을 어찌 예사로운 마음으로 간과할 수 있을까요.

지금까지는 그저 세상의 눈과 귀가 두렵고, 조금이라도 애정을 보이면 그것을 눈여겨본 사람들이 뭐라뭐라 시끄럽게 소문을 내지는 않을까 겁이 나고 떨려서 참고 억누르면서 겐지의 애틋한 마음을 알고도 모르는 척 외면하고 매몰차고 빈틈없는 태도로 대처하여왔습니다. 그런데 이토록 번잡스러운 세상 사람들의 입방아에 그 일만은 한번도 오르지 않고 지나온 것을 보면, 겐지도 그 일만큼은 유념하여 마음이 움직이는 대로 가벼이 행동하지 않고 한결같이 본심을 숨겼기에 가능한 일이었으니, 지금은 오히려 그 시절이 그립고 겐지마저 그리워하지 않을 수 없었겠지요.

그리하여 답장에 그 시절보다는 다소 정을 담아 세세하게 써 내려갔습니다.

"요즘은 전에 비하여 더더욱."

돌아올 날을 기다리며
마쓰시마에서 세월을 보내는
어부 같은 이 몸도
눈물로 지새우는 것이
숙명이라 그저 탄식할 따름

오보로즈키요는 이런 답장을 보내왔습니다.

스마의 해변에서 소금 굽는 사람조차
은밀히 간직한 연심 있으니
은밀히 간직한 내 사랑 불로 타올라
마음의 연기로 피어오르나
갈 곳 없음이 오직 슬플 따름

"새삼 말씀드릴 것도 없는 수많은 사연, 도저히 붓으로는 다 할 수 없습니다."

이렇게 짧은 글귀만 중납언의 편지 속에 함께 들어 있었습니다. 중납언의 편지에는 눈물로 지내는 오보로즈키요의 모습이 세세하게 적혀 있었습니다. 겐지는 오보로즈키요를 사랑스럽고 가엾다 생각하니 그만 눈물이 흘러나왔습니다.

무라사키 부인이 보내는 편지는 각별히 세심한 마음을 담아 보낸 겐지에게 보내는 답장인 만큼 마음을 아프게 저밉니다.

스마의 해변에 있는 그대의 소맷자락
촉촉이 적시는 그 눈물
뱃길 멀리 도읍에 있는 이 몸
홀로 잠드는 밤에 옷깃을 적시는 눈물
어느 쪽이 많고 무거우랴

편지와 함께 보내준 잠자리옷과 갖은 옷가지의 색깔이며 바느질 등이 무척이나 아름답고 깔끔하였습니다.

겐지는 무라사키 부인이 무슨 일에든 재주가 능한 이상적인 분이라, 애당초 같았으면 쓸데없는 일에 아등바등하지 않고, 다른 여자도 만날 필요 없이 둘이서 오순도순 정답게 살았을 터인데, 하고 생각하였습니다. 그런 생각을 하면 지금의 처지가 한층 분하고 서러워, 밤이나 낮이나 무라사키의 모습이 눈앞에 떠나지 않았습니다. 그래서 은밀히 이쪽으로 불러들일까 생각하다가도 마음을 바꿔 생각을 달리합니다.

'아니지 아니야. 내 어찌 그런 짓을 할 수 있으랴. 이 괴롭고 번잡한 세상, 전생의 업을 조금이라도 줄여야지.'

그러고는 불도에 정진하여 밤낮으로 근행을 쉬지 않았습니다.

그밖에 좌대신의 답장에는 어린 도련님의 일들이 적혀 있어 그 또한 안타깝고 한스러운 일이나, 이렇게 생각하니 오히려 부자지간의 정은 흔들리지 않는 것인가 봅니다.

'언젠가 자연스럽게 다시 만날 날이 있을 터. 지금은 믿을 수

있는 사람들이 그 아이를 지켜주니 걱정할 일 없을 것이야.'

그러고 보니 번잡스러운 일에 뒤섞여 그만 이야기하지 못한 것이 있군요.

겐지는 이세의 재궁에게도 사람을 보내 편지를 전하였습니다. 육조의 미야스도코로가 문안차 보낸 사람이 스마까지 찾아오기도 하였습니다. 편지에는 미야스도코로의 심상치 않은 마음이 세세하게 적혀 있었습니다. 문장이며 필적이 그 누구보다 탁월하여 차분하고 우아하고 고매한 취향이 느껴졌습니다.

"그쪽의 황량한 형편을 듣자 하니 아직도 현실이라 여겨지지 않고 깊은 어둠을 헤매이는 악몽처럼만 생각됩니다. 허나 그런 생활이 그리 오래가지는 않으리라 사료됩니다. 그래도 죄 많은 이 몸이 뵈올 수 있는 날은 먼먼 훗날이겠지요."

이세의 바닷가에서 해초 뜯는
어부처럼 외로운 이 몸
생각도 해주세요
눈물로 지샌다는
스마의 해변 저편에서

"사사건건 마음이 어지러운 요즘 세상, 앞으로는 어떻게 되올는지요."

이렇게 구구절절 씌어 있었습니다.

이세 섬의 물 빠진 뻘에는
주울 조개도 없는 것처럼
먼 이세에서 외로이
사는 보람도 없는 이내 신세여

애달픈 마음을 생각나는 대로 절절하게 썼다가는 괴로워하고, 쉬었다가는 다시 써내려간 미야스도코로의 편지는 하얀 종이 대여섯 장에 두루마리로 이어져 있으니, 짙고 옅은 먹의 풍정도 볼만한 것이었습니다.

이분이야말로 겐지 스스로 사모하였던 터인데, 예의 사건 하나 때문에 꺼림칙하게 여긴 탓에 미야스도코로 쪽에서도 어이없고 한심하여 스스로 물러났다는 생각이 들었습니다.

지금도 역시 미야스도코로가 애처로워 못할 짓을 하였다고 미안해하고 있을 때 미야스도코로가 보낸 편지가 당도한데다, 그 편지에 사뭇 정취가 가득하여 겐지는 편지를 들고 온 심부름꾼까지 반갑게 맞아들여 이삼 일 스마에 머물도록 조처하고, 이세 이야기를 들었습니다. 심부름꾼은 젊고 풍류를 아는 이였는데, 겐지의 신세가 이토록 처량하다 보니 심부름꾼 같은 자도 절로 겐지를 가까이 볼 수 있음이라, 젊은이는 그 훌륭한 모습에 감동의 눈물을 흘렸습니다.

겐지는 미야스도코로에게 보내는 답장을 써내려가니, 그 내용이 오죽하겠는지요.

"이렇듯 도읍을 떠나야 할 신세가 될 줄 미리 알았더라면 차라리 이세로 떠나는 그대와 동행하였을 것을, 하고 후회가 됩니다. 무료하고 외롭고 허전한 마음에."

이세 사람이 노 젓는 나룻배를 타고
그리운 그대와 함께
이세로 향하는 여행길을 떠났더라면
해초를 뜯을 일도 없고
이런 시련도 겪지 않았으련만

어부가 쌓아올리는
장작더미 같은 이내 설움
그에 빠져 눈물 흘리니
언제까지 스마에
외로이 살아야 하나

"다시 만날 날이 언제일지 알 수 없음이 그저 한없이 슬퍼 견딜 수가 없습니다."

이렇게 많은 사람들에게 걱정하지 않도록 일일이 편지를 주고받았습니다.

하나치루사토에게서도 애타는 마음을 그대로 써 모은 자매의 편지가 도착했습니다.

각각의 편지에서 두 여자의 마음을 헤아리자니 정취도 있고 신기한 기분도 들어, 몇 번이고 거듭 들여다보고는 마음의 위로로 삼는데, 그러다 보니 오히려 도읍이 그리워져 상심의 씨앗이 되기도 하였습니다.

그대가 멀리 떠나
나날이 황량해지는
옛집의 처마 밑 넉줄 고사리
바라보며 오직 그대를 그리워하니
소맷자락 눈물에 마를 날 없네

이 노래를 읽은 겐지는 하나치루사토가 무성한 잡초 말고는 의지할 후견인도 없는 처량한 처지일 것이라 짐작하였습니다.

"이 오랜 장마에 토담마저 군데군데 무너져 내렸습니다."

또 이런 소식을 듣고는 이조원의 집사에게 명하여 도읍 가까이에 있는 겐지의 장원에서 일하는 사람을 불러 모아 하나치루사토의 집을 수리토록 명하였습니다.

오보로즈키요 상시는 겐지와의 사건으로 세상의 웃음거리가 된 것에 낙담하여 의기소침하게 지내고 있었습니다. 아버지 우대신은 사랑하는 딸이 가여워 고키덴 황태후와 천황에게 용서해줄 것을 간곡히 청하니, 천황도 정식 여어나 후궁이 아니라 그저 공적인 일을 맡은 내시사 장관의 직분이라 하여 어여삐 여기기로 하였습니다. 또 겐지와 밀통한 괘씸한 사건 때문에 궁중 출입을 금지하는 엄한 벌을 내렸으나, 겐지가 스스로 도읍을 떠난 터라 상시에게는 다시금 출입이 허락되었습니다. 일은 그렇게 해결되었으나 오보로즈키요 상시는 오직 가슴속에 자리한 겐지만을 그리워하였습니다.

칠월이 되자 오보로즈키요 상시는 다시금 입궁을 하였습니다. 각별히 깊었던 폐하의 총애는 아직도 여전하여 사람들의 비난에도 개의치 않고 이전처럼 청량전으로 불러들여 늘 곁에 두었습니다. 폐하께서는 때로 상시를 원망하는가 싶다가도 다시금 애틋하게 사랑을 주고받았습니다. 폐하의 자태나 용모가 여전히 아름답고 우아하니 지금도 겐지만을 가슴에 품고 있는 상시로서는 그저 송구할 따름이었습니다.

"이런 때 그 사람이 없으니 실로 허전하구나. 나 이상으로 그리 생각하는 사람이 참으로 많을 터. 그 사람이 없으니 만사가 빛을 잃은 듯한 느낌이로다. 나는 겐지를 귀히 여기라는 선황의 유언을 거역하고 말았으니, 언젠가는 벌을 받게 될 터이지."

관현놀이를 하면서도 이렇게 말하면서 눈물을 흘려 오보로즈키요 상시도 눈물을 참지 못하였습니다.

"이렇게 살아 있다 한들 이 세상은 따분하고 재미없는 것임을 알았으니 오래 살고 싶은 생각은 더더욱 없구나. 만약 내가 죽으면 그대는 어찌 생각할까. 지난번에 그 사람과 헤어질 때처럼 슬퍼하지는 않을 터이지. 그리 생각하면 애가 타고 질투가 나는구나. '살아 있는 나날 위하여 만나고자 함이라'라 하여 사랑하는 사람과 이 세상에서 살 수 없으면 아무 재미도 없다는 노래가 있는데, 부부 금실이 좋지 못한 사람이 남긴 노래가 틀림없을 것이야."

또 폐하께서 이렇게 부드러운 말투로 절실하게 속내를 내비치자, 상시는 그만 눈물을 뚝뚝 흘리고 말았습니다.

"그것 보구려. 그 눈물은 대체 누구를 위한 것인지. 그대에게 아직 아이가 없음이 못내 아쉬웠느니. 선황이 유언하신 대로 동궁을 나의 양자로 삼으려는 마음은 지금도 변함없으나, 그리하면 여러 가지로 불편한 일이 생길 듯하고 오히려 동궁에게 누가 되지나 않을까 염려스럽구나."

폐하께서는 이렇게 말하였습니다. 폐하의 의향을 무시하고 정치를 쥐락펴락하는 사람이 있는데, 폐하께서는 아직 나이도 어리거니와 성격도 모질지 못하여 무슨 일이든 그저 난감해할 따름이었습니다.

스마에서는 수심에 찬 가을바람이 서늘하게 불어왔습니다. 바다는 다소 멀어도 유키히라 중납언이 '관문을 넘어 불어오는 스마의 바닷바람'이라 노래한 스마 해변의 파도 소리가 밤이면

밤마다 그 노랫말처럼 바로 귓전에서 울리니, 이렇듯 고즈넉한 곳의 가을은 더없이 구슬프기만 한 듯합니다.

곁을 지키던 사람들도 물러가고 모두 잠이 들어 고요한데, 겐지 혼자 잠을 이루지 못하고 사방에서 불어대는 바람 소리에 귀를 기울이고 있습니다. 파도가 마치 베갯머리까지 밀려오는 듯한 느낌에 그만 눈물이 흐르는 것조차 느끼지 못하였고, 지금은 베개마저 눈물에 젖어버렸습니다.

칠현금을 살며시 퉁겨보나 스스로 듣기에도 구슬퍼 손길을 멈추고 이렇게 읊조립니다.

고향집 그리움에
미처 참지 못한 내가 울면
그 울음소리 닮은 파도 소리여
그 소리는 나를 사모하는 이 있는
도읍에서 불어오는 바람 탓인가

그 목소리에 사람들이 잠에서 깨어나, 이 얼마나 아리따운 모습인가 하고 감탄하면서도 한편으로는 슬픔을 가누지 못하니, 한 사람 두 사람 소리없이 잠자리에서 일어나서는 살며시 콧물을 닦아냅니다.

'이자들은 정말 무슨 생각을 하고 있을까. 나 한 사람을 위하여 부모 형제를 비롯하여 한시도 떨어질 수 없는 사람들과 신분

에 합당하게 누리고 살았을 집을 버리고, 이렇듯 외진 곳을 나를 따라 떠돌고 있으니.'

그런 생각을 하니 불쌍하고 안쓰러워 견딜 수 없으나, 그들이 유일하게 의지하는 자신이 이렇듯 상심에 젖어 있어서야 더욱 마음이 놓이지 않으리라 싶어 낮이면 농담을 하여 외로움을 달래고 심심풀이 삼아 색색 종이를 잇대어 노래를 써내려가기도 하였습니다. 또 신기한 모양으로 짠 중국 비단에 온갖 그림을 그리며 소일하니, 그것을 겉그림으로 붙인 병풍이 무척이나 볼만하였습니다.

옛날에는 사람들에게서 들어 바다와 산의 경치를 어렴풋이 상상만 하였으나 지금은 그것을 두 눈으로 직접 보고 있으니, 과연 이야기로만 들어서는 생각이 미치지 못할 아름다운 바다 풍경을 더할 나위 없이 아름답게 그렸습니다.

그림을 본 사람들은 입을 모아 안타까워하였습니다

"당대의 명인이라는 지에다와 쓰네노리를 불러들여, 색을 입히고 싶을 정도."

겐지의 우아하고 훌륭한 모습에 세상 모든 시름과 근심을 잊고, 곁에서 모실 수 있음을 기꺼이 여기는 자들이 늘 대여섯 명 겐지 앞에 대기하고 있었습니다.

정원에 핀 꽃이 알록달록 흐드러진 운치 있는 저녁에 바다가 내다보이는 복도에 나와 우뚝 서 있는 겐지의, 하늘이 두려울 정도로 아름다운 모습은 장소가 장소인 만큼 한층 더 이 세상 것이 아닌 듯 보였습니다. 하얀 비단 부드러운 속옷에 엷은 보라색 바지를 차려입고 그 위에는 짙은 남색 평상복에 허리띠를 느슨하게 맨 편안한 모습으로 '석가모니불제자'라 읊조리고는, 천천히 경을 외우는 목소리가 형용할 바 없이 우아하게 들렸습니다. 멀리 바다에 떠 있는 배가 그저 작은 새가 떠 있는 것처럼 멀고 희미하게 보이는 것도 서러운데, 때마침 떼지어 날아가며 우는 기러기 소리가 마치 노 젓는 소리처럼 들리니, 눈물이 절로 흐르는 것을 손가락으로 살며시 닦아내었습니다.

그 손에 쥐어 있는 흑단 염주에 비친 모습이 고향에 두고 온 여자를 그리워하는 아랫사람들의 마음까지 어루만져주었습니다.

가을 하늘 나는 첫 기러기는
두고 온 그리운 여자들의
친구일런가
떼지어 날아가는 첫 기러기의
구슬픈 울음소리

겐지가 이렇게 노래하자 요시키요가 화답하였습니다.

하늘 나는
기러기 울음소리 듣자 하니
옛일이 하나 둘

그리워지네
고향에 두고 온 사랑하는 그 사람, 그 일
그때는 기러기를 친구라 여기지 않았거늘

민부 대보 고레미쓰도 화답하였습니다.

고향 산천을 멀리 떠나
헤매도는 기러기 울음소리
그때는 기러기의 괴로움도
구름 저 너머 남의 일이라
거들떠보지도 않았거늘

전 우근위 장감도 노래를 한 수 읊었습니다.

고향 산천 멀리 떠나
여행길 가는 기러기떼도
친구와 나란히 하늘 날면
외로운 마음 다소는 덜어지리니

전 우근위 장감은 노래에 덧붙여 이렇게 말하였습니다.

"기러기들도 어쩌다 친구들과 헤어지게 되면 몹시 불안하겠지요."

이 사내는 아버지가 히타치의 개로 부임하였는데, 자신은 겐지와 동행을 자청하여 스마에 온 사람으로, 마음속에는 갖가지 번뇌가 많을 터인데도 겉으로는 명랑하고 활달하게 처신하고 있습니다.

때마침 한결 뽀얀 달이 둥실 떠오르니, 겐지는 오늘 밤이 십오야란 것을 새삼 떠올립니다.

십오야에는 궁중에서 달잔치를 벌이고 관현놀이를 하던 때의 일이 사무치게 그리워, 지금쯤 도읍에서도 여자들이 이 달을 바라보고 있을 터, 하고 상상하면서 하염없이 달을 올려다봅니다.

'이천 리 밖 멀리 있는 친구'란 『백씨문집』의 한 구절을 읊조리자 사람들은 또 눈물을 가누지 못합니다.

겐지는 후지쓰보 중궁이 '자욱하게 안개 낀'이라고 노래했던 시절이 말할 수 없이 그립고, 그녀와 함께하였던 이런 일 저런 일을 떠올리니 서러움이 북받쳐 그만 소리내어 엉엉 울고 말았습니다.

"밤이 깊었사옵니다."

아랫사람들이 이렇게 아뢰어도 겐지는 잠자리에 들려 하지 않았습니다.

잠시나마
달빛 바라보며
마음을 달래자 하니

다시 만날 날 언제일런가
그대가 사는 도읍은
달의 도읍보다 멀고 먼 곳

천황이 마음을 터놓고 옛날 추억을 얘기하였던 그 밤, 돌아가신 부황을 쏙 빼닮은 그 모습까지 못내 그리웠습니다. 겐지는 '하사하신 어의가 지금 여기 있느니'라고 읊조리며 안으로 들어갔습니다. 그때 받은 어의는 스가와라노 미치자네 공이 시로 읊은 것처럼 한시도 몸에서 떼지 않고 있으니, 지금도 곁에 고이 모셔져 있습니다.

내게는 무정한 분이었거늘
그래도 그리운 갖가지 추억
원망도 할 수 없는 이내 괴로움
그리움에 젖고 한탄에 젖는
두 소맷자락이여

그 무렵, 대재부 대이가 임기를 마치고 도읍으로 올라왔습니다. 그는 상당한 세력가로 가족의 수도 많아 부인은 딸들을 데리고 뱃길을 택하였습니다. 해변을 따라 유람하면서 올라오자니, 스마는 다른 바닷가보다 경치가 한결 좋아 마음이 끌리는데다 겐지가 머물고 있다는 소식을 듣고는, 볼 수 있는 것도 아닌데 벌써부터 마음이 들뜬 젊은 딸들은 배 안에서도 설레는 가슴을 가누지 못하고 있습니다. 그중에서도 궁중 무희로 뽑혔던 고세치는 이대로 그냥 지나치면 아쉬움이 클 것이라고 생각하는데, 마침 칠현금 소리가 바닷바람을 타고 먼 해변에서 들려왔습니다.

해변의 풍경하며 겐지의 처량한 신세하며 쓸쓸한 칠현금 소리하며, 모든 것이 하나가 되어 어우러지니 생각 있는 사람들은 모두 눈물을 흘렸습니다.

대이가 편지를 보냈습니다.

"멀디먼 곳에서 올라와 제일 먼저 찾아뵙고 그간의 이야기를 듣자 하였사온데, 뜻밖에도 그렇듯 외진 곳에 계시다니요. 계시는 곳을 알면서 그냥 지나치는 것은 무례하고 아쉬운 일이나, 이런저런 많은 사람들이 마중하러 나와 있어 혹 폐가 되는 일이 생기지는 않을까 염려되어 찾아 뵙지 못하니 송구스럽기 짝이 없사옵니다. 날을 달리하여 꼭 찾아뵙겠습니다."

대이의 아들 지쿠젠의 수가 아버지를 대신하여 편지를 들고 와 인사를 올렸습니다. 그 아들은 겐지가 장인의 직을 주어 아끼던 자인지라 매우 슬퍼하고 한탄하였지만, 다른 사람들의 눈이 많아 소문이 날까 우려하여 오래는 머물지 못하였습니다.

"도읍을 떠난 후로는 가까이 지내던 사람들도 쉬이 만날 수 없어졌는데, 이렇듯 일부러 찾아와주다니."

겐지는 그렇게 말하면서 대이에게도 비슷한 내용의 답장을 썼습니다.

지쿠젠의 수는 울면서 돌아가 겐지가 사는 모습을 아버지에게 전하니, 대이를 비롯한 많은 사람들이 한결같이 눈시울을 적셨습니다.

고세치는 이런저런 궁리 끝에 겐지에게 편지를 보냈습니다.

그대가 뜯는 애절한 칠현금 소리에
배를 끄는 밧줄처럼
흔들리는 이 마음
그리움에 우는 이 가슴을
그대는 아는지 모르는지

"제멋대로 이렇듯 무례한 글월을 올리나, '사랑의 고뇌에 빠져 있는 나를 꾸짖지 말아다오'라는 노래도 있듯이 아무쪼록 꾸짖지는 마옵소서."

겐지는 미소지으며 편지를 읽어내려 갔습니다. 그 모습이 또 얼마나 아리따운지 모를 정도입니다.

마음이 있다면
잡아끄는 밧줄의 흔들림에

어찌 몸을 싣지 않으랴
지금도 그리운 마음 진정이라면
내 머무는 스마의 해변으로

"이런 시골에서 어부 같은 생활을 하려 하다니 정말 뜻밖이오이다."

겐지는 이렇게 답장을 보냈습니다. 그 옛날에 좌천당한 스가와라노 미치자네 공이 역참의 관리에게 시를 하사하였다는 고사도 있는데, 고세치는 이렇듯 가슴 설레는 편지를 받자 이대로 이 고장에 홀로 남을까 싶은 생각이 절로 들었습니다.

세월이 흐르면서 도읍에서는 폐하를 비롯한 많은 사람들이 겐지를 애타게 그리는 일이 많아졌습니다. 특히 동궁은 늘 겐지를 생각하며 남몰래 눈물을 흘렸습니다.

그 모습을 본 유모, 하물며 모든 것을 알고 있는 왕명부는 동궁이 더없이 가여웠습니다.

후지쓰보는 동궁의 신변에 불길한 일이 생기지는 않을까 그 걱정만 하였는데, 겐지마저 이렇게 도읍을 떠난 몸이 되고 말았으니 걱정은 날로 더해져만 갔습니다. 겐지의 형제인 친왕들, 가까이 지냈던 관료들도 처음 한동안은 문안 편지를 보내곤 하였습니다. 편지 중에 마음을 적시는 절절한 시구를 보내고 받으니, 다시금 겐지의 시문이 세상에 나도는 일이 많아지자 고키덴 황태후가 그 소문을 듣고 크게 노하였습니다.

“조정의 노여움을 산 자는 나날의 음식거리마저 뜻대로 먹을 수 없는 법이거늘, 하물며 유적지 풍류를 즐기고 세상을 조롱하다니 있을 수 없는 일이다. 지록위마라 하며 대신들에게 아첨하는 자들이 옳지 않은 것처럼, 겐지를 따르는 자들도 옳지 않다.”

이렇게 갖가지 소문이 나돌자 관계하면 일이 골치 아프다 하여 겐지에게 편지를 보내는 일마저 뚝 끊어지고 말았습니다.

이조원의 무라사키 부인은 한시도 마음이 편치 않았습니다. 동쪽 별채에서 겐지의 시중을 들었던 시녀들까지 모두 서쪽 별채에서 마님을 받들며 지낸 처음 한동안, 시녀들은 마님을 그리 대단한 분이 아니라 얕잡아 보았는데 곁에서 모시는 시간이 길어질수록 온화하고 아름다운 모습이며 무슨 일에든 세세하게 배려하는 따뜻한 마음 씀씀이가 돋보여 아무도 곁을 떠나지 않았습니다. 신분이 높은 시녀들에게는 간혹 그 모습을 보이는 일도 있었는데, 그럴 때면 수많은 여인들 중에서 어찌 무라사키 부인만 그토록 겐지의 총애를 받는지 알 것 같았습니다.

겐지도 스마에 머무는 시간이 길어지자 도읍의 무라사키 부인이 그리워 견딜 수가 없었지만, 그 자신마저 어쩌면 이리도 박복한 운명일까 하고 서글퍼지는 이곳에서 어떻게 같이 살 수 있으랴, 도저히 합당치도 않고 불가능한 일이라고 마음을 다지곤 하였습니다.

이렇듯 외진 시골 땅, 풍습은 물론 모든 것이 도읍과는 달라 도읍에서는 보지도 알지도 못했던 천한 사람들의 생활상을 듣고 보고 하자니 겐지는 지금의 처지가 더더욱 한심하고 불편할 따름이었습니다.

바로 근처에서 연기가 뭉글뭉글 피어오르는 것을 저것이야말로 어부가 소금을 굽느라 피우는 연기인가 생각하였는데, 실은 뒷산에서 잡목을 태우는 것이었습니다. 흔히 보던 광경이 아니라 겐지는 이렇게 노래하였습니다.

호젓한 산골 암자에 잡목 태우는
연기를 보면서
그리워지는 도읍의 사람이여
나를 잊지 말고
좀더 자주 찾아주면 좋을 것을

겨울이 되자 눈보라가 몰아쳤습니다. 황량하고 적요한 하늘을 올려다보며 마음 가는 대로 칠현금을 퉁기며 요시키요에게 노래를 읊으라 하고, 고레미쓰에게는 대금을 불라 하여 음악을 즐겼습니다. 겐지가 운치 있는 곡을 마음을 담아 퉁기니 다른 악기 소리는 서로 약속이라도 한 듯 소리를 멈추고, 사람들은 너나 할 것 없이 눈물을 닦아냅니다. 그 옛날, 한나라의 황제가 호나라의 비로 보낸 왕소군이 떠올라 이런 생각을 합니다.

'하물며 그때 한나라 황제의 심중은 어떠하였을까. 지금 내가 이 세상에서 가장 어여삐 여기는 무라사키 부인을 그렇게 멀리 떠나보냈다면.'

상상하기만 해도 실제로 그런 일이 벌어질 듯한 불길한 느낌이 들어, '서리 내린 후의 꿈'이라는 왕소군의 시를 읊조렸습니다.

때마침 휘영청 달빛이 밝아오니, 조촐한 임시 거처가 달빛에 구석구석 드러나 보였습니다. 겐지는 마루에 옆으로 누워 깊어가는 밤하늘을 바라봅니다. 산자락으로 숨어드는 달빛이 적적하게 보이니, 겐지는 '그저 서쪽으로 갈 뿐'이란 스가와라 공의 시구절을 중얼중얼 읊조렸습니다.

하늘 가는 달은
서쪽을 향해 한결같은 걸음 서두르는데
고향 떠나 떠도는 이 몸
얼마나 더 떠돌아야 할지
달 보기도 부끄럽네

늘 그러하듯 상념에 잠겨 잠을 이루지 못한 채 밝은 하늘에, 재잘거리는 물떼새 소리마저 서글프게 들렸습니다.

새벽녘에 들리는

친구를 부르느라 지저귀는
저 물떼새 소리
홀로 잠 못 들어
눈물 젖은 베갯머리
오늘따라 도리어 듬직하니

겐지 말고는 깨어 있는 자가 없어 홀로 몇 번이나 읊조리다 잠자리에 들었습니다.

날이 아직 밝지 않았는데 손을 깨끗하게 씻고 염불을 외우니 시중을 드는 사람들 눈에는 흔치 않은 일로 비칩니다. 그러나 그저 존귀한 분으로만 여겨질 뿐이라 그런 겐지를 버리고 집으로 돌아가겠다는 생각은 꿈에도 하지 않았습니다.

아카시 해변은 스마의 바로 지척에 있습니다. 요시키요는 그 뉴도의 딸이 생각나 간혹 편지를 보냈으나 전혀 답장이 없었습니다. 다만 아버지 뉴도에게서는 이런 편지가 왔습니다.

"말씀드리고 싶은 것이 있습니다. 잠시 뵈올 수 있을는지요."

'어차피 내 청은 들어주지 않을 터인데 공연히 만났다가 터덜터덜 돌아오는 뒷모습이 얼마나 볼썽사나울까.'

요시키요는 이렇게 생각하며 가려 하지 않았습니다.

뉴도는 한없이 자존심이 센 남자였습니다. 이 고장에서는 국수 일가족만 고귀한 분이라 떠받들고 있는 모양인데, 성격이 유별나고 괴팍한 뉴도는 국수 따위 거들떠보지도 않고 세월을 보내고 있습니다. 그런 차에 겐지가 스마로 내려왔다는 소식을 듣고 부인에게 이렇게 말하였습니다.

"기리쓰보 갱의의 몸에서 태어난 히카루 겐지 님이 조정의 문책을 받아 스마로 내려왔다고 합니다. 딸의 전생에 인연이 있어 이렇게 뜻하지 않은 행운이 찾아왔으니, 무슨 수를 써서든 이 기회에 딸을 겐지 님에게 드립시다."

"그런 소리 마세요. 사람들의 소문을 따르면 겐지 님은 신분이 높은 부인이 하나 둘도 아닌데, 그것도 모자라 폐하의 총애를 받고 있는 분과 은밀히 사랑을 나누는 우를 범하여 이렇듯 세상을 떠들썩하게 하지 않습니까. 그런 분이 어떻게 우리 같은 시골 사람에게 마음을 두겠어요."

부인의 대답에 뉴도는 버럭 화를 내었습니다.

"부인은 정말 아무것도 모르는구려. 나는 오래전부터 생각하고 있었으니 그런 줄 아시오. 어떻게든 기회를 만들어 겐지 님을 이곳에 오게 할 것이오."

이렇게 자신만만하게 말하는 걸 보니, 과연 고집이 여간이 아닌 모양입니다. 그 후로 뉴도는 온 집 안을 청소하고 번쩍번쩍 으리으리하게 꾸미는 한편 딸을 더욱 소중히 가꾸었습니다.

"아무리 높고 훌륭한 분이라고는 하나, 딸의 첫 혼사인데 어느 부모가 죄를 짓고 떠도는 그런 사람을 사위라 맞는답니까. 그것도 겐지 님이 우리 딸을 마음에 들어한다면야 모를 일이나,

행여라도 그런 일은 없을 터이지요."

뉴도는 부인의 이런 말에 또 투덜투덜 잔소리를 해댑니다.

"죄에 몰리는 것은 그렇듯 뛰어나고 만사에 보통 사람들과 다른 분이 흔히 당하는 재난입니다. 중국이나 우리나라 조정이나 똑같아요. 그분이 대체 어떤 분인지 알기나 하시오. 돌아가신 기리쓰보 갱의는 우리 숙부인 안찰사 대납언의 따님입니다. 무척 훌륭한 분이라는 평판이 자자하였는데, 궁중으로 들여보내자 폐하의 총애가 각별하여 때를 만난 듯하였소이다. 겨룰 만한 자도 없어 많은 분들의 질투 때문에 돌아가시기는 하였으나 겐지 님을 이 세상에 남기셨으니 얼마나 다행스런 일이오. 그처럼 모름지기 여자는 이상이 높아야 하는 법. 아버지인 내가 이런 시골에 산다고 해서 겐지 님이 우리 딸을 업신 여기지는 않을 것이오."

뉴도의 딸은 용모는 그리 출중하지 않으나 상냥하고 기품을 갖추고 있는데다 몸가짐도 반듯하여 여느 고귀한 아가씨들에 뒤처지지 않습니다.

'고귀한 분들은 나 같은 것을 사람으로 여기지도 않을 것이야. 하지만 그러하다 하여 내 신분에 맞는 결혼은 절대 하고 싶지 않으니. 불가분 오래 살아남아 의지하는 부모가 돌아가신다면 머리를 깎고 절로 들어가든, 바닷물에 몸을 던지든 할 것이야.'

딸은 자신의 처지를 잘 알고 있어 이렇게 생각합니다.

아버지는 딸을 애지중지 아끼고 우러르니, 해마다 두 번은 스미요시 신사를 참배토록 하고 있습니다. 신의 영험함을 은밀히 믿고 있는 것이겠지요.

해가 바뀌고 낮이 점차 길어지면서 하루하루가 따분한데, 작년에 심은 어린 벚나무에 한 송이 두 송이 꽃이 피기 시작하였습니다. 화창하고 한가로운 하늘을 올려다보면 겐지는 뭇 생각들이 하나 둘 떠올라 그만 눈물짓는 일이 많았습니다.

이월 하순이 되자, 작년에 도읍을 떠나올 때 헤어지기 어려워 가엾게 여겼던 여인들의 모습이 무척이나 그리우니, 궁중의 남전에도 지금쯤 한창 벚꽃이 피고 있으리라 생각하였습니다. 꽃놀이 때 기리쓰보 선황의 즐거워하시던 모습, 그때는 동궁이었던 폐하께서 아름답고 우아한 모습으로 자신이 지은 시구를 낭송하였던 일들이 주마등처럼 눈앞을 스쳐지나갔습니다.

이제나저제나 도읍의 사람들 그리워
벚꽃으로 꾸민 궁중의 꽃놀이
화사하게 춤추었던 그날이
다시금 돌아왔구나
그리운 도읍

이렇게 무미건조하게 지내던 차에 좌대신 댁 3위 중장이 스마를 찾아주었습니다. 지금은 재상으로 승진한데다 후덕한 인품으로 세상 사람들의 신망도 두터워 중히 여겨지고 있습니다. 그러나 세상 돌아가는 것이 마땅치 않고 불만스러워 일이 있을 때마다 겐지를 그리워하였습니다. 문안차 스마를 찾았다가 사람들의 입방아에 올라 문책을 당하게 되더라도 어쩔 수 없는 일이라 각오하고, 예고도 없이 불쑥 내려온 것입니다.

3위 중장은 겐지를 보자마자 반가움과 슬픔이 한꺼번에 북받쳐 눈물부터 흘렸습니다.

겐지의 거처는 중국식으로 꾸며져 있었습니다. 주위 풍경도 그림 속처럼 아름다운데, 대나무로 짜 빙 두른 울타리에 돌계단, 소나무 기둥 등이 소탈하면서도 색다른 정취가 있었습니다.

겐지는 마치 산골에 사는 사람처럼 누런색이 감도는 연다홍 속옷에 푸른색이 감도는 남색 평상복과 바지 차림의 검소한 모습인데다 얼굴까지 다소 초췌해졌는데, 그것이 오히려 보기에 흐뭇하고 아름다웠습니다.

살림 도구도 잠시 쓰기 위한 것들뿐 앉은자리도 밖에서 훤히 들여다보였습니다. 바둑과 쌍륙판, 그 부속품과 탄기 등이 놀이 도구 중에서도 시골 분위기가 묻어났습니다. 한편 염불과 독경을 위한 도구가 갖추어진 것을 보면 근행에도 정진하는 것을 알 수 있었습니다.

음식에서도 역시 지방색을 살린 소박하고 정갈한 멋이 우러났습니다. 어부들이 물고기를 잡아 찬거리로 가져오자 마루 앞으로 불러 친히 만나보았습니다. 3위 중장이 어부들에게 이 바닷가에서 산 긴긴 세월에 대해 묻자, 갖은 고생이 끊이지 않는 생활의 고충을 말하였습니다.

'사람의 마음이 생각하는 것은 결국 귀천에 상관없이 똑같은 것, 그에 무슨 차이가 있을까.'

알아듣지 못할 말로 새가 지저귀듯 두서없이 말하는 그들을 중장은 불쌍히 여겼습니다.

옷가지들을 내리자 어부들은 살아 있는 보람이 있다면서 고마워하였습니다.

3위 중장은 또 말을 몇 마리나 이어놓고 광 같은 곳에서 짚단을 꺼내 먹이는 모습 등을 큰 볼거리라도 되듯 바라보았습니다.

그러고는 사이바라에 나오는 「아스카이」를 잠시 노래한 뒤, 도읍에서 헤어진 이후의 이야기를 웃고 울면서 두런두런 풀어놓았습니다.

"자네 아들이 아직 너무 어려 세상 물정을 아무것도 모르는 탓에 아버님 걱정이 이만저만이 아니네."

3위 중장이 그렇게 말하자 겐지는 슬픔을 가누지 못하고, 쌓인 이야기는 많고 많은데 오히려 그 편린조차 전할 수가 없습니다. 어느새 밤도 깊었는데 두 사람은 한시를 지으며 날을 밝히고 말았습니다.

허나 3위 중장은 소문의 씨앗이 될까 염려하여 아침이 되자 서둘러 도읍으로 돌아갔습니다. 짧은 만남이라 이별의 괴로움이 한결 더하였습니다. 질그릇 잔에 술을 따라 석별의 정을 나누고는 백거이의 시를 목소리를 합하여 낭송하였습니다.

'취기 어려 슬픈 눈물 흘리는 봄의 술잔'

그 소리를 들은 부하들도 눈물을 흘렸습니다. 그들 역시 이 짧은 만남 후의 이별을 아쉬워하는 듯하였습니다. 어렴풋 밝아오는 하늘에 기러기들이 떼 지어 날아갑니다.

어느 봄에 용서받아
그리운 고향 품으로 돌아갈까
고향 찾아 하늘 나는
기러기떼가 부럽구나

겐지가 이렇게 노래하자 3위 중장은 발길이 떨어지지 않았습니다.

아쉬움 가시지 않는 마음을 남겨두고
헤어져 이 바닷가를 떠나면
꽃의 도읍으로 돌아가는
먼먼 그 길
눈물 젖어 잃지는 않을까

3위 중장이 가지고 온 도읍의 선물은 하나같이 정성이 깃들이고 아름다웠습니다. 겐지는 이렇듯 고마운 방문의 답례로 검은 말을 선사하였습니다.

"자중해야 하는 몸이 건네는 선물이라 불길하다 여길지 모르겠으나, 『문선』에 '호나라 말은 북풍에 기대고'라는 시가 있듯이, 이 말도 기꺼이 울부짖으며 고향으로 돌아갈 것일세."

세상에 보기 드문 훌륭한 준마였습니다. 말에 대한 답례로 3위 중장은 이름 높은 명기인 대금을 선사하였습니다.

"이것을 내 몸이라 여기고 나를 생각해주게나."

이렇게 두 사람 모두 눈에 띄는 요란한 행동은 삼갔습니다.

해가 점차 높이 오르자 마음이 급한 3위 중장은 떨어지지 않는 발길을 돌려 길을 떠났습니다. 짧은 만남이라 배웅하는 겐지의 모습이 더욱 슬퍼 보입니다.

"언제 또 볼 수 있을지, 아무리 죄가 크다 한들, 마냥 이대로 내쳐두지는 않을 것일세."

겐지는 노래로 화답하였습니다.

하늘 높이 날아오르는 두루미처럼
도읍의 운거로 돌아가는 그대여
아무쪼록 궁중에서 봐주시게
나는 이 정갈한 봄날처럼
한 점 티끌 없는 결백한 몸인 것을

"그렇게 생각하면서도 한편으로는 용서받을 날을 기대하고 있네그려. 허나 한번 이렇게 무고한 죄에 처해진 사람은 옛 현인들조차 세상으로 복귀하기가 힘들었던 것 같으니, 이미 나는 도읍의 땅을 두 번 다시 밟을 수 있으리라 생각하지 않으이."

3위 중장이 겐지의 노래에 또 이렇게 답하였습니다.

나는 도읍의 하늘 아래
홀로 우는 외로운 두루미
그 옛날 같은 하늘 아래에서
날개를 나란히 했던 그대를
애타게 그리워하면서

"지금 이 이별의 괴로움을 생각하면 '너무 가까운 사이는 되지 말아야지'란 옛 노래도 있듯이, 분에 넘칠 정도로 늘 친근하게 대해 주었음이 오히려 야속하네."

그런 말만 남긴 채, 한가로이 이야기를 나눌 틈도 없이 3위 중장은 돌아갔습니다.

아쉬움만 남기고 3위 중장이 돌아가고 나자 겐지는 넋이라도 나간 듯 상념에 잠겨 지냈습니다.

삼월 일일, 상사(上巳)의 날이 돌아왔습니다.

"오늘 같은 날이야말로 마음고생이 심한 분들이 목욕재계를 하여 부정을 씻는 날이옵니다."

이렇게 세상사에 능한 척 말씀을 올린 자가 있었습니다. 겐지는 그 말을 듣고 바닷가 경치도 구경할 겸 밖으로 나갔습니다.

해변에 간단하게 막을 치게 하고 이곳 셋쓰 지방을 찾은 음양사를 불러 제를 올리게 하였습니다.

나룻배에 커다란 인형을 태워 바다에 떠내려 보내는 것을 본 겐지는 그 인형이 마치 제 몸인 듯 여겨져 이렇게 노래하였는데, 그 모습이 수려한 바닷가 풍경 속에서 더할 나위 없이 아름다웠습니다.

> 방향도 모르고 흘러가는 인형이여
> 낯설고 너른 바다를 유랑하는구나
> 내 허망한 처지여
> 밀려오는 파도만큼이나 크고 많은 슬픔은
> 다하지도 않고 흘러가지도 않으니
>
> 많고 많은 신들도
> 이내 몸을 가엾다 여기실 터
> 지은 죄는 하나 없는데
> 벌을 받고 있는 이내 몸을

봄의 햇살이 화창하게 비치는 너른 바다는 물결마저 잔잔하여 끝도 없는데, 겐지가 가는 세월 오는 세월을 생각하며 노래를 이어 부르자, 갑자기 바람이 불기 시작하더니 순식간에 바다도 하늘도 검게 닫히고 말았습니다. 사람들이 당황하여 허둥지둥하니 제를 올릴 상황이 아닙니다. 갑자기 소나기가 세차게 뿌리치기 시작하여 겐지도 일행과 함께 돌아가려 하나 삿갓을 쓸 틈도 없습니다.

날씨가 뜻하지 않게 악천후로 급변하면서 돌풍에 모든 것이 날려가더니 단박에 미증유의 폭풍우가 몰아쳤습니다.

바다는 거칠게 용틀임하고 사람들은 공포에 떨며 안절부절못합니다. 수면은 잠자리라도 펼쳐놓은 것처럼 꿈틀거리고 번개는 번쩍번쩍, 천둥은 우르릉 쾅쾅, 당장이라도 벼락이 떨어질 듯한 기세입니다.

간신히 거처로 돌아왔습니다.

"이렇게 험한 꼴을 당하기는 처음이로다. 큰바람이 불 때는 앞서 조짐이 있는 법이거늘. 정말 불길한 날씨로구나."

모두들 제정신이 아닙니다. 천둥은 여전히 우르릉 쾅쾅 울려대고 있습니다. 빗발이 닿은 땅은 뚫어지지나 않을까 싶을 정도로 세찬 소리를 내며 쏟아집니다. 이대로 계속 쏟아져 세상이 끝나는 것은 아닌가 하는 불안에 사람들이 혼란스러워하니 살아 있는 것 같지도 않습니다.

그런 와중에도 겐지는 조용히 불경을 외고 있습니다.

날이 저물자 천둥소리는 다소 잠잠해지고 바람만 불어댔습니다.

"그나마 제를 올렸기에 이만한 것이다."

"좀더 내렸다면 파도에 휩쓸려 물귀신이 되었을 것이야. 해일이란 순식간에 사람의 목숨을 빼앗아간다고 들었는데, 정말 이렇게 무시무시한 경험은 처음이구나."

사람들이 저마다 한마디씩 하였습니다.

날이 밝을 무렵에야 모두 잠자리에 들었습니다. 겐지도 잠시 꾸벅꾸벅 졸고 있는데, 정체 모를 형체가 나타나 뜻 모를 말을 하면서 무언가를 찾아 주위를 다니는 듯하였습니다.

"궁에서 그대를 부르는데 어찌하여 듣지 않는 것이냐."

겐지는 놀라서 퍼뜩 눈을 떴습니다. 바다에 사는 용왕은 용모가 수려한 자를 좋아한다 하더니 나를 점찍은 것은 아닐까, 하고 생각하자 불길한 예감에 소름이 좍 끼치면서 이곳에서는 한시도 살고 싶지 않은 마음이 들었습니다.

아카시

애타게 그리운 것은
오직 그대뿐
낯설고 물선 스마의 해변에서
더더욱 먼 아카시의 해변으로
흘러든 슬픈 와중에도

◆겐지

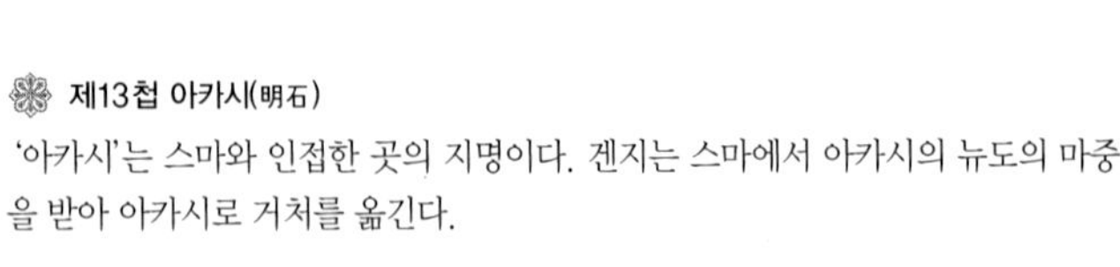

제13첩 아카시(明石)

'아카시'는 스마와 인접한 곳의 지명이다. 겐지는 스마에서 아카시의 뉴도의 마중을 받아 아카시로 거처를 옮긴다.

천둥 번개가 치기 시작한 지 며칠이나 지났습니다. 비바람도 여전하니, 불길하고 괴이한 일들이 잇달아 생기려는 것은 아닌지요. 지나간 날들도 그렇지만 앞으로도 가슴 아픈 일들만 벌어질 듯하여 겐지는 마음이 약해졌습니다.

'대체 어찌하면 좋단 말인가. 이렇게 험악한 일을 당하고 도읍으로 돌아간다 한들, 아직은 죄를 용서한다는 칙명을 받지 않았으니 도리어 웃음거리가 될 것이 뻔한데. 차라리 깊은 산속으로 들어가 아예 소식을 끊어버려야 하나.

폭풍우와 해일이 두려워 도망쳤다고 사람들의 입에 오르내리게 되면 훗날까지 한심하고 경솔한 사람이었다 그 이름이 남게 될 터인데.'

생각이 오락가락하니 이럴 수도 저럴 수도 없어 그저 혼란스럽기만 하였습니다.

잠자리에 들면 늘 지난밤에 보았던 이상한 자의 모습이 꿈자리에 나타나 뒤를 쫓아옵니다.

비구름이 걷히지 않은 채 날이 새고 지는 하루하루가 며칠이고 계속되자 도읍은 어찌 되었을까 걱정이 이만저만이 아닙니다. 이렇게 고향 떠나 방랑하는 몸으로 생애를 마감하는가 하여 허망하고 불안하기 짝이 없는데, 집 밖으로는 고개도 내밀 수 없을 정도로 비바람이 몰아치는 터라 문안차 걸음하는 사람도 없습니다.

다만 이조원에서 보낸 심부름꾼이 비에 젖은 힘겨운 모습으로 찾아왔습니다. 길에서 스쳐 지나도 사람인지 짐승인지 모를 몰골이라 평소 같으면 문전에서 쫓아내었을 초라한 행색인데, 오늘은 와준 것만도 반갑고 고맙고 기뻤습니다. 고귀한 신분의 황자임을 생각하면 스스로도 한심하여, 이렇듯 나약해져 어찌하겠나 싶었습니다. 그럴 때 무라사키 부인의 편지가 당도한 것입니다.

"한시도 쉬지 않고 비가 내리는 요즘 날씨가 두려울 정도입니다. 마음 탓인가 하늘마저 꽉 닫힌 듯하니, 어느 쪽을 바라보며 당신을 그리워해야 할지 방향조차 가늠할 수 없군요."

머나먼 스마의 해변에 부는 바람
얼마나 거세게 휘몰아칠지
멀리서 당신을 그리워하며
울며 지새는 눈물의 파도에
이 소맷자락 마를 날 없으니

편지에는 구구절절 가슴을 에는 슬픔이 담겨 있었습니다.

편지를 다 읽은 겐지의 눈에서 바닷물이 불 정도로 눈물이 넘쳐흐르니, 슬픔에 눈앞이 다 어지러울 지경입니다.

편지를 들고 온 심부름꾼이 어색할 정도로 더듬거리며 말하였습니다.

"도읍에서는 이 세찬 비바람을 신불의 경고라 하여 액막음을 위한 인왕회가 열릴 것이라고들 떠들고 있사옵니다. 길이 모두 큰물에 막혀 대소 관료들도 궁으로 들어오지 못해 조정이 제대로 움직이지 못하고 있사옵니다."

겐지는 도읍의 일이라면 무엇이든 알고 싶은지라 심부름꾼을 불러 물었습니다.

"비가 잠시도 쉬지 않고 계속하여 내리는데다 바람도 거세게 몰아치는 날이 며칠이고 계속되자 예사롭지 않은 일이라고 모두들 놀라 어쩔 줄을 모르고 있사옵니다. 요즘처럼 땅속까지 파고들 정도로 커다란 우박이 내리고 천둥 번개가 그치지 않았던 적은 과거에 없었는지라."

험악한 날씨에 잔뜩 겁먹은 표정으로 황공해하는 모습이 몹시도 처량하니, 듣는 사람들은 더더욱 불안하였습니다.

이런 날씨가 계속되는 가운데 온 세상이 다 멸하는 것은 아닐까 두려워하고 있자니, 그 다음날 새벽녘부터 바람이 더욱 거칠게 휘몰아치고 물결은 성이 난 듯 소용돌이치고 요란한 파도 소리는 산도 바위도 모두 부숴버릴 듯한 기세가 되었습니다. 천둥은 구르릉구르릉, 번개는 번쩍번쩍, 당장이라도 벼락이 머리 위로 떨어질 것 같았습니다. 그 자리에 있는 사람들 모두 정신이 아득하였습니다.

"내가 무슨 죄를 저질렀기에 이렇듯 험난한 일을 당하는 것일꼬. 부모님도 만나지 못하고, 사랑하는 처자식의 얼굴 한번 보지 못한 채 죽어야 하다니."

사람들이 이렇게 탄식합니다.

"아무리 지은 죄가 크다 한들 이런 바닷가에서 목숨을 다할 수는 없지."

겐지는 마음을 가다듬고 다지나, 주위 사람들이 공포에 질려 법석을 떠는지라 형형색색의 가는 술을 신 앞에 바치고 기원을 올렸습니다.

"이 사방 일대를 지키시는 스미요시의 명신님이여, 진정 부처님의 현신이라면 아무쪼록 이 난국을 헤아려주옵소서."

아랫사람들도 자신의 목숨은 둘째치고, 고귀한 신분의 겐지가 바닷물에 목숨을 잃는 재난을 당하지는 않을까 염려되는바 마음을 단단히 다잡고, 다소라도 정신이 똑바른 자는 자신의 몸을 바쳐서라도 겐지를 구해내고자 목소리를 합하여 울부짖으며 신에게 기도하였습니다.

"우리의 겐지 님은 제왕이 사시는 구중궁궐 깊은 곳에서 태어나고 자라시어 온갖 호화로움을 마음껏 누리신 분이라 그 자애로움은 이 나라 방방곡곡에 미치지 않은 곳이 없고, 비탄에 빠진 많은 자들을 위로하고 구해주셨사옵니다. 그러하온데 지금 어찌하여 이렇듯 몰아치는 비바람과 솟구치는 파도로 그 목숨을 앗아가려 하시는 것이옵니까. 천지의 신들이시여, 아무쪼록 시비를 밝혀주시옵소서. 지은 죄 없이 벌을 받고 관직은 박탈이요 제명처분까지 받은데다 집과 도읍을 떠나 밤낮으로 마음 편할 날 없이 탄식하고 계시온데, 이렇듯 험난한 날씨를 내리시어 목숨까지 잃게 되신다면 전생의 업이 커서 그러한지 이승에서 지은 죄가 많아 그러한지 밝은 눈으로 내려다보시어 이 비탄에서 구해내주옵소서. 겐지 님에게 평온무사함을 내려주시옵소서."

이렇게 스미요시 신사 쪽을 향하여 갖가지 기원을 올리니 겐지 자신도 기원을 올렸습니다.

또 바다의 용왕과 그밖의 많고 많은 신들에게도 기원을 올리는데, 천둥소리가 점점 더 심하게 울리면서 겐지가 앉아 있는 곳과 이어져 있는 복도 지붕 위에 벼락이 떨어졌습니다. 복도가 순식간에 불에 타 재가 되어버렸습니다.

사람들은 기겁하여 제정신이 아니니 모두 허둥지둥 야단입니다.

사람들은 침전 뒤에 있는 부엌 같은 건물에 겐지를 피신하도록 하였습니다. 신분의 상하 구별 없이 사람들이 모여 북적거립니다. 요란스럽게 울부짖는 소리가 천둥소리 못지않습니다. 하늘은 먹을 뿌려놓은 듯 시커멓습니다.

밤이 되자 간신히 바람이 잦아들고 빗발이 가늘어지면서 하늘에 별이 돋기 시작하였습니다.

겐지가 피신한 곳이 너무도 볼품없어 황송한지라, 침전으로 다시 옮기려 하니 벼락이 떨어져 타고 남은 자리가 스산하고 불미한데다 많은 사람들이 짓밟고 다녀 발이며 무엇이며 온전한 것이 없었습니다.

일단은 이곳에서 밤을 지내고 날이 밝으면 자리를 옮기자 하며 사람들은 어둠 속에서 부산하게 움직였습니다. 겐지는 경을 외우면서 전후 사정을 곰곰이 생각하고 있었는데 도저히 마음이 진정되지 않았습니다.

달이 올라 파도의 흔적이 드러나자 해일이 바로 근처까지 밀려왔음을 알 수 있었습니다. 겐지는 사립문을 열고 나가 달빛 아래 아직도 높이높이 철썩이는 파도를 바라보았습니다.

이 시골 외딴 곳에는 세상의 이치를 깨달아 과거와 미래를 내다보며 천재지변의 의미를 파악할 수 있는 사람도 없습니다. 그저 천한 어부들만이 귀하신 분이 있는 곳이라며 모여들어 겐지는 알 수 없는 사투리로 떠들고 있으니, 겐지에게는 그저 괴이하게 생각될 뿐 그렇다고 내쫓을 수도 없었습니다.

"이 바람이 좀더 오래 불었다면 해일이 덮쳐 세상을 쓸어가버렸을 것이야. 이만하기가 신의 가호였어."

이런 말도 들리니 불안한 마음은 말로 표현할 수가 없었습니다.

고귀한 바다의 신들이시여
후덕하신 신의 가호가 없었더라면
수천의 파도가 일렁이는
저 멀고 깊은 바다로 밀려가
지금도 떠다니고 있겠지요

마음을 다잡고는 있었지만 하루 종일 미쳐 날뛰는 천둥소리에 겐지는 완전히 지쳐 어느새 꾸벅꾸벅 잠이 들고 말았습니다. 어설프기 짝이 없는 임시 거처, 그저 주변에 있는 물건에 기대어 잠을 자고 있는데 돌아가신 기리쓰보 선황이 살아 계실 적 모습 그대로 나타나 손을 잡고 겐지를 일으켜 세웠습니다.

"어쩌자고 이렇게 누추한 곳에 있는 것인가. 스미요시의 신이 인도하는 대로 어서 빨리 배를 띄워 이 해변을 떠나시게나."

"황공하옵게도 아버님의 모습과 이별한 후 지금까지 온갖 슬픈 일만 많았던 터라 이제 그만 이 해변에서 세상을 하직할까 하옵니다."

겐지는 기쁘고도 기쁜 마음에 이렇게 말하였습니다.

"터무니없는 소리 마시게. 이번 일로 죗값은 다 치렀네. 나는 천황의 자리에 있을 때 이렇다 할 실정은 하지 않았으나 나도 모르게 저지른 과실이 있어 그 죗값을 치르느라 이 세상을 돌볼 겨를이 없었네. 그러나 그대가 이토록 심한 고생을 치르는 것을 보니 가엾고 불쌍해서, 저 먼 곳에서 이곳까지 달려왔다네. 몹시 지치고 힘들지만, 차제에 폐하께도 할 말이 있어 이 길로 서둘러 도읍으로 올라갈 생각이네."

이런 말을 남기고 기리쓰보 선황의 모습은 사라져버렸습니다.

"저도 데리고 가주시옵소서."

겐지는 아쉽고 서러워 눈물을 흘리며 간청하고 고개를 들자 이미 그곳에는 아무도 없고 달빛만 휘황하게 빛나고 있었습니다. 꿈인지 생시인지, 아직도 사방에 선황의 기척이 머물러 있는 듯 하여 올려다보니 하늘에는 길게 구름이 늘어져 있었습니다.

지금까지 몇 년 동안이나 꿈속에서도 만나지 못하여 보고 싶고 그리웠던 모습을 허망한 꿈속이기는 하나, 현실인 듯 보았다는 사실만이 또렷하게 마음에 남아 있었습니다. 자신이 이렇듯 험난한 지경에 빠져 목숨이 위태로워지자 살려내려 하늘을 날아오신 것이라 생각하니 고마움이 사무쳤습니다. 천지이변이 용케 일어났나 싶기도 하고 꿈의 여운이 오히려 듬직하게 느껴져 겐지는 그저 기쁘고 황공할 따름이었습니다.

꿈에서 선황을 만나 뵈어 가슴이 벅차오른 나머지 오히려 마음이 어지러워 현실의 슬픈 처지는 다 잊어버렸습니다. 꿈일지언정 어찌 좀더 많은 이야기를 나누지 못하였을까, 라는 생각이 들자 분하고 가슴이 메이고 다시 한 번 꿈속에서나마 만나 뵐 수는 없을까 하여 애써 잠을 청하지만 좀처럼 잠을 이루지 못한 채 날이 밝고 말았습니다.

조그만 나룻배를 저어 두세 사람이 겐지의 임시 거처를 찾아오고 있습니다.

누구인가 싶어 사람들이 물어보았습니다.

"아카시의 해변에서 전의 하리마 국수가 겐지 님을 맞이하러 배를 준비하여 왔습니다. 미나모토 소납언 요시키요가 곁에 계신다면 찾아 뵙고 사정을 설명드리겠습니다."

그 소식을 들은 요시키요는 놀라 영문을 모르겠다는 듯이 얼버무렸습니다.

"그 뉴도는 하리마 지방에서 오래도록 알고 지내던 사람인데 개인적으로 서먹한 일이 있어 이렇다 할 소식을 주고받지 않은 지 오래이옵니다. 이렇게 궂은 날씨에 일부러 찾아오다니 대체 무슨 일일까요."

겐지는 꿈속에서 선황이 하신 말씀을 다시금 되새기며 요시키요에게 일렀습니다.

"어서 가서 만나보거라."

요시키요는 그렇게 심하게 휘몰아치는 비바람 속에서 어떻게 배를 띄웠을까, 하고 이상히 여기며 바닷가로 나가 뉴도를 만나자, 뉴도는 이렇게 경위를 설명하였습니다.

"지난 삼월 일일 밤 꿈에 괴이한 자가 나타나 계시를 하였습니다. 십삼일에 다시금 영험을 보일 터이니 미리 배를 준비하여 폭풍우가 멎으면 반드시 스마의 해변에 배를 대라는 계시였습니다. 믿기 어려운 일이었으나 혹시나 싶어 배를 준비하고 기다리고 있었더니, 비바람이 몰아치고 천둥 번개가 내리쳐 짚이는 것이 있었습니다. 다른 나라의 조정에서도 꿈에서 계시를 받아 나라를 구한 예가 얼마든지 있습니다. 겐지 님이 거두어들이든 말든 꿈에 계시가 있었던 십삼일에 반드시 그 뜻을 겐지 님에게 전해야겠기에 배를 띄웠습니다. 그런데 기이하게도 순풍이 한 줄기 불어 배가 무사히 이 해변에 도착하였습니다. 이는 실로 신의 인도가 틀림없습니다. 이쪽에서도 혹시나 마음에 짚이시는 것이 있지는 않은지. 황공하오나, 이 뜻을 겐지 님께 전해주십시오."

요시키요는 은밀하게 뉴도의 뜻을 겐지에게 전하였습니다. 겐지는 꿈에서나 현실에서나 이상한 일들만 일어나니, 신의 계시를 지나간 세월에 비추어 이리저리 생각하였습니다.

'승려의 말을 내 믿었다고 사람들이 전하면 훗날 비난을 면키 어려울 터인데. 허나 이렇듯 마중하러 온 것을 보면 정말 신의 가호일지도 모르는 일, 섣불리 뉴도의 말을 거역하였다가는 더 큰 웃음거리가 될 수도 있겠구나. 세상 사람들의 의견도 거역하기는 성가신 일인 법. 아주 사소한 일에도 조심하고, 연장자나 자기보다 지위가 높고 덕망이 높은 사람의 말은 거역하지 말고 순종하며 그 의견을 잘 헤아려 따르도록 노력해야 하는 것이지. 옛 현인들이 만사 자중자애하면 틀림이 없다고 하지 않았던가. 과연 나는 그러지 않았기에 목숨이 왔다갔다하는 재난을 당하였고, 세상 괴로움을 있는 대로 다 경험하였어. 지금 새삼스럽게 훗날의 악평을 피하려 한다 한들 소용없는 일일 터. 꿈속에서 선황의 언질도 있었으니 뉴도의 말을 어찌 더 의심하랴.'

겐지는 이런 결론을 내리고 답을 내렸습니다.

"낯설고 물선 타향에 내려와 괴롭고 고통스런 일을 당하였는데, 도읍에서는 문안차 내려오는 사람조차 없어 그저 하늘의 해와 달을 고향 친구라 여기고 바라보았거늘, 이렇듯 반가운 일이 또 어디 있겠는가. 아카시의 해변에는 은밀히 몸을 숨길 만한 곳이 있는가."

뉴도는 더없이 기뻐하며 예를 갖추어 말하였습니다.

"아무튼 날이 밝기 전에 배에 오르시오소서."

겐지는 늘 곁을 떠나지 않는 아랫사람 네댓 명만 데리고 배에 올랐습니다.

예의 이상한 바람이 또 불어 배는 물위를 날아가듯 아카시에 도착하였습니다. 스마에서 아카시는 엎드리면 코 닿을 곳이라 그리 시간이 걸리지 않는 것은 당연한 일이나, 그렇다 하여도 정말 신기한 바람이었습니다.

아카시 해변의 풍광은 과연 스마보다 한결 정취가 있었습니다. 겐지가 바라는 바는 아니었지만 사람도 무척 많았습니다.

뉴도는 해변과 산야에 소유지가 많아, 해변에는 풍류를 즐길 수 있도록 신경 써 지은 뜸집이 있는가 하면 산야의 계곡가에는 근행삼매에 빠져 후세의 안녕을 기원할 수 있는 멋들어진 불당이 있었습니다. 가을에는 전답에서 곡식을 거두어 생활을 꾸렸고, 여생을 풍족하게 보내기 위한 곡물 창고까지 있으니, 각 건물은 때와 장소에 어울리는 멋을 지니고 있었습니다.

지난번 해일에 놀란 뉴도의 딸은 얼마 전 언덕집으로 거처를 옮긴 터라, 겐지는 바닷가의 집에서 한가로이 지낼 수 있게 되었습니다.

배에서 내려 수레로 바꿔 탈 즈음, 해가 떠올라 뉴도는 겐지의 모습을 살며시 엿보았습니다. 그러자 마치 수명이 연장된 것처럼 느껴지면서 늙음조차 잊혀져, 싱글벙글 좋아하며 스미요시의 신에게 감사하였습니다. 뉴도는 해와 달을 두 손에 거머쥔 것처럼 가슴이 벅차오르니, 정성을 다하여 겐지의 시중을 드는 것은 당연한 일이었습니다.

아카시 해변의 풍광은 물론이요, 멋스럽게 꾸민 자택, 정원, 돌, 나무, 형용하기 어려울 만큼 수려한 바다의 풍경 등, 그림으로 그린다 해도 재주가 많지 않은 화가는 채 다 그려내지 못할 것입니다. 지금까지 지냈던 스마의 거처보다 한결 밝아 겐지는 이곳이 무척이나 마음에 들었습니다.

방도 어느 곳 하나 빠진 데 없이 완벽하게 준비되어 있어, 뉴도가 사는 집과 그 생활상이 도읍의 어느 귀인 못지않게 우아하고 호화로우니 어쩌면 이쪽이 나을지도 모르겠습니다.

다소 자리가 잡히고 안정이 되자 겐지는 여기저기에 편지를 써 보냈습니다. 지난번에 무라사키 부인이 보내어 내려온 자가 가당치 않은 때에 길을 떠나와 재난을 당했다며 시름에 잠겨 아직도 스마에 머물러 있는지라, 그를 불러들여 분에 넘치도록 많은 선물을 내리고는 도읍으로 돌려보냈습니다. 그러니 가까이 여기는 도읍의 기도사들과 여타의 사람들에게도 근간의 상황을 자세하게 알렸을 터이지요.

후지쓰보에게는 무사히 목숨을 건진 경위를 각별히 자세하게 보고하였습니다.

이조원의 무라사키 부인이 보낸 애절한 편지에는 눈물이 앞을 가려 답장을 술술 써 내려가지 못하고 눈물을 닦아가며 쉬엄쉬엄 썼습니다.

"거듭거듭 세상 시름과 고통을 겪을 대로 겪고 나니 이제 그만 속세를 버리고 출가하고 싶은 마음 가득하나, 한편으로는 그대가 '하루인들 이 거울 어찌 보지 않고 살리오'라고 노래하였던 때의 모습이 늘 내 곁을 떠나지 않으니, 어찌 다시 한 번 만나지 않고 출가할 수 있으랴 싶어 슬프고 괴로운 생각은 일단 접으리라 마음먹고 있소이다."

애타게 그리운 것은
오직 그대뿐
낯설고 물선 스마의 해변에서
더더욱 먼 아카시의 해변으로
흘러든 슬픈 와중에도

"마치 꿈속에 있는 듯한 심정, 아직도 그 꿈에서 깨어나지 않은 듯 넋을 놓고 있으니, 두서없는 말만 쓴 듯하구려."

과연 두서도 없고 어지럽게 쓴 글이기는 하나, 아랫사람들의 눈에는 오히려 곁에서 들여다보고 싶을 정도로 비치니, 역시 무라사키 부인을 더없이 어여삐 여기는 모양입니다. 덧붙여 아랫사람들도 도읍에 있는 각자의 집에 소식을 전해달라 부탁하는 듯하였습니다.

쉴새없이 비를 뿌리던 하늘이 맑게 개이자 고기 잡는 어부들의 표정도 환해졌습니다.

어부들의 오두막도 많지 않아 한적하고 쓸쓸하기만 하였던 스마에 비하면 아카시는 사람들의 왕래가 많아 눈에 거슬렸지만, 또 한편으로는 스마와 달리 풍광이 수려한 곳이 많아 위로가 되었습니다.

아카시의 뉴도는 속세의 근심을 잊고 오직 근행에 정진하는 듯 보였으나, 다만 딸의 앞날을 어찌하면 좋을지 곁에서 보기에 남세스러울 정도로 걱정하니, 때로 불평을 늘어놓아 그 말이 겐지의 귀에도 들어갔습니다.

겐지도 요시키요에게 그 딸이 상당한 미인이라는 소리를 들은 기억이 있어, 이렇듯 뜻하지 않게 아카시까지 오게 된 것을 보면 딸과 전생에 무슨 인연이 있는 것은 아닐까 생각하였으나 영락한 처지에 놓여 있는 동안은 근행 외에는 아무 생각도 하지 말자고 다짐하였습니다. 도읍에 있는 무라사키 부인과 함께 잘 지내고 있을 때라면 몰라도, 지금 이곳에 있으면서 그런 행동을 하면 약속을 어겼다 원망을 들을 것이니, 그 또한 수치스럽고 미안한 일이라 딸에게 마음이 있는 듯한 처신은 보이지 않았습니다. 다만 어쩌다 간혹, 딸의 성격과 용모가 소문대로 예사롭지 않다 여겨질 때면 마음이 끌리지 않는 것도 아니었습니다.

뉴도 자신은 겐지의 거처에 삼가 출입하지 않고 멀리 떨어진 아래채에 있습니다. 허나 뉴도의 속마음은 이대로 가만히 있기가 안달이 나고, 아침저녁으로 겐지를 찾아 뵙고 시중을 들면서 딸의 건까지 합하여 소원을 풀고 싶은 마음만 가득하니, 점점 더 열심히 불공을 드렸습니다.

뉴도 나이 예순 여남은 살이나, 근행으로 다져진 자그마한 몸집에 인상도 좋은 노인입니다. 다소 성격이 괴팍하고 나이를 먹은 탓에 정신이 흐릴 때도 있으나 옛 문헌에 밝고 고상한 취미를 즐길 줄도 알기에, 겐지는 그가 들려주는 옛이야기로 따분함을 달래기도 하였습니다.

뉴도는 겐지가 지난 몇 년 동안 공적으로나 사적으로나 분주하여 자세하게 듣지 못하였던 옛이야기들을 하나 둘 들려주었습니다.

"내 이런 곳에서나마 뉴도를 만났으니 참으로 다행이로다. 그렇지 않았더라면 이런 이야기를 듣지 못하였을 터이니."

이렇게 여길 만큼 흥미로운 이야기도 많았습니다.

뉴도는 이렇듯 겐지를 가까이하고 있으면서 부끄러워질 정도로 기품 있고 훌륭한 겐지의 모습에 압도되어 기가 죽은 탓에, 딸이 겐지와 만날 운명이라 여기는 자신의 생각을 입을 열어 말하지 못하는 것이 답답하고 안타까워 아내에게 푸념을 늘어놓았습니다. 당사자인 딸은 웬만한 신분의 남자들조차 눈에 차는 자를 찾아볼 수 없는 이런 시골에서 이렇듯 훌륭하신 분을 뵙게 되었다면서 황공하게 겐지를 우러르니, 오히려 자신의 위치를 깨닫게 되어 도저히 미치지 못할 먼 세계의 분이라 생각하였습니다. 부모가 이런저런 궁리를 하며 애를 태우고 있다는 말을 들어도, 어울리지 않는 인연이라 수치스러워하며 지금까지 아무 일도 없었던 때는 겪지 않았던 괴로움을 겪고 있었습니다.

사월이 되었습니다. 뉴도는 초하루부터 겐지가 갈아입을 옷이며 방의 비단 휘장을 있는 대로 멋을 부려 새로 마련하고 만사 정성을 다하여 겐지를 보살폈습니다. 겐지는 안된 마음에 그렇게까지 하지 않아도 좋으련만, 하고 생각은 하지만 뉴도의 자존심과 기품을 보아 아무 소리도 하지 않았습니다.

도읍에서는 문안 편지가 끊이지 않습니다. 달빛이 휘영청한 한가로운 저녁, 하늘에는 구름도 없어 바다가 훤히 내다보이니 저 바닷물이 내 정든 이조원의 연못물인가 싶을 정도입니다. 괜스레 도읍이 그리워지면서 마음은 정처 없이 헤매도는데, 눈앞에는 그저 아와지 섬이 떠 있을 뿐이었습니다.

겐지는 '아와지에서 멀리 보았던 희미한 달'이란 옛 시를 읊조리고는 이렇게 노래하였습니다.

저 섬이 아와지 섬인가, 감동에 겨워
옛사람이 바라본 섬의 풍광이
내 고향 그리운 마음과 하나 되니
오늘 밤따라 휘영청 밝은 저 달

그러고는 오래도록 멀리하였던 칠현금을 꺼내어 살풋 뜯으니, 그런 겐지의 모습을 곁에서 바라보는 아랫사람들마저 서글프고 안타까웠습니다.

「광릉」이란 곡을 화려한 기교를 한껏 부려 연주하자 그 선율이 솔바람과 파도 소리를 타고 언덕집까지 전해지는데, 멋을 아는 젊은 시녀들은 몸을 저미는 듯한 느낌으로 귀를 기울이고 있는 듯합니다. 소리를 구분하지 못하는 시골 사람들도 아름다운 칠현금 소리에 마음이 이끌려 바닷가를 거닐다 감기에 걸리기도 하였습니다.

뉴도는 견딜 수 없는 심정에 불공도 접은 채 해변의 집으로 겐지를 찾아 뵈었습니다.

"칠현금 소리를 듣자 하니, 이미 저버린 속세의 일이 새삼스럽게 떠오릅니다. 이 저녁의 정취는 각별하니 다음 세상에 다시 태어나고 싶은 극락이 이러한 풍광이 아닐까 싶사옵니다."

뉴도는 감격의 눈물을 흘리며 겐지의 솜씨를 찬양하였습니다.

겐지 자신도 궁중의 음악 행사며 이러저러한 때 이런저런 사람들이 연주하였던 칠현금과 피리와 노랫소리, 그리고 늘 칭찬을 들었던 자신의 모습이며, 폐하를 비롯하여 많은 사람들이 자신을 귀히 여기며 섬겼던 일들이 그 당시 사람들의 모습과 함께 떠오르니, 모든 것이 꿈만 같은 기분이 들어 흥에 겨워 뜯었던 칠현금 소리가 마음에 서늘하고 슬프게 번지는 듯합니다.

늙은 뉴도는 눈물을 가누지 못하고 비파와 쟁을 가져오라 언덕집으로 사람을 보냈습니다. 뉴도는 비파를 뜯으며 흔히 들을 수 없는 곡을 두세 곡 연주하였습니다.

겐지에게는 쟁을 권하니, 잠시 연주하였습니다. 그 음색을 들은 뉴도는, 무엇을 하여도 훌륭한 기량을 보여주는 겐지에게 그저 감탄할 따름이었습니다. 그리 익숙지 않은 악기라도 때와 분위기에 따라서는 평소보다 멋지게 들리는 법입니다. 하물며 드넓은 바다가 앞에 있고, 꽃이 흐드러지게 피는 봄이나 단풍이 알록달록한 가을보다 푸르른 녹음이 우거진 나무 그늘이 오히려 싱그럽고 게다가 마치 문 두드리는 소리처럼 하얀눈썹뜸부기 우짖는 소리까지 들려오니, '대체 누가 문을 잠가 들이지 않는가' 라는 노래가 절로 떠오르고 흥은 깊어만 갑니다.

겐지는 뉴도가 우아하고 부드럽게 타는 더없이 좋은 쟁 소리에 감탄하며 넌지시 말합니다.

"쟁은 여자를 유혹하듯, 꾸밈없이 편하게 뜯는 것이 좋지요."

뉴도는 딸을 암시하는 것이라 착각하고는 흐뭇한 표정을 짓고 이렇게 응수하다가는 몸을 떨며 눈물을 흘렸습니다.

"겐지 님보다 더 그윽하게 쟁을 탈 줄 아는 여인이 어디 있겠사옵니까. 소승의 조상이 엔기 제께 쟁 타는 법을 직접 전수받아 삼 대째 내려오고 있는데, 이처럼 덧없이 출가한 몸이라 속세의 일을 다 잊어버렸으나, 기분이 우울할 때는 쟁을 타곤 하였습니다. 딸아이가 그것을 어깨 너머로 배운 탓인지 자연히 소승의 스승인 전 친왕의 주법을 닮게 되었습니다. 산속에 묻혀 사는 몸이라 솔바람 소리를 쟁 소리로 잘못 들었는지도 모르겠사오나, 아무튼 그 소리를 한번 들려드리고 싶사옵니다."

"이런 명인 앞에서 쟁 소리랄 수도 없는 소리를 내었으니, 참 한심한 일이었소이다."

겐지는 쟁을 밀어내며 말하였습니다.

"신기한 일이오나 쟁은 예로부터 여인네들이 잘 탔지요. 사가 제께 전수받은 제5황녀가 당대에는 쟁의 명수로 명성이 자자하였는데, 그 계통을 잇는 자들 가운데에는 이렇다 하게 연주법을 전수한 사람이 없습니다. 그리고 요즘 명수라 불리는 사람들은 그저 한결같이 기분전환 삼아 타고 있을 뿐인데, 이런 곳에 정통한 주법을 전수받은 사람이 있었다니 참으로 놀라운 일입니다. 꼭 한번 듣고 싶소이다."

"들어주신다면야 어찌 사양하겠사옵니까. 앞으로 불러들이시지요. 그 옛날의 백거이는 같은 장사치들이라도 비파를 연주할 줄 아는 자를 좋아하였다 하옵니다. 옛날에도 비파를 제대로 연주할 줄 아는 자는 흔히 없었다고 하는데, 딸자식은 실로 수월하게 타면서도 심금을 울리니 각별합니다. 어떻게 배웠는지 참으로 신기한 일이옵니다. 딸자식이 연주하는 비파 소리를 이런 시골에서 거친 파도 소리와 함께 들어야 하는 것은 안타까운 일이기는 하나, 한편으로는 그 소리에 저의 상심한 마음을 달래기도 합니다."

이렇게 사뭇 풍류인답게 이야기하니, 겐지는 흥미로운 마음에 쟁을 뉴도에게 권하였습니다. 과연 뉴도는 훌륭한 솜씨로 쟁을 탔습니다. 요즘 세상에는 알려져 있지 않은 주법을 터득한 터라, 손놀림도 중국식이고 왼손으로 현을 흔들어 내는 소리는 깊고 투명하였습니다. 이곳이 이세의 바다는 아니나, 사이바라의 '이세의 맑고 아름다운 바닷가에서 조개를 줍자'는 노래를 목청이 좋은 자에게 부르라 명하고 겐지 자신도 간혹 장단을 맞추며 목소리를 합하니, 뉴도는 쟁을 타던 손길을 멈추고 그 목소리를 칭송하였습니다.

온갖 모양을 내어 만든 과자를 대접하고, 아랫사람들에게는 술을 권하기도 하니 수심이 절로 잊혀지는 저녁 풍경이었습니다.

밤이 깊어가면서 바닷바람이 서늘해지고, 달도 서쪽으로 기울면서 그 밝음이 더하여 사방이 온통 정적에 감싸였을 때, 뉴도는 겐지에게 속내를 털어놓았습니다.

이 아카시에 살기 시작했을 무렵의 초심이며 극락왕생을 위해 불도에 정진하게 된 경위, 그렇게 이런저런 이야기를 하다가 급기야 묻지도 않은 딸의 이야기까지 나왔습니다.

겐지는 묻지도 않는 이야기까지 술술 털어놓는 뉴도가 우습기도 한 반면 가엾기도 하였습니다.

"아뢰옵기 황공한 일이나, 겐지 님께서 뜻하지 않게 이런 시골에 잠시나마 거처하게 된 것은 어쩌면 부처님께서 이 몸이 오래도록 기원한 뜻을 어여삐 여기신 덕분이 아닐까 사료되옵니다. 스미요시의 신에게 발원한 지 올해로 벌써 18년입니다. 딸자식이 아주 어렸을 때부터 마음에 바라는 바가 있어 해마다 봄 가을로 빠뜨리지 않고 스미요시 명신에게 제를 올리고 기도를 하였습니다. 하루 여섯 번 있는 근행 때도 저 자신의 극락왕생보다 오직 딸에게 고귀한 분을 점지해달라고, 그 기원을 이루어달라고 기도를 올렸사옵니다. 저는 전생의 인연이 좋지 않아 이렇듯 시골에 묻혀 살고 있으나 제 아버지는 대신의 영예를 누렸습니다. 이 몸은 굳이 원하여 이렇게 시골에 묻혀 사는 인간이 되었으나 도무지 예측할 수 없는 앞날 자손들마저 빛을 보지 못하고 영락한다면 한심하고 두려운 일이 아닐 수 없사옵니다. 그나마 딸자식만은 태어날 때부터 듬직한 구석이 있어 어떻게든 도읍의 고귀하신 분에게 드리고 싶은 마음 간절하였사옵니다. 저같이 신분이 낮은 사람이라도 낮으면 낮은 대로 뭇사람들의 질투가 심하여 상심하는 일이 한두 번이 아니었으나 그런 일들은 전혀 문제가 되지 않습니다. 제 목숨이 붙어 있는 한 부족하나마 부모로서 딸자식을 남부럽지 않게 키울 것이오나 이대로 살다가 만의 하나 딸자식을 남겨두고 앞서 가게 된다면, 바다에 몸을 던져서라도 목숨을 끊으라고 가르쳤습니다."

뉴도는 눈물을 흘리며, 마냥 듣고 있기가 꺼려지는 기묘한 이야기까지 모두 털어놓았습니다.

허나 겐지 역시 여러 가지로 괴롭고 상심이 큰 때라 동정하여 눈물을 흘리며 들었습니다.

"무고한 죄를 덮어쓰고 뜻하지 않은 곳에서 방랑하고 있으니 이 무슨 죗값일까 하여 이상히 여겼는데, 오늘 밤 그대의 이야기를 듣고 보니 과연 전생에 굳은 약속이 있었나 보다는 생각이 듭니다. 왜 그렇듯 분명하게 알고 있으면서 지금까지 내게는 말하지 않았습니까. 도읍을 떠난 후로 나는 이 무상한 세상에 염증이 나서 오직 근행에만 정진하며 세월을 보냈는데, 이제는 많이 지친 듯합니다. 그런 딸이 있다는 이야기는 소문으로 언뜻언뜻 들었는데, 이렇듯 쓸모없는 인간은 불길하여 상대해줄 리 없을 것이라 자신감을 잃고 애만 끓이고 있었습니다. 뜻이 그러하다니 나를 따님에게 데려다주시지요. 홀로 자는 쓸쓸하고 외로운 잠자리에 말벗이라도 하게 말입니다."

겐지가 그렇게 말하자 뉴도는 기뻐 어쩔 줄을 모릅니다.

홀로 자는 잠자리의 외로움을
그대도 알게 되었음인가

지금 아카시의 바닷가에서
홀로 밤을 밝히는 여식의
그 마음 허전하고 쓸쓸함을

"오랜 세월 딸자식의 앞날만을 걱정해온 소승의 답답한 심정도 헤아려주십시오."

이렇게 말하고 몸을 부들부들 떠는데도 과연 뉴도의 품위는 변함이 없었습니다.

"그대는 바닷가 생활에 익숙해져 있으니 그 외로움이 나만 하겠는가."

쓸쓸한 나그네의 잠자리
밤의 외로움에
잠들지 못하고 밝히다 못해
꿈조차 꾸지 못하니

속내를 내비치는 겐지의 모습이 애교와 매력에 넘쳐 형용할 길 없이 아름답습니다. 그밖에도 뉴도는 이루 헤아릴 수 없을 정도로 많은 이야기를 풀어놓았으나, 일일이 써서 남기자니 성가시군요. 게다가 잘못된 것도 쓰고 말았으니, 어쩌면 어리석고 고집 센 뉴도의 성격이 그대로 드러났는지도 모르겠습니다.

뉴도는 소원이 간신히 이루어졌다는 생각에 한결 마음이 가벼워졌습니다. 다음날 낮, 겐지는 언덕집에 있는 딸에게 편지를 보냈습니다. 뉴도의 딸이 주눅이 들 정도로 교양이 있는 듯한데, 어쩌면 이런 시골구석에 뜻하지 않게 훌륭한 여인이 숨어 있을지도 모른다는 부푼 생각으로 고려에서 나는 호두색 종이에 각별히 정성을 들이니, 이렇게라도 쓰고 있는 것일까요.

고향을 멀리 떠나
정처 없는 나그넷길
수심에 차 하늘만 바라보는데
한 가닥 소문에 매달려
그대의 집을 찾으려 하니

"사모하는 마음 억누를 길 없소이다."

뉴도도 은근히 겐지의 편지가 기다려져 언덕집에 와 있던 차, 뜻하던 대로 심부름꾼이 당도하자 상대가 놀랄 정도로 술을 베풀어 취하게 하였습니다. 딸은 답장을 쓰는 데 무얼 그리 꾸물거리는지 시간이 오래 걸립니다. 뉴도가 방으로 들어와 채근을 하는데도 딸은 전혀 말을 듣지 않습니다. 말할 수 없이 훌륭한 겐지의 편지에 답장을 쓰자니 기가 죽어 부끄럽고, 겐지의 신분과 자신의 신분을 견주어보니 비교도 되지 않는 격차가 수치스러워 몸이 불편하다면서 물건에 기대어 눕고 말았습니다. 그런 딸을 설득하지 못하여 난감한 뉴도는 대신 붓을 들었습니다.

"황공하옵게도 친히 편지를 보내주신 후의, 천한 여식에게는 분에 넘치는 일일는지요. 그저 황공함에 편지를 펼쳐 보지도 못할 정도로 어쩔 줄 모르고 있사오나 소승에게는 이렇게 보입니다."

그대가 바라보는 하늘
여식도 애틋하게 바라보는 똑같은 하늘
하늘도 마음도 함께하고 싶은 것이
여식의 속마음이겠지요

"참으로 남세스러운 말씀을 드리자니 황송하옵니다."

뉴도는 심부름꾼에게 여자용 우아한 의상을 들려 보내었습니다. 편지는 남녀의 서신에 쓰이는 두꺼운 회색 종이에 고풍스러우나 몹시 세련된 필체로 씌어 있었습니다. 겐지는 그야말로 남세스러운 표현이라고 다소 어이없어하며 편지를 보았습니다.

그 다음날 겐지는 답장을 보냈습니다.

"대필이라니요. 지금까지 이런 편지는 받아본 적이 없었습니다."

야속함에
무너지는 가슴으로
괴로워하고 있습니다

어찌 지내느냐고
찾아주는 이도 없는
처지이거늘

"아직 만나본 적도 없는 그대를 그립다 말할 수는 없으나."

부드럽고 얇은 종이에 아름다운 필체로 써내려간 이런 편지에 젊은 여인의 마음이 동하지 않는다면 소심한 목석이겠지요.

딸은 더없이 아름다운 편지라 생각하면서도 하늘과 땅만큼이나 신분이 다른 처지, 이렇듯 어울리지 않는 인연은 맺어봐야 소용없는 일이라 생각하며 자신의 존재가 겐지에게 알려진 것이 서러워 흐르는 눈물을 어쩌지 못하였습니다. 그러고는 답장은 쓸 생각도 하지 않는데, 뉴도가 억지를 부리니 향이 밴 보라색 종이에 먹물이 짙고 옅게 배이도록 하여 답장을 썼습니다.

아직 만난 적도 없는데
사람의 말만으로
그리워하시다니
그대 마음의 깊이
과연 어느 정도일지요

그 필체의 우아함, 노래의 운율 등이 도읍의 귀족의 딸 못지않습니다. 겐지는 도읍에서 이런 여인들과 주고받은 많은 편지를 떠올리면서 딸의 편지를 흥미롭게 바라보았습니다. 하지만 사람들의 눈이 있으니 잇달아 편지를 써 보낼 수도 없어 이삼 일 간격을 두고 따분한 저녁나절이나 구슬픈 새벽녘, 상대방도 자기와 비슷한 기분으로 있을 만한 때를 가늠하여 편지를 주고 받았습니다.

딸의 사려 깊고 기품 있으며 고만한 태도가 느껴져 편지를 주고받기에 적합한 상대라 여겨지기는 하나, 요시키요가 그 딸을 마치 자기 것인 양하던 이야기도 마음에 걸리고, 또 오래도록 그 딸을 사모하였을 터인데 보는 앞에서 빼앗아 실망시키는 것도 안된 일이라 겐지는 이런저런 생각이 많았습니다. 그러다 여인 쪽에서 자진하여 이쪽으로 오면 사정이 그렇게 되었으니 어쩔 수 없는 일이었다고 시치미를 떼리라 생각하였습니다.

딸은 또 딸 나름대로 고귀한 신분의 여인들보다 한층 자존심이 세고 얄미운 태도로 겐지의 애간장을 태우니, 서로 먼저 찾아가지 않고 시간만 흘렀습니다.

겐지는 이렇게 스마의 관문을 넘어 서쪽으로 더욱 내려오고 만 터라 도읍에 있는 무라사키 부인이 걱정스럽고 그리워 어찌하면 좋을까 이대로 그냥 놔둬서는 안 될 터인데, 차라리 은밀하게 이쪽으로 불러들일까, 하고 마음 약한 생각을 하다가도 아무리 죄가 크다 한들 이대로 여기에 죽을 때까지 머물 리는 없을 터이니 지금 와서 새삼스럽게 허물을 만들어서는 안 될 것이라고 애써 인내하였습니다.

그해 조정에서는 신의 경고가 끊이지 않고 시끄러운 일들이 잇달았습니다. 삼월 십삼일, 천둥이 요란하게 울리고 비바람이 휘몰아치던 날 밤, 천황의 꿈에 돌아가신 기리쓰보 부황이 청량전 동쪽 정원의 계단에 서 있는 모습이 나타났습니다. 선황이 몹시 언짢은 표정으로 천황을 노려보는 터라 폐하께서는 황망하여 몸둘 바를 몰랐습니다.

부황은 그때 많은 말을 하였는데, 과연 겐지에 관한 것이었을까요. 폐하께서는 그 꿈이 두렵고 또 부황이 안쓰러워 고키덴 황태후에게 그 꿈 이야기를 하였습니다.

"비바람이 몰아치고 날씨가 험악한 날에는 마음에 응어리진 것이 그렇게 꿈에도 나타나곤 합니다. 그리 경망하게 놀라지 마세요."

고키덴 황태후는 이렇게 말하였습니다.

천황은 부황이 노려볼 때, 눈과 눈이 마주치는 것을 꿈에서 본 탓인가 그 후로 눈을 앓아 견디기 어려운 고통을 겪고 있습니다. 폐하의 눈을 치료하고자 궁중에서도 갖가지 제를 올렸고, 황태후전에서도 온갖 기도를 올렸습니다.

그런 와중에 황태후의 아버지 태정대신이 돌아가셨습니다. 나이로 치자면 천수를 다한 것이나, 잇달아 불온한 일들이 계속되는 터라 황태후도 딱히 아픈 곳은 없는데 점차 기운이 쇠하고 몸도 쇠약해지니 폐하께서는 여러 가지로 마음고생이 끊이지 않았습니다.

"겐지가 무고한 죄로 저렇듯 역경에 처해 있으니 반드시 그 대가를 치르게 될 것이라 생각합니다. 역시 겐지를 복귀시켜야 할 듯합니다."

이렇게 황태후에게 열심히 간언하나 황태후는 단호하게 훈계합니다.

"지금 그런 처사를 하였다가는 경솔한 조처였다고 세상의 비난을 면치 못할 것입니다. 죄를 두려워하여 도읍을 떠난 자를 3년도 채 지나지 않아 용서한다면 사람들이 뭐라 하겠습니까."

폐하께서는 이러지도 저러지도 못하는 사이에 세월만 흐르고 두 분의 병세도 날로 깊어졌습니다.

아카시에서는 가을바람이 몸에 스미도록 서늘하게 불어대는데, 겐지는 잠자리가 외로워 뉴도에게 종종 속내를 내비쳤습니다.

"사람들의 눈을 피하여 어떻게든 따님을 내게로 보내주십시오."

겐지는 자신이 스스로 걸음하는 것은 당치도 않은 일이라 생각하고 있는데, 뉴도의 딸 또한 제 발로 가리라는 생각은 꿈에도 하지 않고 있습니다.

'미천한 신분의 시골 여인네라면 도읍에서 내려와 외로운 마음을 달래려는 감언에 넘어가 경솔하게 인연을 맺을 터이지만, 나는 어차피 겐지 님의 수많은 여인 축에는 끼지도 못할 사람,

괜한 마음고생의 씨앗을 뿌리는 일이 될 게야. 턱없이 높은 꿈을 품고 있는 부모님 역시 내가 이렇게 연을 맺지 않고 있는 동안에는 가당치 않은 일에 매달려 장래에 기대를 품을 수 있겠지만, 막상 인연을 맺고 나면 근심만 더하게 될 터.

그저 겐지 님이 이 아카시에 계시는 동안 이렇게 편지를 주고받을 수 있다는 것만 해도 고맙고 분에 넘치는 일이야. 오래도록 소문만 듣고도 언젠가는 그런 분을 잠시라도 뵙고 싶었으나 절대 이루지 못할 소망이라고 여기고 있었는데, 이렇듯 뜻하지 않게 겐지 님이 아카시에 머물게 되어 멀리서나마 그 모습을 뵙고 세상에 견줄 자가 없다는 쟁 소리까지 바람을 타고 들었으니 벽지의 바닷가에서 초라하게 사는 나로서는 과분한 일이지.'

이렇듯 생각이 어지러우니 점점 더 기가 죽어 겐지를 모시리라는 생각은 꿈에도 하지 않습니다.

부모 역시 오랜 세월의 소원이 드디어 이루어지는가 보다고 생각하는 한편, 자칫 딸을 겐지와 만나게 하였다가 만의 하나 대접을 제대로 받지 못할 경우에는 얼마나 서러우랴 하고 우려하니, 걱정이 태산 같고 후회스럽기도 한 마음에 이렇게 반성도 하였습니다.

'겐지 님이 아무리 훌륭한 분이라 한들 만의 하나 일이 그렇게 되면 허탈하고 괴로울 것이다. 정작 중요한 겐지 님의 마음이나 딸의 운명이 어떻게 될지 아무것도 모르면서 눈에 보이지 않는 신에게 매달려 일방적인 소망을 품다니.'

"파도 소리가 들려올 때마다 그 사람의 쟁 소리가 듣고 싶어지니. 이 가을밤의 정취도 허망하기만 하구나."

겐지는 툭하면 이렇게 푸념을 늘어놓았습니다.

뉴도는 부인이 걱정하는 소리에도 아랑곳하지 않고 제자들조차 모르게 길일을 점쳐 혼자서 은밀하게 일을 추진하였습니다. 딸의 방을 눈이 부시도록 아름답게 치장하고, 십삼일 달이 두둥실 떠오르자 '오늘 밤의 이 아까운 달빛과 벚꽃을 이왕이면 멋을 아는 이에게 보여주고 싶구나'라는 옛 노래를 인용하여 '오늘 밤의 이 아까운'이라고 겐지에게 넌지시 귀띔하였습니다. 오늘 밤이야말로 우리 집의 아리따운 꽃을 보아달라는 뜻이지요.

겐지는 꽤나 풍류가 담긴 귀띔이라고 생각하며 평상복으로 갈아입고 차림새를 단정히 한 후, 밤이 깊어지기를 기다려 문을 나섰습니다. 뉴도가 아름답게 치장한 수레를 준비하였으나 겐지는 허풍스럽다 하며 말을 타고 갔습니다. 동행은 고레미쓰뿐이었습니다.

언덕집은 다소 멀고 산 쪽으로 후미진 곳에 있었습니다. 길을 가면서 사방의 바닷가 경치를 내다보니 옛 노래에도 있듯이, 만의 수면에 어린 달그림자를 사랑하는 사람과 함께 보고 싶은 마음에 무라사키 부인이 그리워지니, 차라리 말을 달려 도읍으로 향하고 싶은 마음이 가득하였습니다.

가을밤을 달리는 적부루마여
내 사모하는 저 먼 도읍의
하늘로 날아가거라
잠시나마 사랑하는 사람의
그리운 모습 보게

겐지는 이렇게 혼자 읊조렸습니다.

언덕집은 우거진 숲 가운데 상당히 멋을 부려 지은 집이라 꽤 볼만하였습니다. 바닷가의 집은 묵직하고 풍류가 가득한 데 반해 이쪽은 차분하고 조용하여 이런 곳에서 살다 보면 온갖 수심에 잠길 것이라고, 사는 사람의 마음까지 헤아리자니 애처로움이 샘솟았습니다.

근처에 삼매당이 있어 솔바람에 섞여 울리는 해질 녘 종소리도 쓸쓸하고, 바위틈으로 뻗은 소나무의 뿌리까지도 멋스러웠습니다. 앞뜰에서는 가을 풀벌레가 구슬프게 울어대고 있습니다. 겐지는 집 안을 이리저리 살펴보았습니다.

각별히 공을 들여 꾸민 딸의 거처에 달빛을 받은 문이 살짝 열려 있었습니다.

방 안으로 들어온 겐지가 주춤거리면서 이런저런 이야기를 하나, 딸은 가까이에서 뵙지 않겠노라 굳게 마음먹고 있는 터라 그저 슬퍼만 할 뿐 마음을 열지 않습니다.

'기품 있는 척 몹시도 재는구나. 가까이하기 어려운 고귀한 신분의 여인네라도 이렇게까지 가까이에서 말을 걸면 끝내 거부하지 못하는 것이 예사이거늘. 내가 지금 이렇듯 영락하였다 하여 멸시하는 것인가.'

딸의 완고한 자세에 겐지는 짜증스러워하며 이런저런 생각에 마음이 어지러웠습니다.

'그렇다고 억지로 밀어붙이는 것도 나답지 않은 처사. 그렇다고 이대로 물러난다면 체면이 서지 않는 일.'

이렇게 생각하며 푸념을 늘어놓는 겐지의 모습이 남녀간의 정을 아는 사람에게 보여주고 싶을 정도였습니다.

딸 바로 옆에 늘어져 있는 휘장에 쟁의 줄이 닿아 어렴풋 소리가 나자 겐지는 편안한 자세로 쟁을 벗 삼아 타고 있는 듯한 딸의 모습이 눈앞에 보이는 듯하여 흥이 나는지라, 이런저런 말을 붙여보았습니다.

"그토록 소문이 자자한 그대의 쟁 소리조차 들려주지 않는 것이오."

수심 가득한 이 세상
뒤숭숭한 꿈자리
도중에 깨워주지 않을까 하여
둘의 잠자리

사랑의 말 나눌 사람
구하는 이 마음

밝지 않은
긴긴 밤의 어둠 속에서
헤매는 내 마음
무엇이 꿈이고 무엇이 현실인지
말할 것도 없습니다

겐지의 노래에 딸이 희미한 목소리로 화답하는데, 그 모습이 이세로 내려간 육조 미야스도코로를 몹시 닮은 듯합니다. 딸은 아무런 마음의 준비도 없이 편하게 있던 차에 뜻하지 않은 일이 생겨 난감한 나머지 옆방으로 몸을 피하고는 어떻게 문을 잠갔는지 밖에서는 열 수가 없었습니다. 겐지는 상황이 이렇게 되자 억지로 뜻을 이루려고 하지는 않았습니다. 허나 과연 언제까지 마냥 기다리고 있을는지요.

마침내 방문을 열어젖히고 들어가 만나 보니 딸은 키도 늘씬한데다 우아하고 그윽한 기품이 있으니 오히려 겐지가 부끄러워질 정도였습니다.

이렇게 무리하여 맺은 깊은 인연을 생각하자 겐지는 한결 딸이 사랑스러웠습니다. 일단 연을 맺고 나면 애정도 깊어지는 법이지요. 여느 때 같으면 따분하여 가을의 긴긴 밤이 원망스러웠을 터인데, 오늘 아침은 왜 이리 빨리 밝는가 싶습니다. 겐지는 사람들에게 이 일이 알려질까 마음이 분주하니, 사랑이 담긴 애틋한 말을 남기고 그만 돌아갔습니다.

밤을 잘 보냈다는 인사 편지가 은밀하게 언덕집으로 전해졌습니다. 없음만 못한 양심의 가책 때문이었을까요.

언덕집에서도 일이 이렇게 된 사실이 밖으로 새어나가지 않도록 애를 쓰니, 뉴도는 편지를 들고 온 심부름꾼을 후히 대접할 수 없는 것을 안타깝게 여겼습니다.

겐지는 그날 이후 사람들의 눈을 피하여 간혹 딸을 찾았습니다. 가는 길에 혹 말 많은 시골 사람들과 마주치지나 않을까 염려하여 걸음을 삼가니, 딸은 역시 생각했던 대로라고 한탄합니다. 그런 모습을 지켜보는 뉴도는 딸의 장래가 어떻게 될까 걱정스러워 극락왕생을 발원하는 것도 잊고 오직 겐지가 찾아주기만을 기다리며 애를 태웁니다. 출가한 승려의 몸으로 새삼스럽게 딸 때문에 전전긍긍하고 있으니 참으로 안된 일입니다.

겐지는 만의 하나 풍문에라도 이조원의 무라사키 부인의 귀에 이 사실이 들어가거나, 행여 숨긴 것을 서운히 여겨 겐지를 멀리하게 되면 얼마나 면목 없고 처량한 일일까 하고 걱정을 하니, 이 또한 애정이 깊어서이겠지요.

무라사키 부인은 지금까지 겐지의 외도에 상심하여 원망스럽게 여기는 일이 종종 있었는데, 어찌하여 그때는 일시적인 기분을 참지 못하고 남몰래 걸음을 하여서는 그리 괴로움을 안겨주었나 싶은지라, 할 수만 있다면 옛날을 지금으로 되돌리고 싶었습니다. 그런 심정으로 뉴도의 딸을 보니 무라사키 부인을 향한 그리움이 오히려 더할 뿐이라 여느 때보다 한결 정성을 기울여 편지를 쓰고 마지막에는 이런 변명을 덧붙였습니다.

"그러고 보니 마음에도 없는 허망한 바람을 피워 당신에게 미움을 받았던 때를 생각만 해도 마음이 아픈데, 또 덧없는 꿈을 꾸고 말았습니다. 하지만 이렇듯 묻지도 않았는데 솔직하게 털어놓는 내 거짓 없는 마음을 헤아려주시구려. 당신에게 한 맹세는 정녕 잊지 않았습니다. 무엇을 하든."

> 사랑하는 그대를 생각하면
> 단박에 눈물이 흘러넘치니
> 하룻밤 연을 맺은 여인은
> 나그네 외로운 잠자리의 말벗
> 그런데도 그대에게 미안한 마음

무라사키 부인은 가련한 필체로 답장을 썼습니다.

"솔직하게 말해주신 꿈 이야기, 그래도 짚이는 곳은 하나 둘이 아니지요."

편지의 마지막에는 이렇게 씌어 있었습니다.

파도가 소나무 산을 넘지 못하듯
절대 마음 변하지 않으리라
맹세한 당신을
철석같이 믿었건만
꿈에도 몰랐네
바람을 피울 줄이야

의젓하면서도 다소는 원망스러운 마음을 암시하고 있으니 겐지는 몹시 마음이 아프고 상하여 몇 번이나 다시 읽어보고는 그 후로 오래도록 뉴도의 딸을 찾지 않았습니다.

뉴도의 딸 아카시의 정인은 진작부터 예상했던 대로 상황이 돌아가자 이번에야말로 정말 바다에 몸을 던지고 싶은 심정입니다. 언젠가는 남들처럼 번듯하게 살리란 기대는 품지 않았지만 남은 생이 그리 오래지 않은 부모에 의지하여 그럭저럭 지내온 세월에는 아무런 불편도 고뇌도 없었습니다. 그런데 남녀 사이란 이렇듯 괴로운 것인가 하고 생각하니 상상했던 것보다 모든 것이 슬프기만 하였습니다. 그런데도 차분하고 평온하고 사랑스러운 태도로 겐지를 대하였습니다.

시간이 흐를수록 겐지는 아카시의 정인에 대한 애정이 새록새록 깊어져가는데, 누구보다 소중히 아끼는 무라사키 부인이 멀리 떨어진 도읍에서 불안에 떨며 세월을 보내는데다 이쪽 일을 몹시 언짢게 상상할 것이라 생각하니 가여운 마음에 홀로 지내는 밤도 많았습니다.

그러는 동안 그림을 그려서 차곡차곡 모아 무수한 상념이 담긴 시를 덧붙이고 무라사키 부인이 보낸 답장까지 써넣는 취미가 생겼습니다. 그 그림들은 보는 사람들의 심금을 울릴 만큼 감동적이었습니다.

이렇듯 멀리 떨어져 있는데도 사람의 마음이란 용케 통하는 것인가 봅니다. 이조원의 무라사키 부인도 슬프고 외로운 마음을 달랠 길 없을 때는 그림을 그렸습니다. 그리고 그 그림에 자신의 일상을 마치 일기처럼 덧붙였습니다.

앞으로 과연 이 두 사람은 어떻게 될는지요.

해가 바뀌었습니다. 천황이 환후 중인지라 세상 사람들은 황위를 놓고 이러쿵저러쿵 말이 많습니다. 지금 폐하의 자식은 우대신의 딸 쇼쿄덴 여어가 낳은 아들뿐인데, 나이 겨우 두 살의 어린아이입니다.

그러하니 황위는 자연히 동궁이 물려받게 되겠지요.

그렇게 될 경우, 동궁을 보필하여 정치를 맡을 인물을 고려하지 않을 수 없는데 겐지가 지금처럼 역경에 처해 있는 것은 있어서는 안 될 분통한 일이었습니다. 천황은 끝내 황태후의 훈계를 거역하고 겐지를 사면하기로 결정하였습니다.

작년부터 황태후 역시 악령에 시달리는 일이 많았는데, 온갖 이상한 신들의 경고가 잇따르니 세상도 어수선하기만 합니다. 갖가지 제를 올린 효험이 있어 다소 회복을 보이는 듯하던 천황의 눈병도 요즘 들어 다시 무거워지니, 불안한 마음에 칠월 이십일이 지나 겐지에게 도읍으로 돌아오라는 선지를 내려 보냈습니다.

겐지는 언젠가는 이런 날이 올 것이라 생각은 하였지만 인생이란 참으로 무상한 것, 앞날을 알 수 없는 처지라 한탄하던 차에 급히 도읍으로 돌아오라는 선지를 받아 들고 몹시 기뻐하였습니다. 그러나 한편으로는 이제 아카시를 떠나면 언제 다시 올 수 있을지 알 길이 없으니 안타깝고 아쉬웠습니다.

뉴도 역시 언젠가는 이렇게 되리라 알고 있었으나, 막상 사면이란 소식을 들으니 가슴이 미어지도록 슬펐습니다. 하지만 겐지의 위광이 회복되어야 자신의 소망도 이루어질 것이라 생각하고 마음을 고쳐먹었습니다.

그 무렵부터 겐지는 하룻밤도 거르지 않고 뉴도의 딸을 만나러 갔습니다. 유월, 아카시의 정인은 회임을 한 듯 입덧으로 괴로워하고 기분도 썩 좋지 않았습니다. 겐지는 헤어져야 할 때가 되자 오히려 애정이 더욱 두터워진 것일까요, 전보다 정인을 더욱 아끼고 어여삐 여기면서 어째서 나는 이렇듯 근심이 끊이지 않는 것일까, 하고 괴로워하였습니다.

아카시의 정인은 말할 필요도 없이 깊은 슬픔에 잠겨 지내고 있으니 그럴 만도 합니다. 겐지는 뜻하지 않게 유랑길에 올랐지만, 언젠가는 반드시 도읍으로 돌아갈 날이 있을 것이라는 희망을 품고 스스로를 위로하며 지내왔는데, 이번에 사정이 급변하여 기쁜 마음으로 도읍을 향하게 되었으나 언제 다시 이 아카시를 찾게 될 것인가, 하고 생각하니 감개무량하였습니다.

동행한 아랫사람들도 제각기 귀경을 기뻐하였습니다.

도읍에서 겐지를 맞이하러 사람들이 내려왔습니다. 모두 활기차고 들뜬 모습입니다. 그런 가운데 뉴도는 눈물로 날을 지새우니, 그럭저럭 칠월도 지나 팔월이 되었습니다.

계절마저 구슬픈 가을, 겐지는 하늘이 날로 가을다워지는 것을 보면서 이런저런 고뇌에 휩싸여 있습니다.

"원하여 그리된 것이기는 하나, 어찌하여 나는 예나 지금이나 무분별한 행동에 빠져 헤어나지 못하는 것일꼬."

"참으로 난감하신 분일세. 또 버릇이 도지셨으니."

사정을 아는 사람들은 이렇게 수군덕거렸습니다.

"지금까지는 주위 사람들이 조금도 눈치채지 못하도록 은밀하게 다니는 냉철함을 보이시더니, 요즘은 저렇듯 집착을 보이시니 오히려 여자에게 한탄의 씨를 뿌리는 셈이 되지는 않을까."

이렇게 뒤에서 험담을 하는 이도 있습니다.

소납언 요시키요는 북산에서 처음 뉴도의 딸에 대한 이야기를 했을 때의 일 등을 쑥덕거리는 소리를 듣자 마음이 편치 않았습니다.

드디어 도읍으로 출발할 날이 내일로 다가왔습니다. 겐지는 여느 때와 달리 밤이 깊기도 전에 일찌감치 언덕집으로 향하였습니다. 늘 밤에 만난 터라 아직은 한 번도 뚜렷이 보지 못한 정인의 얼굴과 모습이 무척이나 기품 있고 아취가 있어 버리고 가기가 새삼 아깝고 아쉬웠습니다. 그리하여 언젠가는 마땅한 대접을 하여 도읍으로 불러들이리라 생각하였습니다. 겐지는 그런 자신의 마음을 털어놓고 내일을 기약하며 위로하였습니다.

겐지의 용모나 자태의 훌륭함은 새삼 말할 필요도 없겠지요. 근행 때문에 다소 야윈 모습이 오히려 형용할 길 없이 아름답습니다. 정말 안쓰럽고 가엾다는 표정으로 눈물까지 흘리며 정성스러운 말로 훗날을 약속하였습니다. 뉴도의 딸도 이런 분이라면 비록 허망한 관계이기는 하나 분에 넘치는 행복이라 여기고 체념하리라 생각하는 한편, 겐지의 고귀한 신분을 생각하면 자신의 미천한 신분을 되새기지 않을 수 없으니 슬픔이 쉬이 가시지 않았습니다.

가을바람 속에서는 파도 소리까지 크게 울리는가 봅니다. 소금을 굽는 연기까지 뭉글뭉글 피어오르니 하나에서 열까지 온갖 슬픔을 끌어 모아놓은 듯한 풍경이었습니다.

지금은 비록 헤어지지만

저 소금 굽는 연기가
같은 곳으로 흐르듯
언젠가는 그대를
내 있는 도읍으로 부르리라

긁어모은 해초를 태우는 어부
그 불과도 같은 많은 상념에
이 가슴 터질 듯하나
이제 덧없는 원망을
더는 하지 않으리

겐지와 노래를 주고받는데, 아카시의 정인은 평소에는 말수가 적어도 이런 때는 답가를 마음을 담아 소리내어 읊조립니다.

겐지는 그토록 듣고 싶었던 쟁의 소리를 아카시의 정인이 아직도 들려주지 않은 것이 못내 아쉬워 쟁 연주를 청합니다.

"정히 그러시면 그대의 선물이라 내가 추억할 수 있도록 한 소절만이라도."

겐지는 도읍에서 가져온 칠현금을 언덕집으로 가져오라 하여, 먼저 운치 있는 곡을 나지막한 소리로 연주하였습니다. 깊은 밤에 청명하게 울려 퍼지는 그 아름다운 음색은 뭐라 말할 수가 없습니다.

뉴도는 그 칠현금 소리에 감읍하여 쟁을 발 안으로 밀어 넣었습니다. 아카시의 정인은 더욱 북받치는 눈물에 마음이 절로 움직였던 모양입니다. 조용하게 울리는 쟁 소리는 고아하기 그지없었습니다.

겐지는 후지쓰보 중궁이 타는 쟁 소리를 당대에 제일가는 소리라 여겼는데, 그 소리는 화려한 당대풍에 듣는 사람이 황홀감에 젖어 쟁을 타는 사람의 모습까지 떠올린다는 점에서 더할 나위 없었습니다.

그런데 아카시의 정인의 소리는 음색이 깊고 청명하면서도 얄미울 정도로 아름다운 소리를 내니 그 점이 뛰어납니다.

겐지처럼 음악적 재능이 풍부한 사람조차 처음 듣는 곡을 애절하고 정겹게 연주하는데, 흥이 오를 만하면 끝내곤 하니 아쉽기 그지없습니다. 그러면서 겐지는 왜 지금까지 억지를 부려서라도 이 쟁 소리를 듣지 않았을까 하고 후회했습니다.

겐지는 정성을 다하여 앞날을 약속하였습니다.

"이 칠현금을 두고 갈 터이니 다시 만나 둘이 합주를 하게 될 날까지 나라 여기어주시오."

어차피 마음에도 없는 위로의 한마디
그 한마디에 의지하여
끝없는 슬픔
소리 내어 울면서
언제까지든

기다리고 있지요

이렇게 조그만 소리로 읊조리자 겐지는 약속해하면서도 다시 한 번 굳은 약속을 하였습니다.

두고 가는 나의 분신
우리 사이 증거이니
칠현금의 음정을
다시 만날 날까지
바꾸지 말아주시오

"이 칠현금의 음정이 바뀌기 전에 반드시 다시 만날 것이오."

허나 아카시의 정인은 오직 내일의 헤어짐에 가슴이 미어져 눈물을 감추지 못하니, 그럴 만도 한 일이었습니다.

출발하는 날 새벽, 도읍에서 내려온 사람들로 북적거리는 가운데 날이 밝기 전에 일찍 출발하였습니다. 겐지는 마음이 들떠 뒤숭숭하면서도 사람이 뜸한 틈을 타 아카시의 정인에게 노래를 지어 보냈습니다.

사랑스러운 그대를 홀로 두고
이 바닷가를 떠나는 슬픔이여

뒤에 남은 그대가 어찌 될지
걱정이 태산이구려

아카시의 정인에게서 답가가 왔습니다.

당신이 떠나시면
오래 산 이 누옥도 황폐해지리니
떠나는 당신을 뒤따라
차라리 바다에 몸을 던질까 하오이다

심정이 그대로 묻어나는 편지를 보자 겐지는 참았던 눈물이 그만 뚝뚝 떨어졌습니다.

사정을 모르는 사람들은, 이런 시골에서 불편하고 외롭게 지냈으나 그래도 몇 년을 살다 보니 정이 들어 발길을 돌리기가 아쉬운 모양이라고들 생각하였습니다.

요시키요는 겐지가 뉴도의 딸에게 애착이 큰 듯 보이자 분한 생각이 들었습니다. 모두 귀경을 기뻐하면서도 드디어 오늘 이 바닷가와도 이별이라고 생각하니 감개무량하여 눈물을 흘리면서 슬프고 아쉬운 심정을 나누었습니다. 허나 일일이 써서 남길 만한 일들은 아니니 생략하기로 하지요.

뉴도는 오늘에 대비하여 실로 성대하고 빈틈없이 준비를 하였습니다. 겐지를 모시고 돌아갈 사람들에게 여행에 필요한 옷을 빠짐없이 선물하였습니다. 어느 틈에 그렇게 세심하게 준비하였는지 모를 일입니다. 겐지의 의상은 더할 나위 없이 훌륭합니다. 그밖에도 아랫사람들에게 옷 궤짝을 몇 짐이나 지워 함께 보냈습니다. 그리고 도읍 사람들에게 보낼 온갖 선물에도 정성과 멋이 깃들여 있으니, 무엇 하나 나무랄 것이 없었습니다.

뉴도는 오늘 겐지가 입을 외출복 옷깃에 딸이 쓴 편지를 슬쩍 넣어두었습니다.

한 땀 한 땀 바느질하여
지은 이 옷
내 눈물에 흠뻑 젖어
혹여 축축하다
싫어하시지는 않을까

그것을 본 겐지는 황망한 가운데도 노래를 읊고 정성들여 지어준 옷으로 갈아입었습니다.

서로의 옷을 교환하지요
다시 만날 때까지
오래도록 떨어져 있어야 할
우리 사이이니

그러고는 벗은 옷을 고스란히 아카시의 정인에게 보내니 또 하나 추억이 어린 물건이 늘어난 셈이지요. 더구나 말할 수 없이 그윽한 향이 풍기니 어찌 그 마음 깊이 배어들지 않겠는지요.

"이미 속세를 버리고 출가한 몸이온지라 오늘의 행차를 배웅할 수 없는 것이 참으로 안타깝습니다."

뉴도가 이렇게 말하고 흐느끼는 모습이 보기에도 안됐는데, 젊은 사람들은 오히려 웃음이 터져 나올 듯합니다.

속세를 꺼려
출가하여 이 해변에
은거한 지 벌써 오래인데
세상의 집착
마저 떨쳐버리지 못하니

"여식을 생각하면 어리석은 아비 마음 더욱 어지러울 듯하여, 재 너머까지만이라도 배웅을 하겠습니다. 송구스러우나 혹시라도 생각이 나시면 아무쪼록 딸에게 소식을 전해주소서."

뉴도는 겐지의 속내를 살피는데, 견딜 수 없이 슬퍼 붉어진 겐지의 눈시울이 또한 표현할 길 없이 아름다웠습니다.

"나 역시 그냥 버리고 갈 수만은 없는 사연이 있으니 아마 곧 내 진정을 알 수 있을 겝니다. 다만, 지금 이 정든 아카시를 떠나려 하니 아쉬움이 큽니다. 어찌하면 좋을지."

도읍을 떠났던 그 봄의
한스러움에 뒤지지 않으니
지금 이 정든 아카시의 해변을
떠나는 가을의 슬픔이야말로

겐지가 흐르는 눈물을 닦아내자 뉴도는 정신을 차리지 못하고 눈물만 쏟아냅니다. 슬픔에 겨워 행동거지마저 보기에 안쓰러울 정도로 휘청거립니다.

아카시의 정인은 비할 데 없는 슬픔에 한탄하는 모습을 행여 남이 볼까 애써 마음을 다독이려 하는데, 애당초 불행한 신세, 그러한 운명을 타고났으니 어쩔 수가 없습니다. 겐지에게 버림받는 서러움은 풀 길이 없는데 겐지의 그림자가 눈앞에 어른거려 잊을 수도 없어 그저 눈물만 흘릴 뿐입니다.

어머니도 위로할 길이 없어 난감한 나머지 이렇게 말하였습니다.

"이렇듯 마음고생이 클 줄 미리 알면서도 어찌 그런 짓을 벌였는지. 모든 것이 다 고집 센 남편이 하자는 대로 한 내 잘못이다."

"아아, 시끄러우니 그만 입을 다무시오. 겐지 님이 우리 딸을 버리려고 해도 버릴 수 없는 사정이 있으니, 딸의 뱃속에 있는 아이는 분명 생각해주실 것이오. 마음 편히 갖고 약이라도 드시오. 불길한 소리는 그만 하고."

뉴도는 말은 이렇게 하지만 방구석으로 물러나 물건에 기대어 멍하니 앉아 있습니다. 유모와 부인이 입을 모아 뉴도의 고집을 타박하고 한탄합니다.

"어떻게든 하루빨리 그 아이에게 바라던 행복을 안겨주리라는 생각만 하며 오랜 세월을 보내오다가, 이제 겨우 소원이 이루어지는가 하여 안심하였더니 결혼 초부터 이 무슨 가엾은 꼴이란 말입니까."

뉴도는 그 모습을 안타까워하더니, 머리가 점점 이상해지면서 낮에는 종일 누워 지내다가 밤이면 자리에서 혼자 중얼거립니다.

"염주가 어디로 갔는지 모르겠군."

제자들이 두 손을 마주 비비면서 하늘을 우러러보는 뉴도의 모습을 비아냥거리는 터라, 마음을 다잡고 달밤에 정원으로 나가 법당 주위를 돌며 행도를 하다가 그만 연못에 빠지고 말았습니다. 바위 모서리에 허리를 부딪쳐 자리에 몸져누우니, 허리의 통증 때문에 그나마 슬픔이 덜하였습니다.

겐지는 나니와에 도착하자 불제를 행하고, 스미요시 신사에도 사람을 보내어 신의 가호 덕분에 무사히 귀경하게 되었으며 지금까지 발원한 소원이 이루어져 감사하다는 참배를 드리겠노라 알렸습니다.

겐지는 갑작스러운 일인데다 거느린 자들도 많아 마음대로 움직일 수도 없는 탓에 이번 여행길에는 참배나 유람은 생략하고 서둘러 도읍으로 올라갔습니다.

겐지가 이조원에 도착하여 도읍에서 기다리던 사람들이나 겐지를 수행하여 돌아온 사람들이나 꿈같은 기분으로 재회를 하니, 울음소리에 웃음소리가 뒤섞여 떠들썩한 것이 한바탕 난리가 벌어진 듯합니다.

무라사키 부인도 체념하였던 목숨인데 돌아오니 참고 기다리며 살아온 보람이 있었다며 기뻐하였습니다.

3년 동안 무라사키 부인은 아름다운 어른으로 성장하였으니, 용모와 자태가 단정하고 수려하며 이전에는 너무 많아 거추장스러웠던 머리칼이 도읍에 홀로 남아 마음고생을 한 탓인가 다소 빠진 것이 겐지의 눈에는 오히려 아름답게 보였습니다.

앞으로는 이렇게 같이 살 수 있을 것이라 안심하면서도, 한편으로는 석별의 정을 나누고 헤어진 아카시의 정인이 슬픔에 잠겨 있을 것을 생각하니 참으로 마음이 아팠습니다. 역시나 늘 이런 사랑 때문에 마음에 쉴 틈이 없는 분이었습니다.

겐지는 아카시에서의 일을 무라사키 부인에게 숨김없이 털어놓았습니다. 무라사키 부인은 아카시의 정인을 생각하는 겐지의 정이 예사롭지 않다 느껴져 마음이 편치 않았습니다. '잊혀지는 이 몸은 상관없으나' 라는 옛 노래에 빗대어 넌지시 시샘을 부리니, 겐지는 그 모습이 오히려 귀엽고 사랑스러웠습니다.

이렇게 눈앞에 보고 있으면서도 언제든 또 보고 싶은 무라사키 부인을 어떻게 보지 않고 3년이나 지낼 수 있었는지 믿을 수 없는 기분이었습니다. 그리고 지금 생각하여도 새삼 당시의 경위가 분하고 원통하게 느껴졌습니다.

머지않아 겐지는 원래의 관직에서 승진하여 권대납언이 되었습니다. 겐지와 연좌되어 면직 처분되었던 사람들도 모두 세상의 용서를 받아 원래의 관직으로 복귀하니, 마른나무에 새 움이 튼 것처럼 기뻐하였습니다. 참으로 경하스러운 일입니다.

겐지는 천황의 부름을 받아 입궁하였습니다. 폐하를 알현하는 모습이 전보다 한결 아름다워, 사람들은 그런 불편한 시골에서 어떻게 그리 오랜 세월을 보낼 수 있었을까 하고 생각하였습니다. 돌아가신 기리쓰보 선황의 재위 때부터 궁중에 있었으며, 지금은 늙어 할머니가 된 시녀들은 감격한 나머지 눈물을 흘리면서 겐지에게 감탄의 말을 보냈습니다.

폐하께서는 부끄럽기도 하고 겐지의 훌륭함에 기가 죽어 각별히 정성 들여 예복을 차려입고 겐지와 마주하였습니다. 폐하께서는 지난 며칠 병세가 심하여 몹시 쇠약해져 있었는데 어제부터 다소 호전된 터라 기분도 좋아 보였습니다.

둘이 마주 앉아 두런두런 이야기를 나누다 보니 어느새 밤이 깊었습니다. 두둥실 뜬 보름달은 아름답고 사방은 고요하니 폐하께서는 옛일을 떠올리며 눈물짓습니다. 만사에 마음이 약해진 듯싶습니다.

"요즘은 관현놀이도 하지 않고 그대가 들려주던 음악 소리도 못 들은 지 오래이니."

폐하의 말에 겐지는 이렇게 자신의 심경을 노래하였습니다.

히루코는 세 살이 되도록
서지 못하였는데
저의 유랑 또한 3년
멀디먼 바닷가로 떠밀려가
히루코처럼 시든 다리로
도읍을 그리워하며 지냈습니다

폐하께서는 가엾게도 진정 부끄럽고 면목 없는 일이었다고 생각합니다.

건국 신화 속 신들처럼
헤어져도 다시 만날 날 반드시 있으니
이렇듯 다시 만난 지금
그 봄날의 한은
그만 잊어주시구려

이렇게 화답하는 폐하의 모습 또한 무척 우아하였습니다.

겐지는 기리쓰보 선황을 추모하는 공양을 하기 위해 법화팔강회를 열기로 하고 그 준비에 들어갔습니다.

동궁을 만나자 크게 성장한 모습으로 겐지와의 재회를 반가워하였습니다. 겐지도 감개무량하기 그지없었습니다.

동궁은 학문도 뛰어나니 천하를 지배하여도 지장이 없을 만큼 총명하게 보였습니다.

겐지는 시간을 두고 마음이 안정된 후에 후지쓰보도 만나보았는데, 아마도 그동안 쌓인 많은 이야기가 절절하게 오갔겠지요.

아카시의 정인에게는 아카시로 돌아가는 사람들 편에 편지를 보냈습니다. 사람들 눈을 피하여 자세하게 써놓은 듯하였습니다.

"파도 소리 밀려오는 쓸쓸한 아카시의 밤들을 어찌 보내고 있을꼬."

슬픔에 겨워
눈물로 지새는 아카시의 해변
그대 탄식의 한숨이
아침 안개가 되어
피어오르지는 않는지

예의 대재부 대이의 딸 고세치는 겐지가 스마에 있을 때 남몰래 사모하였는데, 도읍으로 돌아간 지금은 사모하는 마음이 완전히 식은 듯하였지만, 심부름꾼을 불러 누구의 편지인지 모르게 하라며 편지를 주어 보냈습니다.

스마의 해변에서 소식 전한 이래
마음은 여전히 그대를 사모하여
하염없는 눈물 그치지 않으니
눈물로 썩은 이내 소맷자락
보여드리고 싶으나

겐지는 편지를 받아보고 필체가 많이 늘었다며 편지를 쓴 사람이 누구인지 금방 알아보고 답장을 보냈습니다.

한스러운 것은
오히려 내 쪽이니
그때 그 편지 후로
흐르는 눈물에 마를 날 없는
이내 소맷자락

꽤나 어여삐 여겼던 여인이니 만큼 뜻하지 않은 편지를 받아 그리움이 도지기는 하였으나 이제는 경솔한 처사와 인연을 끊은 듯 삼가고 있는 듯합니다.

하나치루사토에게도 편지만 보내고 찾아가지는 않으니, 그 쪽에서는 겐지의 매정한 처사가 야속하여 원망하는 눈치였습니다.

수로 말뚝

몸을 다하여 애타게 그리워 한
보람이 있었는가
수로 말뚝 있는 이 나니와에서
그대를 만났으니
그 깊은 인연의 기쁨 어찌 말로 다 하리오

◆겐지

하찮은 이내 신세
허망한 세상이라
체념하고 살았는데
어찌 몸을 다하여
그대를 가슴에 품고 말았는지

◆아카시 아씨

❀ **제14첩 수로 말뚝(澪標)**

수로 말뚝은 오가는 배에 물의 흐름과 수심을 알리기 위해 세운 말뚝이다. 예로부터 나니와의 수로 말뚝이 유명하다. 스미요시를 참배한 겐지와 아카시 아씨가 주고받은 편지에서 이 제목이 붙었다.

꿈에서 돌아가신 기리쓰보 선황의 모습을 생생하게 뵌 이후 겐지는 선황의 일이 마음에 걸려 견딜 수가 없었습니다. 선황이 생전의 죄업 때문에 삼악도에 떨어져 고생하고 계시다니 어떻게든 한을 풀어드리기 위해 추모 공양을 올려야겠다고 생각하고 있던 차에 이렇듯 도읍으로 올라왔으니, 당장에 준비를 서둘렀습니다.

시월에 법화팔강회를 열었습니다. 모든 사람들이 나서서 따르고 일을 추진하니 겐지의 위세는 이전과 다를 바가 없었습니다.

고키덴 황태후는 병세가 깊은데다 겐지를 끝까지 밀어내지 못한 것이 내심 분통하여 견딜 수가 없었습니다. 허나 천황은 선황의 유언을 마음 깊이 새기면서 유언을 거역하면 반드시 그 대가를 치르게 될 것이라고 두려워하고 있었습니다. 겐지를 도읍으로 다시 불러 원래의 위치로 복귀시키고 나니, 마음이 한결 가벼웠습니다. 때로 천황을 괴롭히던 눈병도 지금은 완전히 쾌차하였습니다.

그런데도 천수를 누리지는 못할 것이라 불안해하고 황위에도 오래는 머물러 있지 못할 것이라 내다보았습니다. 때문인가 폐하께서는 수시로 겐지를 불러들여 곁을 지키게 하였습니다. 정치에 관한 일까지 허물없이 겐지에게 의논하면서 만족하는 모습이라 세상 사람들도 몹시 다행스러워하고 기뻐하였습니다.

퇴위를 해야겠다고 마음을 다지면서도 오보로즈키요 상시가 앞날을 걱정하여 근심하는 것을 보니 안쓰럽고 가여운 심정이었습니다.

"전 태정대신도 돌아가셨고, 고키덴 황태후의 병세도 가볍지 않아 그대의 신변이 위태로워지고 있는데 나마저 남은 목숨이 오래지 않은 것 같소. 앞으로 처지가 일변하여 이 세상에 홀로 남겨질 터이니, 그리 생각하면 내 가슴이 찢어지는 듯하오이다. 그대는 옛날부터 나보다 그 사람을 사모하였으나, 나는 누구 못지않은 한결같은 애정을 그대에게 쏟았으며, 오직 그대만을 가슴에 품었소이다. 나보다 훌륭한 사람이 그대가 바라던 대로 그대를 어여삐 여겨 뒤를 살펴준다 한들 애정의 깊이는 나를 따르지 못할 것이라 생각하오. 아아, 그런 생각만 하여도 나는 괴로워서 견딜 수가 없소이다."

폐하께서는 이렇게 말하며 눈물을 흘렸습니다.

상시 또한 애교가 넘쳐흐르는 귀여운 얼굴을 발그스름하게 붉히며 눈물을 흘렸습니다. 폐하께서는 그런 모습을 보니, 과거 상시가 저지른 과실마저 잊고 그저 가엾고 어여뻐 어쩔 줄을 모릅니다.

"그대가 내 자식을 하나만이라도 낳아주었다면 좋았을 것을. 정말 유감이오. 인연이 깊은 그 사람을 위해서라면 머지않아 아이도 낳을 것이니, 참으로 분하고 원통한 일이 아닐 수 없소. 허나 그렇게 된다 한들 신분은 정해져 있으니, 신하의 자식은 마땅히 신하로 크게 마련이오."

이렇듯 폐하께서 앞날의 일까지 이야기하니 상시는 황송하고 슬플 따름이었습니다.

폐하께서는 용모도 우아하고 아름답고, 상시를 향한 애정이 날로 깊어지는 듯 상시를 아끼고 사랑합니다. 겐지는 물론 훌륭한 분이지만 옛날 일을 돌이켜보면 그 태도나 마음이 자신을 그리 사랑하지는 않은 듯 느껴지니, 어찌하여 어리석고 무분별하게 행동하여 그런 소동을 일으켜 자신의 평판을 추락시켰음은 물론이요 겐지에게까지 그런 수치를 당하게 하였을까 하고 반성하니, 상시는 자신의 처지가 한심하고 처량할 뿐이었습니다.

이듬해 이월, 동궁의 성인식이 있었습니다. 동궁은 이제 열한 살이 되었으나 나이답지 않게 어른스럽고 아름답게 성장하였습니다. 겐지 대납언의 모습을 쌍둥이처럼 빼닮았으니, 두 분의 눈부신 아름다움에 사람들은 그저 입을 벌려 감탄할 따름이었습니다. 후지쓰보 중궁은 그런 소식을 전해 듣자 돌이킬 수 없는 일에 그저 가슴만 태웠습니다.

천황 또한 동궁의 빼어남을 흡족하게 여기니, 정사를 동궁에게 물리겠다는 뜻을 넌지시 비치곤 하였습니다.

이월 이십일즈음 갑작스럽게 양위의 어명이 내려지자 고키덴 황태후는 낭패하여 상심이 이만저만이 아니었습니다.

"황위에서 물러나 보잘것없는 몸이 되기는 하나 앞으로는 한가로이 뵙고 싶습니다."

천황은 이런 말로 황태후를 위로하였습니다.

동궁의 자리는 쇼쿄덴 여어의 황자가 이어받았습니다. 정국이 이렇듯 일변하니, 세상도 일변하여 기쁘고 좋은 일들이 많아졌습니다.

겐지 대납언은 내대신이 되었습니다. 좌우 대신의 자리가 차 있어 도리 없이 원외 대신으로 대신의 자리에 오른 것이었습니다.

겐지는 섭정을 하며 정치를 하여 마땅하였으나 끝내 고사하여 장인인 전 좌대신에게 섭정의 자리를 양보하였습니다.

"그렇게 다망한 자리는 역부족이라 맡을 수가 없사옵니다."

허나 좌대신은 극구 사양하였습니다.

"병이 든 몸이라 관직에서 물러난데다 날로 늙어가고 있는 마당에 그런 막중한 일은 맡을 수가 없습니다."

다른 나라에서도 변고가 있어 세상이 어지러울 때는 산속 깊이 은거하던 사람이 태평한 시기가 오면 백발의 노령으로 다시 조정에 출사한 예가 많거니와 또 그런 사람이야말로 진정한 성현이라 칭하였습니다. 조정과 세상 사람들은 병세로 인하여 관직에서 물러났다고는 하나 세상이 바뀌어 다시금 취임하여도 지장이 없을 것이라고 의견을 모았습니다. 과거 이 나라에서도 이러한 전례가 있는 터라 좌대신은 더 이상 거절하지 못하고 섭정으로 태정대신의 자리에 올랐습니다. 이때 그의 나이는 예순셋이었습니다.

태정대신은 지금까지 정사가 뜻한 바 같지 않아 은거를 하고 있었는데 다시금 정계로 돌아와 예전처럼 권력을 쥐게 되니, 그 자식들도 불우한 처지에서 벗어나 모두 출사를 하였습니다. 특히 두중장은 권중납언이 되었습니다. 두중장은 정부인의 배에서 태어난 딸이 열두 살이 된 터라 입궁을 시키려고 애지중지 키우고 있습니다. 언젠가 예의 「다카사고」를 노래했던 아들도 성인식을 치르고 지금은 뜻한 대로 번영을 누리고 있습니다. 중납언 부인도 자제를 잇달아 생산하여 집안이 번성한 것을 보니 겐지는 부럽기 짝이 없었습니다.

태정대신의 딸 아오이 부인이 낳은 아들 유기리는 다른 아이들보다 각별히 귀여워 궁중과 동궁전을 드나들며 궁중 예법을 배우게 되었습니다. 태정대신과 그 부인은 딸의 죽음을 안타깝고 서러워하였는데 성장한 손자의 모습을 보니 딸 생각이 간절하여 그리움과 슬픔이 더하였습니다. 허나 딸은 저세상으로 갔지만 겐지의 위광으로 후한 대접을 받으니 오랜 세월 가슴에 품고 있었던 원한이 다 풀어질 만큼 번성하였습니다.

겐지 역시 아오이 부인이 살아 있을 때와 같은 마음으로 태정 대신 댁을 드나들며 문안하였습니다. 아들의 유모들과 그밖의 시녀들, 그리고 겐지가 자리를 비운 사이에도 변함없이 충성하였던 자들을 적당한 시기를 보아 출세를 할 수 있도록 배려하니, 그 덕분에 행복해진 사람들이 많았습니다.

이조원에서 겐지의 귀경을 기다려주었던 시녀들도 어여삐 여겨 오랜 시련의 세월에서 벗어나게 해주리라 생각하니, 중장과 중무처럼 정을 나눴던 시녀들에게는 신분에 맞게 은혜를 베풀었습니다. 겐지는 이렇듯 많은 일로 바깥 여자들에게는 눈 돌릴 틈이 없었습니다.

이조원 동쪽에 있는 어전은 돌아가신 기리쓰보 선황의 유산인데 그 건물을 보란 듯이 개축하였습니다. 하나치루사토처럼 불우한 처지에 있는 부인들을 불러 모아 살게 할 심산으로 수리를 한 것이었습니다.

한편, 아카시에서 입덧 때문에 괴로워하던 그 여인은 그 후 어찌 되었을까요. 잊지는 않았으나 공사가 다망하여 상황을 알아보는 것도 마음 같지 않았습니다.

삼월 초, 지금쯤 해산할 때가 아닌가 싶어 걱정이 된 겐지는 은밀히 아카시로 사자를 보내었습니다. 사자는 급히 돌아와 보고하였습니다.

"십육일에 따님을 무사히 순산하였습니다."

무사히, 그것도 딸을 낳았다 하니 겐지는 이루 말할 수 없이 기뻐하면서도 도읍으로 불러 몸을 풀도록 했어야 하는 것을, 하고 안타까이 여겼습니다.

언젠가 점쟁이가 이렇게 점을 친 적이 있었지요.

"자녀가 셋인데, 그중 두 분은 천황과 황후가 될 것이요, 가장 운세가 못 미치는 분은 태정대신이 되어 입신 최고의 영광을 누릴 것입니다."

그 점이 하나하나 맞아떨어지는 듯합니다. 유능한 점술사들이 겐지가 최고의 지위에 올라 천하를 주무를 것이라 입을 모아 예언하였는데, 지난 몇 년 동안 세상을 멀리하다 보니 그 뜻이 지워져 체념하고 있었습니다. 헌데 이렇듯 예언대로 동궁이 무사히 황위에 오르니 겐지는 뜻이 이루어져 기쁘기 이를 데 없었습니다.

겐지는 예나 지금이나 자신이 천황의 자리에 오르는 불순한 일은 절대로 있어서는 안 된다고 생각하고 있습니다.

'부황은 많은 황자들 중에서도 각별히 나를 사랑해주셨는데, 그럼에도 신하로 삼으리라 결심한 심중을 생각하면 내 운명이 황위와는 연이 없는 것이다. 현 천황이 실은 나의 자식이라는 진상을 세상 사람들은 누구 하나 알지 못하나 관상쟁이들의 예언은 그렇지 않았다.'

이렇게 생각하면서 현재와 미래를 예상하고는 이조원의 동원을 서둘러 수리하도록 조처하였습니다.

'이 모든 것이 스미요시 명신의 베푸심이라. 아카시의 부인 역시 깊은 인연이 있었기에 만난 것, 그러니 그 고집 센 뉴도가 신분에 걸맞지 않은 소원을 품은 것이리니. 그렇다면 앞날에 황후의 자리에 오를 딸이 그런 시골에서 태어났다 함은 가엾고 격에 맞지 않는 일이니, 때를 봐서 반드시 도읍으로 불러들여야겠구나.'

또한 그런 시골에서 마땅한 유모를 구하는 것도 어려울 것이라 생각하였습니다.

그런데 돌아가신 기리쓰보 선황을 모셨던 궁녀의 딸은 궁내성 경 겸 참의직에 있다가 세상을 뜬 사람의 딸인데, 어머니까지 죽자 의지할 데 없는 몸으로 본의 아닌 생활을 하는 와중에 자식을 낳았습니다. 한 시녀를 통해 그 소식을 들은 겐지는 시녀를 통하여 그 딸에게 아카시에서 새로 태어난 딸의 유모가 되어달라 부탁하였습니다. 그 여인은 아직 나이도 젊고 세상 때도 묻지 않았으나 찾아주는 이 없는 누옥에서 자나 깨나 수심에 겨워 지냈는데, 겐지와 연이 닿는 일이라 하여 신중하게 생각해보지도 않고 유모가 되겠노라 시녀에게 답하였습니다. 겐지는 참으로 가엾다고 생각하면서도 그 여인을 아카시로 보내기로 작정하였습니다.

겐지는 무슨 일로 행차를 한 길에 그 여인의 집에 은밀히 들렀습니다. 여인은 그렇게 대답은 하였으나 그 후 일이 어찌 되겠는가 싶어 안달하고 있던 차에 겐지가 일부러 찾아주자 황송함에 불안이 다 가시는 듯하여 이렇게 말하였습니다.

"그저 하라시는 대로 하겠사옵니다."

마침 길일이라 출발을 채근하며 겐지는 사정을 세세하게 설명하였습니다.

"멀디먼 아카시까지 가라고 하는 것은 야속한 일이기는 하나 특별한 사정이 있어 그러한 것이다. 나는 뜻하지 않게 그곳에서 쓸쓸한 나날을 보냈으니, 그런 일도 있을 수 있겠다 여기고 잠시 인내하도록 하여라."

이 여인은 과거 기리쓰보 선황의 시중도 들었던 적이 있는지라 겐지도 그 얼굴을 본 적이 있는데 지금은 몰골이 말이 아니었습니다. 거처 또한 크기는 하나 황량하기 그지없고 나무들은 제멋대로 무성하게 자라, 이런 곳에서 어찌 살았나 싶을 정도입니다. 여인의 성품이 활달하고 재치가 있으니 겐지는 그 점을 놓치지 않고 넌지시 몸짓으로 속내를 내비쳤습니다.

"아카시로 보내고 싶지 않구나. 어찌하면 좋을꼬."

여인은 이왕이면 겐지 곁에서 시중을 들며 가까이 지낼 수 있다면 이 처량한 신세에 얼마나 위안이 될까 하고 생각하며 겐지를 바라보았습니다.

깊은 관계는 아니었으나
헤어지는 이 괴로움

아쉬움이여
아아, 사랑스러움이여

"나도 그대를 따라갈까 싶구나."

겐지가 노래를 읊고 이렇게 말하자, 여인은 생긋 웃으며 익숙한 솜씨로 화답하였습니다.

갑작스런 헤어짐이 아쉽다니
말씀은 그렇게 하시지만
사실은 빌미 삼아
그분 곁에
가고 싶으신 게지요

겐지는 그것 제법이라며 감탄하였습니다.

유모 일행은 수레를 타고 도읍을 떠났습니다. 겐지는 심복에게 동행을 지시하며 이 일이 절대 타인에게 새어나가지 않도록 입단속을 시키고 아카시로 보냈습니다. 어린 딸의 몸을 지켜줄 부적인 칼이며 그밖에 필요한 물품들을 놓을 자리가 모자랄 정도로 쌓아 보내니 어디 한 군데 허술한 곳이 없었습니다.

유모에게도 예가 없을 정도로 세심하게 배려하여 물품과 여비를 넘치도록 하사하였습니다.

아카시의 뉴도가 태어난 손녀를 얼마나 애지중지 여길까 그 모습을 상상만 해도 흐뭇하여 미소가 지어지는데, 그만큼 가여운 마음도 더하였습니다.

새로이 태어난 딸에게 그리도 신경을 쓰는 것은 당연히 애정이 깊어서이겠지요. 아카시 부인에게 보내는 편지에도 단단히 주의를 주었습니다.

"딸은 소중히 여기고 키워주시오. 절대 허술히 대해서는 아니 됩니다."

오랜 세월 날개옷으로
하늘 선녀가 쓰다듬었다는 바위처럼
앞날이 창창한 딸을
어서 빨리 불러들여
내 소매로 쓰다듬어주고 싶으니

유모 일행은 셋쓰 지방까지는 배를 타고 가고, 그다음은 말을 타고 길을 서둘렀습니다.

뉴도는 기다리고 기다리던 일행을 반가운 마음으로 맞이하니, 겐지의 배려가 고마워 황송할 따름이었습니다. 뉴도는 분에 넘치는 겐지의 마음에 감복하여 도읍을 향하여 엎드려 절하니, 태어난 손녀에 대한 애정이 더욱 끔찍해졌습니다.

겐지의 어린 딸은 비할 데 없이 귀엽고 사랑스러워 불길할 정도입니다. 유모는 그 얼굴을 보더니 이렇게 말합니다.

"과연 겐지 님이 하해와 같은 마음으로 이 딸을 키우시려 하는 그 뜻을 넉넉히 알겠습니다."

유모는 불편한 시골길을 여행하면서 마냥 꿈을 꾸는 것처럼 처량하고 슬펐던 마음이 깨끗이 사라졌습니다. 그리고 이 딸이 너무도 귀엽고 예쁘고 사랑스러워 마치 제 자식처럼 애지중지 보살폈습니다.

어머니인 아카시 부인은 겐지와 헤어진 후 몇 달을 근심 걱정으로 보낸 터라 몸도 마음도 쇠약해져 죽을 듯한 심정이었는데, 이렇듯 극진한 겐지의 배려에 다소 근심을 덜었는지 병상에서 몸을 일으켜 유모와 동행한 사자를 더없이 후하게 대접하였습니다.

사자가 오래 머물지 않고 당장 도읍으로 올라가려 길을 서두르자 생각나는 대로 몇 글자 답장을 썼습니다.

내 옷은
하늘 선녀의 날개옷이 아니니
그 소매가 좁아
쓰다듬기도 모자랍니다
당신의 넓은 소맷자락으로
사랑스러운 이 아이를
어서 빨리 쓰다듬어주세요

겐지는 이상하리만큼 딸이 눈앞에 아른거려 하루빨리 만나고 싶은 마음이 더합니다.

무라사키 부인에게는 아카시 부인에 대해 거의 말을 하지 않은 터라, 혹여 다른 길로 소식을 접하면 곤란하겠다 싶은 마음에 사실대로 털어놓았습니다.

"실은 일이 이리되었다 하는구려. 참으로 만사는 뜻하는 바대로 이루어지지 않는 법인가 봅니다. 아이가 생겼으면 하고 바라는 배에서는 그럴 기미가 전혀 보이지 않는데, 뜻하지 않은 곳에서 태어나다니 안타까운 일이오. 또 태어난 아이가 여자라고 하니 더욱 마음에 들지 않는구려. 상관치 않아도 무방한 일이나 또 그럴 수는 없으니. 머지않아 아이를 데려와 보여드릴 터이니 미워하지 마시구려."

무라사키 부인은 얼굴을 붉히며 겐지를 원망합니다.

"싫습니다. 늘 그렇게 질투를 하지 말라고 미리 주의를 들어야 하는 내 신세가 싫습니다. 사람을 미워하도록 누가 가르쳐주셨을까요. 바로 당신이 아니겠어요."

"어허, 대체 누가 그런 것을 가르쳤단 말입니까. 괜한 말씀을 하시는구려. 나는 전혀 생각하지도 않는 것을 어림짐작하여 그리 토라지다니요. 내가 오히려 야속하구려."

겐지는 싱긋 웃으며 이렇게 말하는데 그 눈에는 눈물이 맺혀 있었습니다. 지난 몇 년 동안 한시도 잊지 않고 서로를 그리워하였으며 수시로 주고받은 편지가 얼마인지를 떠올리니, 무라사키 부인은 자기가 아닌 여인과의 정사는 모두 그때그때 마음을 달래기 위한 것에 지나지 않는다고 생각하고 싶어졌습니다.

"아카시의 그 사람에게 이렇듯 신경을 쓰는 것은 그럴 만한 이유가 있어서요. 헌데 그런 이야기를 하면 당신이 괜한 오해를 하겠기에 말도 못 하겠구려."

도중에 잠시 말을 끊고는 다시 잇습니다.

"그런 시골에 어찌 그리 인품이 고상한 여인네가 있는지, 신기한 탓도 있었겠지요."

해질 무렵, 가슴으로 절절하게 파고드는 소금 굽는 연기, 때로 그 여인이 읊었던 노래, 그 밤에 어렴풋하게 보았던 여인의 모습, 우아한 쟁의 선율, 그 모든 것에 마음이 끌렸다고 이야기합니다.

"헤어져 지내는 동안 나는 이보다 더한 슬픔은 없다고 한탄하였는데 한때의 불장난이었다고는 하나, 다른 여인네에게 마음을 나누어주시다니요."

무라사키 부인은 아까의 마음이 바뀌어 등을 돌리고는 수심에 찬 모습으로 중얼거립니다.

"당신은 당신, 나는 나, 마음은 다른 곳에 있군요. 옛날에는 마음이 잘 통하였건만 지금은 이렇듯 허망하기만 하니."

서로 사랑하는 두 사람이
함께 나부낀다는

그쪽 하늘 아니라 하여도
나 혼자 일찌감치
연기가 되어야겠습니다

"그 무슨 속절없는 말씀이오."

누구를 위해
산과 바다를 헤매이며
눈물 쉼 없이 흘리고
외롭고 괴로운 나날
보내왔단 말이오
아아, 가엾은 이내 신세

"아아, 어떻게 해서든 내 진정을 보여주고 싶구려. 그러나 목숨만은 내 뜻대로 할 수 없는 것, 내 진정을 미처 보여주지도 못하고 죽을까 두렵소. 하찮은 일로 다른 여자의 원망을 사지 않으리라 다짐하는 것도 오직 당신을 위함인데."

이렇게 말하고 쟁을 가까이 잡아당겨 가볍게 퉁기면서 무라사키 부인에게도 함께 연주하자 권하나 쟁을 잘 탄다는 아카시 부인을 시샘해서인지 손도 대려 하지 않습니다. 얌전하고 귀엽고 유순한 듯하나 고집스러운 부분도 있어 질투를 하는 모습이 오히려 애교가 넘치니 겐지의 눈에는 화가 난 무라사키 부인이 더욱 매력적으로 비칩니다.

오월 오일, 아카시 부인이 딸을 낳은 지 오십일 째. 겐지는 남몰래 날을 헤아리고는, 오십일 잔치를 하는 날일 터인데 하며, 어린 딸이 어찌 지내고 있을까 궁금하고 그리워 어쩔 줄을 모릅니다.

'이곳에서 태어났다면 내 마음껏 보살펴주고 사랑해줄 터인데. 세상일이란 참으로 내 뜻 같지 않구나. 가엾게도 그런 시골에서 태어나다니.'

아들이었다면 이렇게까지 마음이 쓰이지 않을 터인데 딸이라 하니 더욱 안타깝고 안쓰러워, 자신의 운세가 한때 불운하였던 것도 이 딸의 탄생을 위한 것이 아니었는가 하고 생각하였습니다.

겐지는 오십일 잔치에 사자를 내려 보냈습니다.

"반드시 그날에 맞춰 도착하도록 하여라."

사자는 겐지의 명에 따라 오월 오일에 아카시에 당도하였습니다. 겐지는 진귀하고 실용적인 물건들을 정성을 담아 선물하였습니다.

쓸쓸한 해변에서 때를 가리지 못하고
물속 바위에 뿌리내린 청각채처럼
사는 딸이여

오늘이 오십일 잔칫날인 줄도 모르고
여느 때처럼 맞이하였느냐

"그쪽 일을 생각하면 마음이 뒤숭숭합니다. 이대로 이렇게 떨어져 살 수는 없으니 안심하고 도읍으로 올라올 결심을 하시오. 절대 걱정할 일은 없으니."

이렇게 씌어진 편지를 읽자 뉴도는 기쁜 나머지 또 눈물을 흘립니다. 지금까지 살아온 보람이 있었노라 눈물을 쏟아내니, 그럴 만도 한 일입니다.

뉴도의 집에서도 장소가 비좁으리만큼 선물을 많이 준비하였으나 사자가 겐지의 선물을 싣고 오지 않았더라면 잔칫날이 밤의 비단처럼 아무 빛도 나지 않았을 것입니다.

유모는 아카시 부인이 상상했던 대로 훌륭한 분이라 말벗을 하며 시골 생활의 시름을 달래었습니다. 연줄을 대어 이 유모 못지않은 시녀들도 불러 맞이하였습니다. 그 시녀들은 궁중에서 생활한 경험이 있으나 지금은 완전히 영락한 여자들입니다. 세상을 등지고 유랑하며 동굴에서 사는 듯한 여자들이 어쩌다 이 아카시의 뉴도 집에 의지하고 있는 것이었습니다. 그런 사람들 가운데 겐지가 보낸 유모는 정숙하고 품위도 있었습니다. 겐지가 대신으로 있는 도읍 이야기, 세상 사람들이 얼마나 겐지를 우러르는지, 얼마나 인기가 있는지 등등 세상 돌아가는 재미있는 이야기를 하며 끝없이 수다를 떨어대니 아카시 부인도 이렇게 생각하게 되었습니다.

'그렇듯 훌륭하신 분이 이렇게 어여삐 여기는 딸을 낳은 나도 참 대단하구나.'

겐지의 편지를 함께 읽어내리던 유모는 이런 생각이 들지 않을 수 없었습니다.

'아아, 세상에 어쩜 이리도 운이 좋은 분이 있을까. 그런데 나는 이처럼 한심한 신세.'

"유모는 어찌 지내고 있습니까."

헌데 겐지의 자상한 이 한마디에 고마워 몸둘 바를 모르니 몸과 마음의 고생이 다 날아가는 듯하였습니다.

아카시 부인은 마음을 다하여 답장을 써내려갔습니다.

섬그늘에서 우는 두루미처럼
외로운 나를 어미로 하여
이 외딴 시골에서 자라는 아이여
오십일 잔칫날이 오늘이라는데
찾아와주는 이도 없으니

"근심 걱정에 눈물이 마를 새 없는 나날을 이렇듯 간간히 보내주시는 편지에 의지하여 살고 있는데 이 목숨 언제까지 버틸 수 있을지 불안합니다. 정말 말씀하신 것처럼 딸의 앞날을 안심할 수 있도록 조처해주시길 바랍니다."

"아아, 가여운 일인지고."

겐지는 그 답장을 몇 번이나 읽으면서 혼자 중얼거리며 긴 한숨을 내쉽니다.

무라사키 부인이 힐긋 그 모습을 보고는, '저 멀리 앞바다로 노 저어 가는 배처럼'이라는 옛 노래를 홀로 읊조리며 깊은 생각에 잠깁니다. 그 옛 노래의 아랫구절은 '나를 멀리하여 마음 주지 않으니'인 터라 겐지는 푸념하며 편지 봉투만 보여주었습니다.

"정말 그리도 나를 못 믿는 것이오. 내가 가엾다 말은 하나 이는 일시적인 감개에 지나지 않는 것이오. 그 아카시의 풍광이 떠오를 때마다 지나간 옛일을 잊지 못하여 홀로 내뱉는 중얼거림이오. 그런 것까지 용케 귀에 담는구려."

아카시 부인의 필적이 빼어나고 운치가 있어 고귀한 분이라도 내심 감탄스러울 것 같으니 무라사키 부인은 만사가 이러하여 겐지가 마음을 빼앗긴 것이라고 헤아렸습니다.

이렇게 무라사키 부인의 비위를 맞추느라 하나치루사토는 완전히 뒷전으로 밀려났으니 그 또한 안된 일입니다.

정무로 다망하여 움직임이 마음 같지 않아 은밀한 외출을 자중하고 있는데다 하나치루사토에게서도 새로이 마음이 뒤흔들릴 만한 편지도 없는 터라 겐지도 차분하게 지내는 것이겠지요.

장맛비가 며칠이나 추적추적 내려 마음마저 착잡한 때, 겐지는 공사 한가로운 차에 마음이 동하여 간신히 하나치루사토의 집으로 걸음을 하였습니다.

겐지가 직접 걸음을 하지는 않아도 경제적인 면은 부족함이 없이 배려하여 살아가는 터라 괜스레 투정을 부리거나 한탄할 리 없으니 겐지도 마음의 부담은 없는 듯 보였습니다.

지난 몇 년 사이, 집이 많이 황폐해져 쓸쓸한 생활상을 한눈에 알아볼 수 있었습니다.

겐지는 우선 언니인 레이케이덴 여어를 찾아 뵙고 잠시 이야기를 나눈 후 밤이 깊어지기를 기다려 하나치루사토가 거처하는 서쪽 별채로 찾아갔습니다.

때마침 달빛이 어렴풋하게 비치니 겐지의 요염한 거동이 더없이 아름답게 보입니다.

하나치루사토는 날로 겐지가 조심스럽기는 하나 그래도 툇마루 가까이에 앉아 시름에 잠겨 있던 모습 그대로 당황하는 기색 없이 겐지를 맞이하니, 그 자태가 아리땁습니다.

가까이에서 하얀눈썹뜸부기의 울음소리가 문을 두드려대듯 울립니다.

저 하얀눈썹뜸부기마저
울어주지 않았다면
찾는 이 없는 이 황량한 집에
아름다운 달그림자 같은 그대를

어찌 맞이할 수 있었을까요

하나치루사토가 그동안 찾아주지 않았던 아쉬움을 조심스럽고 애틋하게 노래하자 겐지는 이런 생각이 들었습니다.

'아아, 모두 제각기 좋은 점을 갖고 있으니 이리도 버리기 어려운 것을. 이래서 내 마음고생이 더 심한 것이야.'

가리지 않고 문을 두드리는
하얀눈썹뜸부기
소리 들릴 때마다
놀라 문을 열어주어야
달빛처럼
바람둥이 사내가
들어올 수도 있으니

"걱정이로구나."

가벼운 농을 던지나 하나치루사토는 정숙하고 얌전해서 남녀 사이의 문제로 의심 갈 만한 일을 만들 분이 아닙니다. 겐지는 오랜 세월 오로지 자신만을 바라보며 살아왔다는 것을 절대 허술히 여기지 않습니다. 하나치루사토는 겐지가 스마로 출발하기 전에 '그리 슬픈 눈으로 바라보지 마시구려'라고 노래하며 기운을 북돋워주었던 이야기를 합니다.

"어찌하여 그때는 이런 슬픔이 다시는 없을 것이라 한탄하였는지 모르겠습니다. 그대가 도읍으로 돌아오셨다 한들 불행한 이 몸이 쉬이 만나 뵐 수 없는 안타까움은 변함없는데."

토라진 듯 말하는 그 모습이 가련합니다. 겐지는 어디에서 그런 말이 나오는지 여느 때처럼 자상하게 온갖 말로 위로를 합니다.

이럴 때에 또 겐지는 예의 고세치를 잊지 못하여 다시 한 번 보고 싶다고 애를 태우나 지금은 가당치 않은 일이니 은밀히 찾아갈 수도 없습니다.

고세치는 겐지를 사모하고 그리워하는 마음에 시름에 잠겨 있습니다. 부모님은 걱정스러워 이런저런 혼담을 비치나 딸은 남들처럼 온전하게 결혼하기를 체념한 상태입니다.

겐지는 동원을 보란 듯이 지어 이런 여인들을 불러들여 살게 하고, 정성껏 돌보고 싶은 딸이라도 태어나면 그들에게 그 딸의 양육을 맡기면 어떨까 하고 생각하고 있습니다.

이조원의 동원은 당대풍으로 개축되어 본채보다 볼만한 곳이 많습니다. 풍류와 운치를 아는 수령들을 불러 각자의 일을 분담시키고 공사를 서두르라 채근하였습니다.

겐지는 지금도 오보로즈키요 상시를 포기하지 않았습니다. 질리지도 않는지, 같은 하늘 아래 살고 있으니 옛날처럼 관계를 회복하고 싶다는 편지를 보내곤 하는데 상시는 그 험악한 경험에 혼쭐이 났는지 상대해주지 않습니다. 겐지는 정계에 복귀한 지금이 오히려 답답하고 옹색하니 상시와의 관계도 마음 같지 않다고 생각합니다.

형인 스자쿠 상황은 황위에서 물러나 편하고 한가로운 심경으로 사계절마다 흥겨운 관현놀이를 벌이며 즐겁게 사는 듯 보입니다.

여어와 갱의도 재위 중일 때나 마찬가지로 모두 곁에서 상황을 모시고 있는데, 동궁의 어머니인 쇼쿄덴 여어는 상시에게 밀려 총애를 받지 못해 불행하였던 과거에 비해 지금은 행복한 신분이 되었으니 선황의 거처에서 물러나와 동궁 곁을 한시도 떠나지 않습니다.

겐지가 궁중에 있을 때 머무는 방은 숙경사입니다. 바로 남쪽에 동궁의 거처인 소양사가 있어 무슨 일이든 서로 이야기를 나누니, 겐지는 지금의 동궁까지 보살피고 있습니다.

후지쓰보 중궁은 출가한 몸이라 황태후의 지위에 오를 수 없어 태상천황에 준하여 봉록을 받는 여원의 신분이 되었습니다. 여원을 보살피는 관리들도 임명되니 이전보다 한결 그 위세가 당당합니다. 허나 후지쓰보 여원 자신은 여전히 불공과 공덕을 위한 불사에 정진하고 있습니다. 지난 몇 년 동안 세간의 이목을 우려하여 궁중 출입도 삼가한 터라 자식의 얼굴도 마음대로 볼 수 없어 가슴이 메이는 듯하였는데 지금은 언제든 마음대로 궁중을 들고나니 그 또한 반가운 일이었습니다. 그 모습을 보니 고키덴 황태후는 세상이 바뀌었음을 절감하고 한탄하였습니다.

겐지 대신은 고키덴 황태후를 극진하게 대하니, 그것이 오히려 부끄러울 지경입니다. 허나 황태후로서는 난감하고 괴로운 일일 것이라 수군덕거리는 사람들이 많았습니다.

허나 병부경은 스마로 내려가 있는 겐지에게 뜻밖에도 냉담한 태도를 취하며 오로지 세상 돌아가는 사정에만 신경을 곤두세웠던 터라 겐지는 그 점을 불쾌하게 여기며 늘 마음에 새겨 예전처럼 친숙하게 지내지 않았습니다. 다른 사람들은 공평하게 배려하는데 병부경 일가에게는 매정한 태도를 취하고 심술을 부립니다. 후지쓰보 여원은 그런 대접을 받는 오빠가 안됐기도 하지만 어쩔 수 없는 일이라고 생각하고 있습니다.

지금 천하는 둘로 나뉘어 모든 것이 태정대신과 겐지 대신의 손아귀에 있습니다.

과거 두중장이었던 권중납언의 딸이 그해 팔월에 궁으로 들어왔습니다. 할아버지인 태정대신이 직접 나서서 입궁 의식을 번듯하게 치렀습니다.

병부경의 딸 역시 입궁을 시키려고 애지중지 키웠다는 소문이 무성한데, 겐지는 그 딸이 다른 사람보다 잘 되라고 바라는 것 같지 않았습니다. 대체 무슨 속셈일까요.

그해 가을, 겐지는 스미요시 신사에 참배하였습니다. 스마에 폭풍우가 몰아쳤을 때 발원하였던 수많은 소원을 이루게 해준 스미요시 명신께 답하러 가는 것인 만큼 성대하고 위풍당당한 행렬에 세상이 떠들썩하니, 상달부와 전상인들이 앞을 다투어 수행하였습니다.

때마침, 아카시 부인도 해마다 봄가을로 참배하였던 스미요시 신사에 작년에 이어 올해도 임신과 출산으로 불미한 몸이라 참배를 하지 못한 사죄도 겸하여 참배하기로 하였습니다.

배를 타고 참배길에 올랐습니다. 도착하여 해변에 배를 대려하니 참배하는 사람들의 대행렬로 북적거리고, 눈부신 봉납물을 올리는 사람들이 줄을 잇고 있었습니다. 곱게 차려입은 열 명의 악사들은 생김생김도 빼어난 사람들이었습니다.

아카시의 부인을 모시는 사람이 물었습니다.

"누가 참배를 하길래."

"아니 세상에, 겐지 내대신님이 발원에 답하려 참배를 하시는데, 그걸 모르는 사람이 있다니."

하찮은 아랫것들까지 우쭐하여 웃으며 이렇게 말하는 것이었습니다.

아카시 부인은 이 무슨 우연이란 말인가, 다른 날도 많은데 하필이면 겐지가 참배하는 오늘에 날을 맞추다니. 겐지의 위풍당당한 모습을 멀리서 보기만 하여도 자신의 신세를 초라하게 여기지 않을 수 없었습니다.

'그렇기는 하나 과연 우리 딸과는 깊고 깊은 인연으로 맺어진 운명, 하찮은 신분의 사람들조차 거리낌없이 겐지 곁에서 시중드는 것을 영광스럽게 여기고 있는데, 나는 전생에 무슨 죄가 많아 한시도 잊지 못하고 안위를 걱정하면서, 이렇듯 소문이 자자한 오늘의 참배를 미처 알지 못하고 이런 곳에 찾아왔다는 말인가.'

서글픈 마음에 아카시의 부인은 남몰래 눈물을 흘렸습니다.

소나무 숲으로 짙푸른 해변이 꽃과 단풍잎을 뿌린 것처럼 보이는 것은 사람들의 입고 있는 알록달록한 옷 때문이었습니다. 헤아릴 수 없이 많은 사람들 중에서 6위 장인은 폐하께서 하사하신 포를 차려입고 있는데, 그 푸른색이 선명하게 눈에 띄었습니다.

스마로 내려갈 때 '지금 생각하니 한스러워 이 가모의 울타리마저'라 노래하였던 우근위 장감도 지금은 위문의 위가 되어 장인을 겸하고 있으니, 수많은 수신들이 그를 따르고 있습니다. 요시키요도 공히 위문부의 좌가 되어 화사한 붉은색 예복을 입고 밝은 표정으로 웃고 있으니, 꽤나 말쑥해진 모습입니다.

아카시에서 보았던 사람들이 당시와는 전혀 달리 화려하고 걱정 없는 모습으로 온 데에 흩어져 있는데, 그중에서도 젊은 상달부와 전상인은 서로 경쟁하듯 말과 안장까지 치장하여 멋을 부린 것이 아카시 같은 시골에서 온 사람의 눈에는 큰 구경거리였습니다.

겐지의 수레를 멀리서 바라보자니 아카시 부인은 서글퍼서 견딜 수가 없으나 그리운 모습을 가까이 가서 뵐 엄두는 나지 않았습니다. 가와라의 좌대신 미나모토노 도루를 선례로 하여 천황은 겐지에게 어린 수신을 붙여주었는데, 머리를 양 갈래로 나누어 보라색 비치는 끈으로 묶어 예쁘장하게 꾸민 모습이 우아합니다. 나란히 키도 크고 귀여운 열 명의 소년이 또한 눈에 띄게 화사하였습니다.

돌아가신 아오이 부인이 낳은 유기리 도련님을 더없이 소중하게 보살피는데, 도련님이 타고 있는 말을 뒤쫓는 소년들은 똑같은 옷을 차려입어 금방 눈에 띄니, 다른 사람들과는 확연히 구별됩니다.

아카시 부인은 이런 장중하고 화려한 모습을 저 먼 구름 너머 다른 세계의 일처럼 바라보고 있자니, 자신이 낳은 딸이 사람 축에도 끼지 못하고 하찮게 자라는 것이 서글프고 안타까웠습니다. 그리하여 더더욱 열심히 신사를 향하여 고개를 숙이고 두 손 모아 빌었습니다.

셋쓰 지방의 국수가 인사차 찾아와 향연을 베풀며 다른 대신들이 참배하러 왔을 때와는 비교도 되지 않을 만큼 정중하게 겐지를 모셨습니다.

아카시 부인은 그냥 보고 있기가 민망하였습니다. 이렇듯 성대한 잔치에 하잘것없는 자신이 사소한 물건을 봉납한다 한들 신의 눈에는 띄지도 않을뿐더러 봉물이라 취급도 안 해줄 것이니, 그렇다고 이대로 돌아가는 것은 어중간한 일, 오늘은 나니와에 배를 대고 그곳에서 액막이 제라도 올려야겠다고 생각하며 그쪽으로 배를 젓게 하였습니다.

겐지는 아카시 부인이 다녀간 줄은 꿈에도 모르고 밤을 새워 온갖 제를 올리고 봉물을 헌납하였습니다. 과연 신도 기뻐할 의식을 치르고 또 치르니, 스마를 유랑하면서 발원한 모든 소원이 이루어진 것을 감사하고, 날이 밝도록 전례가 없을 정도로 웅장하고 화려한 관현연주를 봉납하였습니다.

고레미쓰처럼 고락을 함께한 부하도 마음속으로 스미요시 신의 가호를 가슴에 새기며 고마워하였습니다. 잠시 겐지가 밖으로 나왔을 때, 고레미쓰는 그 앞으로 나아가 아뢰었습니다.

스미요시 해변의 소나무
다시금 바라보니 끓어오르는
이 슬픈 가슴이여
그 옛날, 스마와 아카시에서
유랑의 몸으로 지새웠던
괴롭고 서러운 수많은 날들

겐지도 고개를 끄덕이며 화답하는 모습이 더할 나위 없이 아름답습니다.

미친 듯 날뛰었던

스마의 바닷바람이여
공포에 떨었던
그 폭풍우의 밤
다시금 떠올리니
스미요시 신의 가호를
어찌 잊겠는가

"참으로 영험한 일이었어."

고레미쓰가 아카시 부인의 일행이 이 난리법석에 기가 죽어 참배도 하지 못하고 발길을 돌렸다는 이야기를 전하자, 겐지는 미처 헤아리지 못한 것을 안타깝게 여겼습니다. 스미요시 명신의 인도로 맺어진 인연이기에 더욱이 소홀히 할 수는 없으니 이렇게 동정하였습니다.

"짧게나마 소식을 전하여 위로해주어야겠구나. 이곳까지 왔다가 허망하게 발길을 돌렸다면 그 마음이 오죽 서운하고 괴로우랴."

겐지는 신사를 출발하여 가는 도중에 있는 명소를 여기저기 유람하였습니다. 나니와 액막이 제는 각별히 장엄하게 치렀습니다.

호리에 일대를 유람하면서 '이제 와서는 또한 마찬가지로구나. 나니와의 수로 말뚝'이라고 읊조리는데, 수레 곁에서 수행하던 고레미쓰의 귀에 들어갔는지 그런 볼일이 있는가 하여 늘 준비하여 가슴에 품고 다니는 휴대용 짧은 붓과 첩지를 꺼내어 수레가 멈춰 선 참에 겐지에게 올렸습니다. 겐지는 새삼 참으로 눈치가 빠른 사람이라 여기며 첩지에 시를 써서 고레미쓰에게 건넸습니다.

몸을 다하여 애타게 그리워한
보람이 있었는가
수로 말뚝 있는 이 나니와에서
그대를 만났으니
그 깊은 인연의 기쁨 어찌 말로 다 하리오

고레미쓰는 아카시의 지리를 잘 아는 자에게 명하여 그 편지를 아카시 부인에게 전하도록 하였습니다.

겐지 일행이 탄 말이 줄줄이 지나가는 것을 본 아카시 부인의 가슴이 두근거리는데, 이슬처럼 짧은 편지이기는 하나 그 애틋한 마음이 고마워 절로 눈물이 흘러나왔습니다.

하찮은 이내 신세
허망한 세상이라
체념하고 살았는데
어찌 몸을 다하여
그대를 가슴에 품고 말았는지

아카시 부인은 겐지가 다미노 섬에서 계를 행할 때 신전에 바칠 수 있도록 닥나무 술에 묶어 답가를 보내었습니다.

날이 기울고 있습니다. 밀물이 출렁출렁 밀려들고 두루미까지 목청을 아끼지 않고 울어대니, 길 떠난 나그네의 향수를 자아내는 때라서 그럴까요. 겐지는 주위도 아랑곳하지 않고 아카시 부인을 보고 싶은 마음을 노래합니다.

눈물에 젖은 나그네 옷자락
그 옛날 유랑의 몸을 닮았으니
비를 막아준다는 다미노 섬이라 하나
이 몸 눈물의 비에 젖네
숨길 수 없이

돌아가는 길목길목을 유람하면서 흥겨운 놀이를 펼치지만 겐지의 마음에서는 아카시 부인이 떠나지 않았습니다.

유녀들이 몰려왔습니다. 상달부라는 자들 중에도 원기가 왕성하고 색을 좋아하는 자들은 유녀에게 정신이 팔려 있는 듯합니다. 허나 겐지는 이런 생각이 드니 제각각 자태를 뽐내며 신명이 난 유녀들이 성가시게만 느껴졌습니다.

'글쎄 과연. 재미있는 이야기도, 가슴을 저미는 정취도 요는 상대방 여자의 인품에 따른 것일 터이니. 일시적인 불장난이라고는 하나, 다소라도 경망함을 보인다면 마음을 둘 값어치가 없

는 아낙이니.'

아카시 부인은 겐지 일행이 지나가기를 기다렸습니다. 다음 날, 마침 길일이기도 하여 신에게 봉물을 헌납하고 기도를 올렸습니다. 그런 후 아카시로 돌아와 있자니 오히려 수심만 가득하고, 겐지와는 신분이 너무도 다른 자신의 처량한 신세를 앉으나 서나 한탄하였습니다.

지금쯤 도읍에 도착하였을까 하여 날을 헤아리고 있는데, 그 날이 채 지나기 전에 머지않아 도읍으로 맞이하겠노라는 전갈을 들고 겐지의 사자가 나타났습니다. 합당한 예우를 하겠다는 믿음직스러운 말씀도 있었습니다.

'아아, 어찌하면 좋을꼬. 지금 와서 이 아카시를 떠나, 이쪽에도 저쪽에도 마음을 붙이지 못하고 어중간하게 떠도는 불안한 신세가 되는 것은 아닐까.'

딸이 이렇게 상심하자 아버지 뉴도 역시 막상 일이 이렇게 되니 겐지의 뜻에 따라 딸을 그냥 보내기도 마음에 걸리고, 그렇다 하여 어미와 딸이 이런 시골에 묻혀 살게 할 수는 없으니, 어떻게든 겐지를 만나려 하였던 그 옛날보다 지금의 걱정과 고통이 더 컸습니다.

아카시 부인은 만사가 불안하여 상경할 결심이 서지 않는 뜻을 글로 적었습니다.

그러고 보니, 이세의 재궁도 천하의 권세가 바뀌자 직분이 바뀌어 육조 미야스도코로와 함께 도읍으로 돌아왔습니다. 겐지는 옛날과 변함없이 미야스도코로를 보살피는데, 그 극진함이 예가 없을 정도였습니다. 헌데 미야스도코로는 깨끗하게 체념하고 있습니다.

"옛날에도 그 마음이 냉담하기 그지없었는데, 새삼스럽게 후회할 일은 만들고 싶지 않으니."

그 마음이 겐지에게 전해지자, 겐지도 굳이 육조의 저택을 찾아가리란 생각은 하지 않습니다.

애써 미야스도코로의 마음을 움직였다 한들 앞으로 자기의 마음이 어찌 변할지는 겐지 자신도 모르는 터에다 지금은 신분도 그러하니, 어떻게든 연을 맺고자 하여 은밀히 드나드는 억지스러운 태도는 취하지 않았습니다. 다만 재궁이 얼마나 아름답게 성장하였는지 궁금한 마음에 보고 싶어하였습니다.

미야스도코로는 육조의 낡은 저택을 보란 듯이 수리하여 우아한 생활을 하고 있습니다.

풍취 있고 고아한 취미 역시 예전과 변함없으니 아름다운 여인들과 풍류를 아는 공달들이 모여드는 사랑방이 되었습니다. 미야스도코로의 적적한 마음을 달래주기에 모자람이 없는 생활입니다.

그러던 중 갑자기 무거운 병에 걸려 이유도 없이 마음이 불안하고 불사를 꺼리는 재궁 처소에서 오랜 세월을 지낸 것도 죄가 된 듯 두려워, 출가를 결심하고 말았습니다.

겐지는 그 소식을 듣고 아직도 미야스도코로가 마음에 있는 것은 아니지만 이야기 상대로는 더없이 좋은 사람이었는데 속세를 떠났다니 아쉽고 안타까운 마음에 육조의 저택으로 달려갔습니다.

겐지는 한없는 마음을 담아 문안 인사를 하였습니다. 병상 가까이에 겐지의 자리가 마련되자 미야스도코로는 베개에 기대어 대답을 합니다. 몰라보도록 쇠약해진 모습에 겐지는 여전히 자신의 마음은 변함없다고 구구절절 이야기하고, 그 마음을 미처 보이지도 못하고 우리 사이 끝나는 것은 아니냐며 통곡하였습니다.

미야스도코로는 이렇게까지 나를 생각해주었나 싶으니 한없이 슬퍼 재궁의 훗날을 부탁하였습니다.

"제가 죽고 나면 홀로 남은 재궁의 마음이 오죽이나 서러울까요. 아무쪼록 어여삐 여기시어 남들처럼 보살펴주시기 바랍니다. 달리 부탁할 이도 없는 가여운 아이입니다. 저는 비록 아무 힘이 없으나, 이 세상에 잠시 더 머물 수 있다면 재궁이 좀더 철이 들 때까지 보살펴주려고 하였는데."

이렇게 말하는 도중에도 가쁜 숨을 몰아쉬며 눈물을 흘립니다.

"그런 말씀이 없어도 재궁의 일이라면 나몰라라하지 않을 것이오. 이렇게 부탁까지 하였으니 내 힘이 닿는 한 뒤를 봐드리리다. 그 점에 관해서는 걱정하지 마시구려."

"말씀은 그리 하셔도 그리 쉬운 일이 아니겠지요. 의지하는 아버지가 있어 훗날을 부탁하여도 어미가 앞서 죽은 딸은 불쌍하고 가여운 법입니다. 하물며 뒤를 봐주시는 그대가 만약 총애하는 다른 여자들처럼 취급한다면, 그 여자들의 시샘과 증오를 견디지 못하여 외로운 신세가 될 수도 있을 테지요. 공연한 노파심인지도 모르겠으나 아무쪼록 우리 딸은 그렇게 만들지 마세요. 불행한 제 신세를 보아서라도 여자는 뜻하지 않은 일로 슬픔을 겪을 수 있으니 재궁은 부디 정분의 슬픔에 빠지지 않도록 해주십사 하는 것입니다."

미야스도코로의 간곡한 청에 겐지는 이토록 무안해지는 말을 솔직하게도 한다고 생각은 하나 말은 달리 합니다.

"지난 몇 년 사이에 나도 분별력이 생기고 사람으로서의 도리도 알게 되었는데 여전히 옛날의 성벽이 남아 있는 것처럼 말씀하시니 참으로 유감이오. 머지않아 나의 진정을 알게 될 것이오."

이런저런 사이에 날이 어두워지니 방을 밝힌 등불의 빛이 문틈 사이로 새어나옵니다. 혹시나 싶은 마음에 휘장을 살며시 들고 안을 들여다보니, 어슴푸레한 불빛 아래 깔끔하게 머리를 자른 미야스도코로가 베갯머리에 기대어 있으니 마치 그림 속 아름다운 여인처럼 마음을 울립니다.

휘장 동쪽에 무언가에 기대어 있는 여자가 아마도 재궁이겠지요. 열려 있는 휘장 새로 눈을 조아리고 안쪽을 들여다보니,

재궁은 턱을 괴고 몹시 시름에 찬 표정입니다. 얼핏 보기만 하였지만, 무척이나 귀여운 사람인 듯합니다. 어깨와 등으로 넘치도록 풍성하게 늘어진 머리칼, 머리 모양이며 전체적인 분위기가 기품 있고 고상하면서도 다정하고 애교가 넘쳐흐를 듯 분명하게 보이니, 겐지는 가슴이 두근거리며 당장이라도 만나고 싶은 마음이지만 미야스도코로가 그토록 간곡하게 부탁한 터라 마음을 돌리지 않을 수 없었습니다.

"이제 견디기가 힘들어졌습니다. 병으로 험한 꼴을 보여 황송하니, 그만 돌아가주세요."

미야스도코로는 그렇게 말하고는 시녀의 도움을 얻어 자리에 누웠습니다.

"이렇듯 찾아 뵈어 다소나마 마음이 편해졌다면 다행스러운 일일 터인데, 기분은 어떠하오."

겐지는 이렇게 말하고 휘장 사이로 들여다보았습니다.

"보기에 흉측할 정도로 야위었습니다. 이제 병도 마지막 숨을 다하는가 싶을 때에 찾아주시다니 참으로 깊은 인연인가 봅니다. 평소 마음에 담고 있던 말을 전하였으니 지금 세상을 떠나도 여한이 없을 것이라 생각합니다."

"그렇듯 소중한 유언을 남기는 자리에 내가 함께할 수 있어 감개무량하오. 돌아가신 기리쓰보 선황의 황자는 그 수가 많고 많으나 나를 가까이 여기는 분은 많지 않았습니다. 선황께서 재궁을 친딸처럼 여기셨으니 나 역시 누이라 여기고 보살피겠소이다. 부모가 될 나이가 되었는데도 키울 딸이 없어 적적하게 여기던 차였습니다."

겐지는 이런 말을 남기고 돌아갔습니다. 그 후에도 정성 어린 편지를 보내 문안하였습니다.

미야스도코로는 7, 8일이 지나 세상을 떠났습니다. 겐지는 낙담하여 다시금 이 세상의 무상함을 실감하니, 안타깝고 서운한 마음에 입궁도 하지 않고 장례 절차를 일일이 지시합니다. 미야스도코로의 집안에는 겐지 말고는 의지할 사람이 별로 없었습니다.

재궁료의 궁인들과 이전부터 미야스도코로의 시중을 들었던 사람들이 장례식을 준비하고 있습니다. 겐지 자신도 육조의 저택으로 향하였습니다. 재궁에게 조의를 표하자 여별당을 시켜 답하게 하였습니다.

"어미를 잃은 슬픔에 아무 생각도 할 수 없습니다."

"돌아가신 분과 이야기를 나누며 유언을 받들었으니, 앞으로는 무슨 일이든 내게 의논해주시오."

겐지는 이렇게 전하고 시녀들을 불러 갖가지 준비 절차를 지시하였습니다.

그런 겐지가 실로 듬직하니 지금까지의 섭섭하였던 마음이 가시는 듯하였습니다.

장례식이 엄숙하게 거행되었습니다. 겐지의 가신들도 헤아릴 수 없이 조문을 하고 일을 거들었습니다. 그 후 겐지는 깊은 시름에 잠겨 발을 내리고 방에 틀어박혀 근행에 정진하였습니다.

재궁에게는 잊지 않고 문안 편지를 보내었습니다. 재궁은 슬픈 마음을 다독이며 직접 붓을 들어 답장을 썼습니다. 직접 붓을 들어 쓰기는 부끄러운 일이나 유모가 직접 쓰기를 권하였기 때문이지요.

"대필은 무례한 일입니다."

눈과 진눈깨비가 뒤섞여 내리는 궂은 날, 겐지는 육조의 재궁이 많지 않은 사람들 속에서 얼마나 외로이 지낼까 걱정스러워 문안차 사자를 보내었습니다.

"오늘의 이 궂은 날씨를 어찌 보시는지요."

눈과 진눈깨비 그치지 않고
휘날리는 이 궂은 날씨
죽은 사람의 영혼이 집을 떠나지 못하여
하늘을 헤매이고 있는 것일까
그 슬픔이여

구름진 듯 뿌연 하늘색 종이에 썼습니다. 아직 어리고 젊은 재궁의 마음을 끌 수 있도록 예쁘게 꾸민 편지가 눈이 부실 듯하였습니다. 재궁은 답장을 쓰기가 곤란한 표정인데, 시녀들이 대필은 무례한 일이라며 끈질기게 권하자, 상복 같은 쥐색 종이에 은은한 훈향이 배이게 하여 먹의 농담도 신경을 써가며 조심스럽게 써내려갔습니다.

사라지지 않고 내리는 눈
나도 저 눈처럼 사라지지 않으니
내가 나인지도 모르는 채
언제까지 이 세상에
살아남아 있어야 하나
슬픈 이 신세

달필은 아니나 귀엽고 기품이 있었습니다.

겐지는 재궁이 이세로 내려갈 무렵부터 그냥 지나칠 수 없는 마음이었는데, 그 마음이 지금도 여전하니 어떻게든 말을 붙여 보자 생각은 하나, 미야스도코로가 그토록 부탁한 일도 있어 마음을 돌리고 다시 생각하였습니다.

'내가 그리하는 것도 애처로운 일, 미야스도코로가 그리도 간절하게 부탁하고 숨을 거두었는데, 세상 사람들도 미야스도코로처럼 나를 의심할 수 있으니 지금은 일단 그 의심이 가실 수 있도록 정성을 들여 보살펴주자. 폐하께서 다소 세상 물정을 알 나이가 되면 재궁에게 입궁을 하라 해야지. 마침 내게 그 나이 또래의 딸자식이 없어 서운하고 적적한데, 양녀로 삼아 소중하게 돌보면서 말벗이라도 삼으면 되겠구나.'

겐지는 자상한 마음을 담아 수시로 편지를 보내었고, 특별한 일이 있을 때에는 몸소 걸음을 하였습니다.

“분에 넘치는 일이나, 남들 대하듯 어려워 말고 돌아가신 어머니를 대신하는 사람이라 여기며 가까이 지내주면 다행이겠습니다.”

겐지가 이렇게 말하는데도 재궁은 몹시 부끄러움을 많이 타고 내성적인 성품인지라, 입을 떼어 말하는 것조차 가당치 않은 일이라 생각하고 있으니 시녀들도 겐지에게 말을 전하기가 난감하여 이 내성적인 성품을 걱정하였습니다.

‘이 육조에는 여별당이나 내시 같은 궁인들, 또는 황족과 연이 닿는 교양 있는 시녀들이 많을 터. 입궁을 실현시키고자 은밀히 생각하고 있는데, 지금 그리 하여도 다른 여어들에게 뒤지지 않을 것 같으니, 그러기 위해서라도 어떻게든 용모를 똑똑히 보아야겠는데.’

겐지의 이런 마음이 어째 마음을 놓을 수 있는 부모의 마음만은 아닌 듯합니다. 겐지 자신도 그 점만큼은 자신없으니, 입궁을 시키려 하는 속내는 입밖에 내지 않습니다.

추모 제사도 빠짐없이 정성을 들여 챙기니, 보기 드문 겐지의 후의를 재궁 쪽 사람들도 기뻐하였습니다.

세월은 쉼 없이 흘러 저택이 날로 한적하고 쓸쓸해지자 시녀들도 하나 둘 떠나갔습니다. 장소가 도읍의 남쪽이라 인가도 드문데 산사의 종소리가 여기저기에서 들려오니, 재궁은 슬픔을 견딜 수 없어 소리내어 울며 지내고 있습니다. 같은 부모 자식 사이라도 미야스도코로와 재궁은 한시도 서로의 곁을 떠나지 않고 함께 살았던 터, 재궁이 이세로 내려갈 때에도 어미가 따르는 것은 전례가 없는 일인데, 굳이 함께 가자고 조를 만큼 애틋한 어미의 죽음의 길에 함께하지 못한 것이 서러워 재궁의 눈에는 눈물이 마를 날이 없었습니다.

재궁을 모시는 신분이 높고 낮은 많은 시녀들에게는 아버지 같은 겐지로부터 엄중한 지시가 있었습니다.

"설사 유모라도 함부로 처신하여 재궁에게 무슨 일이 일어나도록 하여서는 아니 된다."

그런 터라 높으신 겐지의 귀에 불미한 소식이 들어가지 않도록 입을 모으고 생각을 모아 조심하고 있으니, 행여라도 남자를 주선하는 등 무모한 짓을 하는 자는 전혀 없었습니다.

스자쿠 상황 역시, 그 옛날 이세로 내려가던 날 대극전에서 의식이 장엄하게 치러졌을 때, 소름이 끼칠 정도로 아름다웠던 재궁의 자태를 잊지 못하고 가슴에 새기고 있어, 미야스도코로가 살아 있을 때에도 이렇게 말한 적이 있었습니다.

"이곳으로 들어와 재원이나 다른 자매들과 함께 지내도록 하라."

허나 미야스도코로는 어엿한 비빈들이 줄을 잇고 있는 마당에, 마땅한 후견 하나 없는 것도 우려되는데다 상황이 병약한 것도 걱정스럽고, 그러다 만의 하나 갑자기 서거라도 하게 되면 불행이 더하는 것은 아닌가 하여 사양하고 지냈습니다.

그런 미야스도코로도 죽고 없는 지금, 누가 있어 재궁의 입궁을 추진할 것인가 하고 시녀들은 체념하고 있었는데, 재차 상황의 부름이 있었습니다.

겐지는 그 소식을 전해 듣고, 상황의 마음을 이미 알고 있는데 그 뜻을 거역하는 것도 황공한 일이라고 생각은 하나, 귀엽고 사랑스러운 재궁을 상황께 바치기가 아깝고 유감스러우니 후지쓰보 여원과 의논을 하였습니다.

"사정이 이러하여 어찌하면 좋을까 걱정입니다. 돌아가신 미야스도코로는 신중하고 사려 깊은 분이었는데, 나의 부질없는 행동 탓에 이름을 더럽히고, 저를 여전히 몹쓸 남자로 생각하며 저 세상으로 떠났으니 참으로 안된 일입니다. 이승에서는 끝내 한을 풀지 못하였으나, 임종시에 재궁의 일을 제게 부탁하였습니다. 마지막에는 저에게 뒷일을 맡기고 무슨 말을 하여도 안심할 수 있다 여긴 듯하였는데, 참으로 어찌해야 좋을지 모르겠습니다. 세상의 예사로운 일이라도 안된 일은 그냥 보고 지나치지 못하는 법인데, 지금은 땅속에 묻힌 사람이나 생전의 한을 어떻게 해서든 잊도록 해주고 싶습니다.

폐하께서 많이 성장하여 어른스럽기는 하나 아직은 어린 나이, 다소 분별 있는 사람이 곁에서 모시는 것이 좋지 않을까 생각합니다. 생각을 가르쳐주십시오."

후지쓰보 여원은 이렇게 답하였습니다.

“좋은 생각입니다. 상황의 생각이 그러함은 황공하고 죄송스러운 일이나, 미야스도코로의 유언을 빌미로 하여 상황의 마음은 몰랐다 여기고 입궁을 시키십시오. 상황은 지금 그런 일에는 큰 애착을 보이지 않으니, 오직 불도 수행에 정진하고 있습니다. 겐지 님이 그리 말씀을 드려도 크게 마음 상하시지는 않을 것입니다.”

“그렇다면 재궁을 입궁시키실 의사가 있어 비로 인정하시는 것이라 여기고 저는 옆에서 그리 언질만 하겠습니다. 아무튼 이런저런 생각을 충분히 하였고, 제 속내 역시 이렇듯 소상하게 말씀드렸습니다. 이리 하여도 세상 사람들이 뭐라 할까 마음에 걸리옵니다만.”

말은 이렇게 해놓고, 겐지는 훗날 후지쓰보 여원의 말대로 모르는 척하고 재궁을 이조원으로 옮기리라 생각하고 있습니다. 무라사키 부인에게도 이 일을 알렸습니다.

“전 재궁의 거처를 이리로 옮기려 하오. 그대가 말벗을 하기에 마침 나이도 알맞고 하여.”

무라사키 부인은 반가워하며 전 재궁이 탈없이 거처를 옮길 수 있도록 준비를 서둘렀습니다.

후지쓰보 여원은 오빠 병부경이 어서 빨리 딸을 입궁시키고 싶어 안달하며 키우고 있다는 것을 아는바, 겐지와 병부경의 사이가 좋지 않아 겐지가 이 일을 어떤 식으로 받아들일까 전전긍긍해하고 있습니다.

권중납언의 딸은 고키덴 여어가 되었습니다. 할아버지인 섭정 태정대신의 양녀로 귀엽고 아름답게 컸으니, 폐하께서도 좋은 놀이 벗으로 여기는 듯하였습니다. 후지쓰보는 이렇게 생각하고 폐하께도 그렇게 말하였습니다.

'병부경의 딸은 아직 나이가 어려 폐하와 비슷하니 어린애 장난 같은 소꿉놀이를 보는 듯할 터, 그보다 어른스러운 사람이 옆을 지켜줄 수 있게 되었으니 참으로 다행스러운 일이로구나.'

한편 겐지 대신은 매사에 빈틈이 없고 정치적인 일은 물론, 일상적인 사소한 일까지 폐하를 극진한 애정으로 배려하고 보살피니 후지쓰보는 더없이 믿음직스러웠습니다. 그런데 후지쓰보 자신은 잔병치레가 많아 입궁을 하여도 폐하 곁에 있기가 어려우니, 폐하께는 다소 어른스러운 여자의 보살핌을 필요로 하지 않을 수 없었습니다.

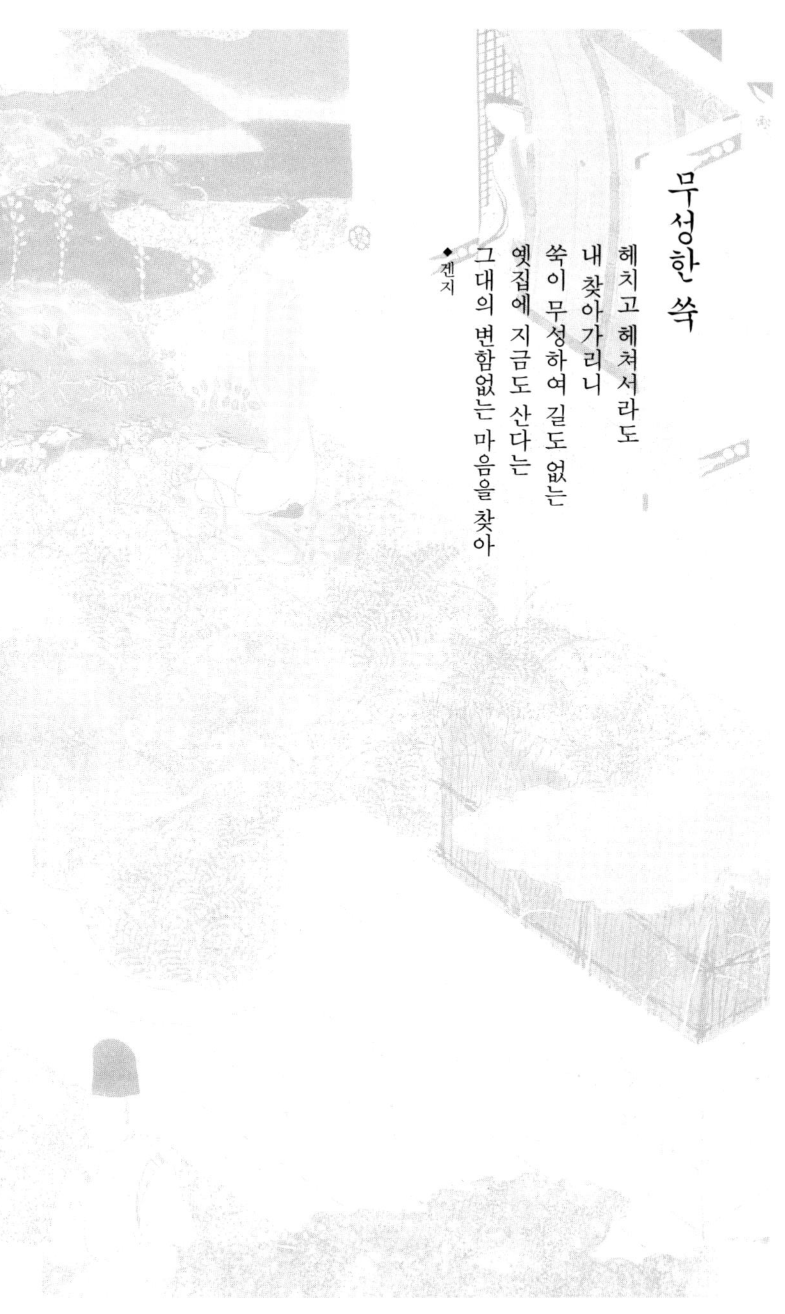

무성한 쑥

헤치고 헤쳐서라도
내 찾아가리니
쑥이 무성하여 길도 없는
옛집에 지금도 산다는
그대의 변함없는 마음을 찾아

◆ 겐지

❀ 제15첩 무성한 쑥(蓬生)

'무성한 쑥'이란 손질하지 않아 쑥이 무성하게 자란 황폐한 집 또는 저택을 뜻하는 노랫말이다. 본문에는 '무성한 쑥'이란 말이 보이지 않지만, 이 첩의 여주인공인 스에쓰무하나가 겐지를 기다린 곳이 황폐한 곳이었기에 이런 제목이 붙었다.

겐지가 스마의 해변에서 괴로움과 서러움에 '눈물을 흘리며' 지내던 때, 도읍에서도 많은 여자들이 탄식의 눈물을 흘리며 세월을 보냈습니다. 그나마 생활에 불편이 없는 분들은 오로지 겐지만 사모하고 그리워하니, 그 또한 곁에서 보기에도 딱하고 안타까울 지경이었습니다.

이조원의 무라사키 부인은 생활에는 부족함이 없으니 편지를 주고받으며 겐지의 무사함을 확인하고, 관직을 잃은 겐지를 위해 계절이 바뀔 때마다 검소한 옷가지를 지어 보내며 시름 많은 마음을 달래고 세월을 견디었겠지요.

그에 반해 겐지와 정을 통하기는 하였으나 그리 사랑이 깊지 않아 세간에 그 존재조차 알려지지 않은 애인이 한둘이 아니었습니다. 그 여인네들은 도읍을 멀리 떠난 겐지의 소식을 풍문으로나 들을 수 있으니 남의 일처럼 상상하면서 애틋한 마음을 꾹 참고 지내야 했습니다.

히타치 친왕의 딸 스에쓰무하나 역시 아버지가 돌아가신 후에는 달리 걱정하고 보살펴주는 사람이 없는 신세였는데, 뜻하지 않게 겐지가 드나들면서 줄곧 뒤를 봐주고 있었습니다. 겐지의 위세로 보면 하잘것없는 원조에 지나지 않지만, 그것을 기다리며 사는 가난한 살림에는 드넓은 하늘에 총총한 별을 대야물에 비춰보며 만족하듯 분에 넘치는 은혜라 그저 감사하며 지내고 있었습니다.

그런데 스마로 낙향하는 소동이 벌어지자 겐지는 세상사 모든 것이 못마땅하고 성가셔 괴로워한 나머지 그리 마음 깊이 생각지 않았던 여인들은 다 잊고 스마로 내려갔던 것입니다. 그 후에도 소식을 전하는 일은 없었습니다.

당분간은 겐지의 비호 덕분에 풍족했던 살림살이가 유지되었으나, 시간이 흐르면서 점차 가난에 쪼들리게 되니 스에쓰무하나는 그저 눈물을 흘릴 따름이었습니다.

오래전부터 시중을 들어온 늙은 시녀는 푸념하고 한탄하였습니다.

"참으로 운도 없는 분이십니다. 행운의 신이라도 나타난 것처럼 뜻하지 않게 겐지 님과 정을 나눠, 사람이 이렇듯 좋은 운을 만날 수도 있나 싶어 고마워하였는데, 변하는 것이 세상 인심이라고는 하나 달리 의지할 사람 하나 없는 지금의 이 신세, 참으로 처량할 뿐입니다."

불편한 생활을 당연히 여겼던 시절에는 한탄해야 소용없는 가난이라 나름대로 체념하고 지냈는데, 겐지 덕분에 다소나마 번듯한 생활을 경험한 터라 시녀들은 한층 견디기 어려워하였습니다.

전에는 좀 쓸 만하다 싶은 시녀들이 자진하여 이 집을 찾아들었는데, 지금은 다들 하나 둘 떠나가고 없는데다 또 나이가 들어 죽은 시녀도 있으니, 신분의 상하를 막론하고 세월과 함께 사람들이 줄어들었습니다.

원래도 보잘것없는 누옥이었는데 한층 더 황폐해지니 지금은 아예 여우소굴이 되고 말았습니다. 사람의 기운은 없고 잡풀은 무성하여 스산하기만 하니 아침저녁으로 울어대는 부엉이 소리만 가득합니다. 전에는 사람의 기운이 있어 모습을 나타내지 못하고 숨어 있었던 나무 정령 같은 괴이한 것들까지 제 집인 양 모습을 드러내는 등 끔찍한 일만 계속되니, 그나마 남아 있던 시녀들조차 이렇게 말합니다.

"이제는 더 이상 살아갈 길이 막막합니다. 요즘 집을 멋들어지게 다시 짓고 싶어하는 수령이 있는데, 이 집의 나무에 눈독을 들이고 팔지 않겠느냐는 의향을 은밀히 내비치었습니다. 차라리 그렇게라도 해서 이 끔찍한 집에서 벗어나도록 하세요. 우리도 이 집에서는 더 이상 살 수가 없습니다."

허나 스에쓰무하나는 눈물을 흘리며 이렇게 말할 뿐 집을 떠나려 하지 않습니다.

"무슨 소리를 하는 것이냐, 세상의 이목이 있는데. 내가 살아 있으면서 어찌 아버지의 유품을 팔아넘길 수 있겠느냐. 황폐하고 스산한 집이기는 하나 부모님이 머물러 계시는 듯 정겨운 집이기에 그나마 마음을 달래며 살 수 있거늘."

가재도구도 오랜 세월 물려 쓴 손때 묻은 고풍스러운 것이 많아 어중간히 풍류를 안다 하는 자들이 탐을 내었습니다. 돌아가신 친왕이 누구누구라 하면 다들 아는 명인들에게 직접 주문한 유서 깊은 것이란 소리를 듣고는 팔지 않겠느냐고 의향을 타진하는 자들이 있으니, 불편한 살림살이를 깔보고 그러는 것이겠지요.

"어쩔 수가 없습니다. 세간을 팔지 않으면 목숨을 부지할 수가 없으니."

시녀들이 이러면서 사람들 눈에 띄지 않게 은밀하게 팔아 하루하루를 꾸려갈 때도 있었으나 스에쓰무하나는 매섭게 화를 내며 꾸짖고는 그런 처사를 일절 용납하지 않았습니다.

"아버님이 내가 쓸 것이라 여기셨기에 굳이 사람을 시켜 만든 것인데, 어찌 치졸한 자들의 집을 꾸미는 데 쓰일 수 있단 말이냐. 돌아가신 분의 유지를 더럽힐 수는 없느니."

지금 이 집은 아무도 찾아주는 이가 없습니다. 오빠인 선사가 도읍으로 올라오면 간혹 얼굴을 들이밀곤 합니다. 오빠조차 세상에 보기 드물게 보수적인데다 같은 선사 중에서도 의지할 곳 없어 떠도는 성자였으니, 뜰에 무성한 잡풀과 쑥을 뽑아겠다는 생각은 꿈에도 하지 않았습니다.

그리하여 띠는 온 뜨락을 다 덮을 정도로 무성하고, 쑥은 처마에 닿을 만큼 멋대로 자라 있습니다. 동서의 문을 다 메울 정도로 무성한 넝쿨은 어찌 보면 문단속에 도움이 될 듯도 하나, 토담은 무너져 내려 말과 소가 짓밟고 지나는 길이 되고 말았습니다. 그러니 봄여름이면 목동들까지 이 집의 뜰 안에 소와 말을 풀어놓고 풀을 뜯게 합니다. 대체 무슨 생각인지 참으로 무례하기 짝이 없는 일입니다.

태풍이 몰아쳤던 어느 해 팔월에는 복도가 무너졌고, 판자로 지붕을 덮은 창고 같은 건물은 뼈대만 앙상하게 남았습니다. 사정이 이러하니 잡일을 하던 하녀조차 다들 떠나버리고 말았습니다. 아침저녁으로 밥 짓는 연기마저 피어오르지 않으니 슬프고 처참하기가 그지없습니다.

인정사정없는 도둑들조차 한눈에 찢어지게 가난한 집이란 것을 알 수 있어서인가, 들어가봐야 헛수고라는 듯이 그냥 지나가 버리고 맙니다.

덕분에 온 데가 무성한 잡풀로 덮이고 말았지만 그래도 스에쓰무하나가 거처하는 침전만은 옛날 그대로의 모습을 간직하고 있습니다. 깨끗하게 닦고 청소하는 사람도 없어 먼지는 쌓였으나 그래도 스에쓰무하나는 먼지에 뒤섞이는 일 없이 고운 품성을 유지하며 살고 있었습니다.

하찮은 옛 노래나 옛이야기나마 따분하고 외로운 마음을 달래기에 도움이 되련만 이 아씨는 그런 방면에는 관심도 없으려니와 취미도 없습니다.

또한 멋을 아는 척하지도 않는데, 한가로울 때 속내를 털어놓을 수 있는 사람과 가벼운 마음으로 편지라도 주고받으면 아직은 나이가 젊으니 사계절 변화하는 산천의 풍광을 함께 즐기며 마음을 달랠 수 있으려만, 이 아씨는 아버지에게 훈육을 받은 대로 세상이란 조심하고 경계해야 하는 것이라 생각하니, 가끔은 소식을 전해야 마땅한 곳에도 그러지 않습니다.

가끔 가다 따분함을 달래려 문갑을 열어 「가라모리」, 「하코야의 부인」, 「가구야 히메 이야기」 등 그림으로 그려놓은 이야기책을 꺼내 봅니다.

옛 노래라 하여도 재미있는 취향으로 골라 모아 가사와 작가도 분명하고 뜻도 잘 풀리는 것은 읽을 만합니다.

그런데 흔하디흔한 옛 노래를 두툼한 종이나 낡아빠진 편지지에 적어놓은 것은 멋도 하나 없는데, 아씨는 너무도 외롭고 슬플 때는 이런 하찮은 옛 노래를 보곤 합니다.

요즘 시대 사람들에게는 독경과 근행이 유행하고 있는 모양이나, 아씨는 남보기에 부끄럽고 남세스러운 일이라 생각하니 비난하는 사람이 없는데도 염주 따위는 손에 들지 않습니다. 이처럼 아씨는 만사에 꼼꼼하고 반듯하게 생활하고 있었습니다.

유모의 딸이 오래도록 그 집을 떠나지 않고 시중을 들고 있는데, 스에쓰무하나의 시중을 드는 한편 가끔 찾아보며 시중을 들던 재원이 저세상으로 떠나고 나자 생활이 한층 궁핍해져 곤란해하고 있었습니다. 그즈음, 아씨의 이모로 신세 처량하게도 지방 수령 아내가 된 사람이 딸들을 애지중지 키우며 젊고 아리따운 시녀들을 구하고 있었습니다.

유모의 딸은 전혀 낯선 곳보다 자신의 부모가 드나들던 곳이 그나마 나으리라 생각하여 그쪽에도 종종 걸음을 하여 딸들의 시중을 들었습니다.

허나 스에쓰무하나는 이전에도 말했듯이 낯을 많이 가리는 성격이어서 이 이모와도 친하게 지내지 않았습니다.

"죽은 언니는 나를 집안의 수치라 여기며 깔보았으니, 처지가 몹시 안되었기는 하나 내 발로 걸어가 문안할 수는 없다."

이모는 이렇게 유모의 딸에게 밉살맞은 소리를 하면서도 간혹 조카에게 편지를 보냈습니다.

원래 태생이 지방 수령의 아내가 될 신분의 여자는 오히려 상류층을 따라가려 품위 있는 언행에 유념하는 법인데, 이 이모는 고귀한 신분을 타고 태어났으면서도 수령의 아내가 될 만큼 영락한 것을 보면, 운명이 그러한 것인지 성품에도 천박한 일면이 있었습니다.

'나를 그렇듯 천하게 여겼으니 그 앙갚음으로 집안이 몰락한 이때에 어떻게든 조카를 내 딸들의 시녀로 삼았으면 좋겠는데. 성품은 시대에 뒤떨어졌을 만큼 고리타분하나 그 조카 같으면 반드시 우리 딸들을 안심하고 맡길 수 있을 것이니.'

이런 생각을 조카인 스에쓰무하나에게 전하였습니다.

"가끔 우리 집에도 놀러오세요. 조카의 칠현금 소리를 듣고 싶어하는 딸이 있습니다."

유모의 딸도 그리 하라고 권하지만, 아씨는 오기를 부리는 것이 아니라 다만 낯을 가리고 부끄러움을 많이 타는 터라 허물없이 오가지 않으니, 이모는 그 점을 못마땅하게 여기고 있습니다.

그럭저럭하는 사이에 아씨의 이모부가 대재부의 대이가 되었습니다. 적당한 혼처를 물색하여 딸들을 출가시키고 임지로 부임하려는데, 이모는 어떻게 해서든 조카를 데리고 가려고 집착하면서 교묘하게 말을 둘러대었습니다.

"사정이 이렇게 되어 먼 길을 떠나게 되었습니다. 평소 문안도 제대로 드리지 못하였으나, 가까이 있어 안심이었던 동안은 그렇다 치고 앞으로는 조카님의 불편한 처지가 마음에 걸려 견딜 수가 없습니다."

허나 스에쓰무하나는 한마디도 응수하지 않습니다.

"얄미운 것, 저 혼자 잘난 척, 그렇게 잡풀만 무성한 곳을 몇 년이나 지키고 산다고 해서 지체 높으신 겐지 님이 돌아보기나 하실까."

이렇게 원망과 저주의 말을 늘어놓았습니다.

그러는 동안 겐지가 폐하의 사면을 받아 도읍으로 돌아온 것입니다. 세상 사람들 상하를 막론하고 떠들썩하게 기뻐하였습니다. 겐지에 대한 충성을 인정받고 싶은 자들이 앞을 다투어 밀려드니, 겐지는 지위의 높고 낮음에 상관없이 그런 사람들의 속내를 헤아리고 세상사 깨닫는 바가 여러 가지로 많았습니다.

겐지는 이런저런 일로 분주하다 보니 히타치 친왕의 딸 따위 미처 생각할 겨를도 없이 세월이 흘렀습니다. 아씨는 가슴이 미어지고 마음이 부서지는 듯하였습니다.

'아아, 이제 모든 것이 끝장이로구나. 지금까지 오랜 세월, 아무도 돌아보는 이 없는 이내 처지를 슬퍼하면서도 언젠가는 봄이 오면 햇고사리가 움트듯 내게도 봄이 오리라, 그리하여 나를 반가이 만나주실 날이 있을 것이라 믿고 기도하며 지내왔건만, 저 아래 보잘것없는 사람들까지 기뻐하는 겐지 님의 복귀와 승진을 나는 남의 일처럼 그저 풍문으로나 들어야 하다니. 겐지 님이 낙도하실 때의 슬픔과 괴로움은 나 혼자만의 것이라 여긴 적조차 있었는데. 아아, 겐지 님과 나는 이렇듯 덧없는 사이였구나.'

비참하고 한스러운 마음에 아씨는 남몰래 소리내어 울기만 하였습니다.

이모인 대이의 부인은 조카를 어리석다 여기면서 이렇게 말합니다.

"그것 보세요. 이렇게 형편없는 꼴을 하고 사는데 누가 사람 취급이나 하겠습니까. 부처님과 성자도, 죄업이 가벼운 자라야 구하기도 쉽다 하여 운을 베푼다 합니다. 이렇게 한심한 지경으로 몰락했는데 세상을 깔보고 오기를 부렸으니, 부모님이 살아 계실 때와 변함없는 그 오만함이 오히려 가엾습니다.

어서 마음을 굳히세요. 만사가 괴롭고 슬플 때는 한적한 산이나 찾아다니는 것이 좋습니다. 시골이라 하면 다 나쁜 곳이라 생각할지도 모르겠으나, 체면을 깎아내리는 대접은 하지 않을 테니."

번지르르한 말로 재차 동행을 권하자 마음이 상한 시녀들이 투덜거리며 비난합니다.

"말씀대로 하시면 좋으련만. 어차피 이곳에 있는다 하여 무슨 좋은 일이 있는 것도 아닌데 무슨 생각으로 그리 고집을 피우시는 것일까."

유모의 딸 또한 대이의 조카와 깊은 사이가 되고 말았는데, 사내가 도읍에 남겨두고 갈 것 같지 않아 본의 아니게 따라나서게 되었습니다.

"아씨를 혼자 남겨두고 떠나자니 발길이 떨어지지 않습니다."

아씨에게 규슈로 함께 내려갈 것을 거듭 권하여보았으나, 아씨는 여전히 소식조차 주지 않는 겐지에게 미련을 버리지 못하고 있습니다.

그리고 속으로는 이렇게 생각하였습니다.

'아무리 그래도 세월이 흐르다 보면 문득 내 생각이 나는 때도 계시겠지. 그토록 애틋하고 굳은 말씀으로 약속해주셨는데, 내 운이 변변치 못하여 지금까지 이렇게 잊혀져 있는 것이리니.

풍문으로나마 내 이 처량한 처지를 들으신다면 반드시 생각을 하시어 찾아주실 게야.'

그러면서 이전보다 집은 더욱 황폐해졌으나 세간 등을 팔거나 없애지 않도록 자신의 의지를 관철하여 끈기 있게 옛날 그대로의 생활을 유지하고 있었습니다. 그런데도 간혹은 눈물을 가눌 길 없어 소리내어 우는 날이 많으니, 괴로움은 날로 더하여만 갔습니다. 그 모습이 마치 나무꾼이 빨간 나무 열매 하나를 얼굴 한가운데 붙이고 떼어내지 않으려 애쓰는 듯 보입니다. 또 그 옆얼굴 역시 차마 봐줄 수가 없을 정도입니다. 허나 그런 일은 세세하게 말씀드리지 않겠습니다. 안되기도 하거니와 입이 거칠다 할 것이니 말이죠.

겨울이 되자 이제 더 이상 의지할 것도 기댈 것도 없는 아씨는 시름에 잠겨 있습니다.

겐지의 자택에서는 돌아가신 기리쓰보 선황을 추모하기 위해 세상이 떠들썩하도록 법화팔강회를 치르고 있습니다. 특히 승려는 학문이 뛰어나고 수행의 덕도 많이 쌓은 고승만 불러 모으니, 스에쓰무하나의 오빠인 선사도 이에 참가하였습니다. 행사를 치르고 돌아가는 길에 동생의 집에 잠시 들렀으나, 이런 말만 남기고는 그대로 돌아가 버렸습니다.

"이러저러한 사연으로 권대납언 겐지 님의 팔강회에 참례하고 오는 길이다. 장엄하기 이를 데 없었으니, 마치 부처님이 계시는 극락정토가 여기가 아닐까 싶을 정도로 갖은 정성과 취향을 살린 행사였다. 그렇게 고귀하신 분이 어찌 오탁악세인 이 말세에 태어나셨는지 모르겠구나."

서로 말수가 적어 세상의 여느 오누이와는 다르니, 해봐야 별 도움도 안 되는 세상 이야기는 한 마디도 나누지 않습니다.

아씨는 이렇듯 의지할 데 없이 불운하고 처량한 신세인 나를 내버리시다니 부처님도 참으로 속절없다 원망하면서, 더 이상 겐지에게 기대를 걸지 말자 포기하려던 차에 대이의 부인이 갑자기 나타났습니다.

평소에는 가깝게 여기지 않으면서 오직 규슈로 데리고 가고 싶은 흑심이 있어, 아씨에게 드릴 옷가지도 준비하고 표정과 태도까지 너그럽고 자애롭게 치장하여, 아씨의 사정은 물어보지도 않은 채 요란하게 꾸민 수레로 대문 앞에 들이닥쳤습니다. 단박에 무참한 뜰이 한눈에 들어오니 그 황폐함이란 말로 다할 수가 없었습니다.

좌우 문짝이 쓰러져 있어 수행원이 문지기를 거들어 일대 소동을 벌인 후에야 문을 열 수 있었습니다. 도연명의 시에도 있듯이, 이렇게 황폐하고 쓸쓸한 집에도 잡풀을 헤치고 들어간 사람의 흔적 있는 좁은 길이 세 갈래는 있게 마련인데, 어디에 그런 길이 있는지 더듬으며 들어갑니다. 겨우겨우 남쪽에 격자문을 들어올린 방 한 칸이 보여 그쪽에 수레를 대었습니다. 아씨는 대체 이 무슨 예의에 어긋나는 처사인가 싶어 당황스러워하는데, 거뭇거뭇하게 때에 전 휘장을 들치고 유모의 딸이 나와 응대하였습니다.

유모의 딸은 오랜 세월의 고생으로 얼굴이 수척하나 그럼에도 어딘가 모르게 세련되고 그윽한 품위를 지니고 있으니, 불경스러운 말이긴 하나 차라리 아씨와 바꿔치우고 싶을 정도입니다.

"길을 떠나려 하는데 불쌍한 처지에 있는 조카님을 그냥 두고 가자니 발길이 떨어지지 않으나, 오늘은 일단 유모의 딸을 맞이하러 왔습니다. 조카님은 나를 멀리하여 제 스스로는 걸음하여 나를 찾지 않으니 유모의 딸만이라도 데리고 갈까 합니다. 참으로 안타까워 눈을 뜨고 볼 수가 없군요."

대이의 부인은 이렇게 말하는데, 여느 사람 같으면 이런 장면에서 당연히 눈물을 흘리겠지요. 허나 남편의 영전이 반가운 부인은 매우 흡족한 표정입니다.

"돌아가신 아버님은 살아 계실 때 나를 황가의 체면을 더럽혔다 하며 내치시어 그 후로는 소원하게 지내었으나, 내 어찌 친정을 소홀히 여길 수 있겠습니까. 다만 조카님이 자신은 고귀한 신분이라 자만하였고, 겐지 님과 정분을 통한 운세를 기껍게 여기는 듯하여 천한 몸이 가까이 지내는 것은 삼갈 일이라 걸음이 뜸하였습니다. 허나 세상이란 이렇듯 무상한 것이어서, 나처럼 신분이 미천한 자는 불운을 겪는다 하여도 생활의 불편은 없으니 오히려 마음이 편합니다. 옛날에는 감히 미치지 못할 분이라 우러렀던 조카님이 지금은 이렇듯 딱한 처지에 있으니, 가까이 있을 때는 소식을 전하지 못하여도 안심할 수 있었지만 이제 먼 길을 떠나게 되었으니 걱정이 이만저만이 아닙니다."

이렇게 절절하게 말하는데도 아씨는 마음을 허락하지 않고 이렇게만 대답하였습니다.

"그렇게 헤아려주시니 고맙고 기쁘나, 저는 이렇듯 성정이 고약하니 어찌 함께 갈 수 있겠습니까. 이곳에 묻혀 그대로 썩어가려 합니다."

"그리 생각하는 것은 지당한 일이나 산목숨까지 버려가며 이런 불길한 곳에서 살아야 할 이유가 있을까요. 겐지 님이 이 집을 수리해주신다면 대궐 같은 집이 될 것이라 기대하고 있는가 본데, 지금 겐지 님은 병부경의 딸 무라사키 부인 외에는 마음이 없다 들었습니다. 겐지 님은 옛날부터 바람기가 많아 한때의 심심풀이 삼아 정을 통한 분들은 모두 까맣게 잊었다 합니다. 하물며 비참한 잡풀더미 속에서 사는 사람을 정숙하게 잘 기다렸다고 감탄하며 찾아줄 리는 절대 없겠지요."

아씨는 틀린 말이 아니라고 생각하니 더욱 비참하고 한스러워 눈물을 쏟았습니다.

종일 그렇게까지 말하는데도 아씨의 마음은 흔들림이 없으니 대이의 부인은 어찌할 바를 모르는데 날은 저물어가고 하여 마음이 조급합니다.

"그럼 유모의 딸이라도."

이렇게 채근하자 유모의 딸은 심경이 복잡하여 울음을 터뜨리며 조용히 말합니다.

"그럼 오늘은 그렇게까지 말씀을 하시니 일단 다녀오겠습니다. 이모님이 하시는 말씀도 틀리지 않고 아씨가 난감해하시는 것도 사리에 어긋나는 것은 아니니 중간에서 듣고 있기가 민망합니다."

유모의 딸마저 나를 버리고 가려 하는가 하고 아씨는 서러움이 북받치나 붙잡아둘 말이 없으니 소리 높여 울 뿐이었습니다.

평소 입고 있는 옷이라도 벗어 추억으로 주고 싶으나 오래 입어 때가 묻어 있으니, 오래도록 시중을 드느라 고생이 말이 아니었는데 감사의 마음을 표할 길이 없습니다. 아씨는 빠진 머리를 모아 만든 구 척 길이의 아리따운 가발을 예쁘장한 상자에 담았습니다. 그리고 예로부터 집안에서 전해 내려오는 훈의향 가운데 향이 좋은 것을 골라 한 상자 곁들였습니다.

이 긴긴 머리카락처럼
그대와는 깊은 인연으로 맺어진 사이
그 인연 절대 끊기지 않으리라
믿고 의지하였건만
지금 이렇게 멀리 떠나가는구나

"돌아볼 것 없는 신세이지만, 돌아가신 유모의 유언도 있었으니 그대는 끝까지 내 곁을 떠나지 않으리라 여겼는데 이렇게 버리고 가는구나. 어쩔 수 없는 일이기는 하나, 앞으로 그 누가 내 신세를 알아주랴 싶으니 원망스럽다."

아씨가 이렇게 말하며 소리내어 우니, 유모의 딸도 눈물을 흘리느라 말을 제대로 하지 못합니다.

"굳이 어머니의 유언을 말씀하시지 않아도 지금까지 말로 다 할 수 없는 생활의 고통을 함께 참고 견디어왔는데, 사정이 이렇게 되어 뜻하지 않은 여행길에 오르게 되다니요."

긴긴 넝쿨풀이 끊기듯
우리 헤어진다 해도
어찌 버릴 수 있으리오
여행길 지켜주는 도조신에게
우리 인연 맹세하리니

"목숨은 거역할 수 없으나, 이내 목숨 붙어 있는 한."

"무얼 그리 꾸물대느냐. 이리 어두워졌는데 어서 돌아가야겠다."

대이의 부인이 잔소리를 해대어 유모의 딸은 황급하게 수레에 올랐습니다. 그러고는 끝없이 뒤를 돌아보며 멀어져갔습니다.

오랜 세월, 고생을 마다하지 않고 곁을 떠나지 않았던 유모의 딸이 이렇게 떠나고 나니 아씨는 정말 섭섭하고 불안하였습니다. 그런데 이제 쓸모도 없는 늙은 시녀들까지 서로 연줄을 찾아 떠나려 하였습니다.

"유모의 딸이 떠난 것은 어쩔 수 없는 일입니다. 유모의 딸 같은 젊은 여인이 무엇하러 이런 곳에 남아 있겠습니까. 우리도 더 이상은 참을 수가 없군요."

아씨는 그런 불만을 답답한 심정으로 듣고만 있었습니다.

십일월이 되자 싸라기눈이 흩날리기 시작하였습니다. 다른 집 같으면 금방 녹아 없어질 터인데, 히타치 친왕의 댁은 띠와 쑥이 아침저녁으로 비치는 햇살을 가리니, 햇빛이 닿지 않는 수풀에 눈이 묵직하게 쌓여 있습니다. 일 년 내내 눈이 사라지지 않는다는 에쓰젠의 하쿠 산이 떠오르는 경치입니다.

드나드는 하인 하나 없는 뜰을 바라보며 아씨는 시름에 잠겨 넋을 놓고 있습니다. 두서없는 이야기를 늘어놓아 울고 웃으며 위로해주었던 유모의 딸마저 없으니 아씨는 밤이면 먼지 쌓인 침전에서 홀로 잠들어야 하는 외로움을 견디지 못하여 슬퍼합니다.

이조원에서는 오랜만에 다시 만나는 겐지를 반가워하며 시끌벅적하게 환영하니, 겐지는 마음대로 나다닐 수도 없어 소중히 여기지 않는 분들에게 굳이 걸음을 하는 일도 없습니다. 하물며 히타치 친왕의 딸 스에쓰무하나를 서둘러 찾아가 볼 마음은 일지 않으니, 간혹 아직도 이 세상에 무사히 살아 있을까, 하고 생각은 하면서도 세월만 흘러 그해도 저물고 말았습니다.

이듬해 사월경, 겐지는 문득 하나치루사토가 생각나 무라사키 부인에게 외출을 하겠다고 하고는 몰래 걸음을 하였습니다.

며칠 동안 계속하여 내리던 비가 부슬부슬 내리다 그치니 아름다운 달이 둥실 떠올랐습니다.

수레를 타고 은은한 달빛이 쏟아지는 길을 달리면서, 젊은 시절 마음대로 나다니며 사랑을 불태웠던 일들을 추억합니다. 그때 볼품없이 황폐한 집에 사방으로 수풀이 무성하여 마치 숲처럼 보이는 곳이 눈에 띄었습니다.

커다란 소나무에 달빛을 받은 등나무 꽃이 송이송이 매달려 있는데, 부는 바람에 살랑살랑 흔들리며 그윽한 향기를 풍기니 귤나무와는 또 다른 운치가 있어 고개를 내밀어 보았습니다. 무너진 담장 위로 휘어진 버들가지가 엉켜 있었습니다.

어디에선가 본 적이 있는 나무다 싶었는데 아니나 다를까 그곳은 히타치 친왕의 저택이었습니다. 겐지는 가슴이 미어져 수레를 멈추게 하였습니다.

고레미쓰는 은밀한 행차에는 빠지는 일이 없으니, 오늘 밤도 겐지를 모시고 있습니다. 겐지는 고레미쓰를 불러 물었습니다.

"여기가 히타치 친왕의 저택이었던 것 같구나."

"그렇습니다."

고레미쓰가 대답하였습니다.

"여기 살던 아씨는 지금도 홀로 살고 있는지 모르겠구나. 찾아봐야 하는데, 일부러 찾아오기는 성가시니 마침 잘되었다. 들어가 확인해보거라. 이쪽이 누구인지 먼저 알리지 말고. 혹여 잘못 알았다면 웃음거리가 될 터이니."

아씨는 요즘 들어 더욱 수심이 커 침울하게 지내고 있었는데, 오늘 낮 잠시 낮잠을 자다가 꾼 꿈에 돌아가신 아버지가 나타났습니다. 꿈에서 깨어난 뒤에도 아쉽고 슬픈 마음이 여전하여, 빗물이 새어 젖은 차양의 방 마루를 닦으라 하고 이 방 저 방 정리를 하며 전에 없이 여인다운 처사를 보였습니다.

돌아가신 아버지 그리워
흐르는 눈물에 젖은 소매
마를 날이 없는데
무너진 처마에서 빗방울마저
눈물처럼 떨어지네

이렇게 탄식하니 딱하기 그지없는 광경입니다.

고레미쓰가 문 안으로 들어가 사람의 소리가 들리는 곳은 없는가 하여 뜰 안을 이리저리 걸어다녀보았으나 전혀 사람의 기척이 느껴지지 않았습니다.

'역시 생각했던 대로구나. 지금까지 이 앞을 지날 때마다 들여다보았지만 사람이 살지 않는 듯하였으니.'

이렇게 생각하며 되돌아 나오려는데, 마침 달빛이 환하게 비쳐 다시 돌아보니 격자문이 두 칸 들어올려져 있고, 그 안에서 얼핏 발이 흔들리는 것 같았습니다. 겨우 사람이 살고 있다는 것은 알아냈는데, 오히려 불길하고 스산한 느낌이 들었습니다. 가까이 다가가 헛기침을 하자 기침 소리에 섞여 늙수그레한 여인네의 목소리가 들렸습니다.

"거기 뉘시오."

고레미쓰는 자기 이름을 말한 뒤 덧붙였습니다.

"유모의 딸을 뵙고 싶습니다."

"그 사람은 이제 이곳에 없습니다. 하지만 유모의 딸이나 진배없는 시녀가 있기는 하지요."

이렇게 말하니 나이 든 여인네의 목소리가 어디에선가 들은 적이 있는 듯 귀에 설지 않았습니다.

발 안에서는 예기치 않게 외출복 차림의 남자가 나타나 정중하게 안내를 구하니, 이런 모습의 남자를 오래도록 보지 못한 터라 혹 여우가 둔갑을 한 것은 아닐까 하고 의심스러워합니다. 고레미쓰는 다가가 말합니다.

"확인하고 싶은 것이 있습니다. 이 댁의 아씨가 옛날과 변함없이 이곳에 살고 있다면 겐지 님이 찾아보고 싶어하십니다. 지금도 그냥 지나칠 수 없어 수레를 세우고 기다리고 계신데 뭐라 답할까요. 수상쩍은 자는 아니니 안심하고 말씀하십시오."

"변하실 분이라면 지금쯤 이런 황량한 벌판 같은 곳에 계실

리가 없지요. 그러하니 그대가 본 이곳의 모습을 그대로 전하세요. 오랜 세월 산전수전 다 겪은 나 같은 늙은이가 보기에도 이런 예가 달리 없을 정도로 사정이 딱합니다."

시녀들이 웃으며 답하고는 점차 마음을 여니 자칫 이야기가 길어질 듯하였습니다.

"잘 알겠습니다. 아무튼 그리 전하겠습니다."

이윽고 고레미쓰가 돌아와 겐지를 뵈었습니다.

"왜 이리 오래 걸렸느냐. 뭐라고 하더냐. 옛날의 흔적을 찾아볼 수 없을 정도로 쑥이 무성한데."

"말씀대로 쑥이 자랄 대로 자라 길도 보이지 않는 곳을 헤치고 들어가 겨우 만나고 돌아왔사온데, 유모의 딸의 숙모인 한 늙은이가 예전과 같은 목소리로 답하였습니다."

고레미쓰는 집 안의 상황을 보고하였습니다. 겐지는 몹시 딱한 마음에 이렇게 말하니 자신의 매정함을 뉘우치는 듯 보였습니다.

"이렇게 잡풀만 무성한 누옥에서 아씨가 무슨 생각을 하며 지냈을꼬. 내가 무심하여 한번 찾아보지도 않았구나.

어찌하면 좋을꼬. 이렇게 은밀히 나다니는 것도 앞으로는 쉬운 일이 아닐 터, 한번 나온 길이 아니면 들르기가 힘들 터인데. 옛날과 변함이 없다 하니 과연 아씨의 성품에 그럴 만도 하다 싶구나."

허나 말은 이렇게 하면서도 문 안으로 들어가기는 꺼리는 듯하였습니다. 우선은 편지라도 써서 마음을 전하고 싶은데, 입이 무거운 예전의 버릇까지 그대로라면 고레미쓰가 답장을 기다리며 안달할 것이 뻔하니, 그것도 안쓰러운 일이라 편지를 전하는 것도 그만두었습니다.

"헤치고 들어갈 수 없을 정도로 이슬에 젖은 잡풀이 무성합니다. 시녀에게 일러 이슬을 떨어내라 하신 후에 들어가시오소서."

고레미쓰는 이렇게 아뢰었습니다.

헌데 겐지는 혼자 노래 한 수를 읊조리더니 수레에서 내렸습니다.

헤치고 헤쳐서라도
내 찾아가리니
쑥이 무성하여 길도 없는
옛집에 지금도 산다는
그대의 변함없는 마음을 찾아

고레미쓰는 발치의 이슬을 채찍으로 떨어내면서 집 안으로 안내하였습니다. 빗방울이 나뭇가지에서 가을비처럼 후드득후드득 떨어졌습니다.

"우산을 쓰시오소서. '나뭇가지에서 떨어지는 이슬방울이 빗방울보다 더 굵다'는 옛 노래도 있는데, 정말 그렇사옵니다."

고레미쓰가 말하였습니다.

겐지의 바짓자락이 축축하게 젖었습니다. 옛날에도 없는 듯 있었던 중문이 지금은 흔적도 없이 사라져, 겐지가 들어가기에 모양새가 좋지 않았으나 그 자리에 누가 있어 보는 것은 아니니 신경 쓸 일은 없었습니다.

아씨는 언젠가는 찾아와주실 것이라 기다리며 살아온 보람이 있었다고 뛸 듯이 기뻐하는 한편 볼품없고 비참한 차림으로 만나기가 거북하고 어색하여 견딜 수가 없습니다. 대이의 부인이 준 옷은 싫어하는 사람이 준 것이라 하여 돌아보지도 않았는데, 시녀들이 향을 보관하는 궤짝에 넣어둔 덕분에 옷에 향이 배어 은은한 향기가 나 그것을 꺼냈습니다. 아씨는 어쩔 수 없이 갈아입고 때묻은 휘장을 한쪽으로 밀어놓고 앉았습니다.

겐지가 방으로 들어와 말합니다.

"오래도록 소식을 못 전하였으나 내 마음은 변함없이 그대의 안위를 걱정하고 있었는데, 그대는 한번도 소식을 주지 않아 원망스러움에 지금까지 그대의 마음을 시험하고 있었소이다. '그립다면 찾아와주오'라는 옛 노래처럼 미와의 삼나무는 아니나, 이 집의 나무들이 눈에 뜨이니 그냥 지나칠 수가 없어 그만 참지 못하고 들어오고 말았구려."

그러고는 휘장을 살며시 밀치고 안을 들여다봅니다. 아씨는 예의 몹시 수줍은 모습으로 대답을 망설이고 있습니다. 허나 이렇듯 잡풀만 무성한 곳을 이슬을 헤치고 찾아와준 따뜻한 마음에 용기를 내어 가느다란 목소리로 대답하였습니다.

"이렇게 황량한 곳에서 오랜 세월을 소리없이 지내셨으니 참으로 외로웠겠습니다. 나는 또 마음이 쉬이 변치 않는 성품이니 그대의 마음을 확인도 하지 않은 채, 이렇게 눈물의 이슬에 소맷자락 적시며 찾아온 것이니. 그런 내 마음을 어찌 생각하시오. 오래도록 소식을 전하지 못한 것은 누구에게나 마찬가지였으니, 너그럽게 용서해주시구려. 앞으로 그대의 마음을 아프게 하는 일이 있거든, 그때야말로 약속을 어긴 것이라 그 값을 치르리다."

겐지는 마음 깊이 생각지도 않고 마치 애정이 북받치듯 입에 발린 말을 이러니저러니 늘어놓습니다.

오늘 밤 이곳에 머물려 해도 다 쓰러져가는 집은 말할 것도 없고 어느 것 하나 눈이 부시도록 훌륭한 겐지에게 어울리는 것이 없으니, 적당히 둘러대고 돌아가려 합니다. 제 손으로 심은 나무는 아니지만 소나무가 훌쩍 자란 것을 보니 그간에 흐른 세월이 느껴지고, 악몽과도 같았던 그 세월에 부침이 심했던 자신의 처지가 새삼 되새겨졌습니다.

소나무에 뒤엉킨 등나무꽃이
아름다워 그냥 지나치지 못하고
문득 걸음을 멈춘 것은
변함없이 나를 기다려준

저 소나무
언젠가 본 기억이 있음이니

"헤아려보면 만나지 못하고 지낸 세월이 얼마나 오래인지 모르겠구려. 그사이에 도읍에서도 많은 일이 있었으니, 하나같이 마음 아픈 일들뿐이었습니다. 머지않아 안정이 되면 시골을 떠돌던 때의 고생담을 소상히 들려드리리다. 그대도 지금까지 보내온 수많은 봄가을, 마음 아팠던 일들을 나 아니면 들어줄 사람이 없으리라 내 믿으니, 그 또한 참으로 신기한 일이오."

오직 기다리고 기다린
긴긴 세월
그 보람도 없이
등나무꽃을 보려고만
이 집에 들렀다는 것이군요
머물려 하지는 않으시니

조용히 이렇게 말하며 몸을 움찔거리자 풍겨오는 소맷자락의 향내가 그 옛날보다는 어른스럽고 여인다워진 듯하였습니다.

달이 기울 무렵이 되자 지붕이 있는 건널복도도 없고 처마 끝도 흔적 없이 무너져내려 가릴 것이 없으니, 열려 있는 서쪽 옆문으로 영롱한 달빛이 새어들었습니다. 사방에 달빛이 가득하니, 옛날과 다름없는 방 안의 꾸밈새가 처마에 닿도록 무성하게 자란 잡풀에 가려 볼품없는 외관보다는 기품 있어 보였습니다. 옛이야기에 서방님이 집을 비운 동안 탑의 벽을 허물고 밤새도록 등불을 켜두어 정조를 지켰다는 정숙한 부인의 이야기가 있습니다. 그 이야기에 나오는 여자처럼 다른 남자에게 외로운 몸을 의지하지 않고 홀로 세월을 지내왔으니 참으로 가여운 일이었다고 생각합니다.

수줍음을 가누지 못하고 다소곳이 앉아 있는 아씨의 모습에 과연 기품이 어려 있으니, 겐지는 참으로 정숙하고 그윽한 여인이라고 생각합니다. 그런 점이 이 아씨의 좋은 점이라 여기니 앞으로는 잘 보살펴주리라 다짐합니다. 또 옛날에는 그토록 사랑스럽게 여겼는데, 갖은 고생을 하느라 찾아보지 못하는 동안 원망이 컸을 것이라 생각하니, 애처로운 마음이 더하였습니다.

저 하나치루사토 역시 애써 유행을 따르거나 화려하게 꾸미는 성품은 아니라 별 차이가 없으니, 이 아씨의 결점도 그리 눈에 띄지 않았습니다.

가모의 제의와 재원의 계가 있는 계절이라, 그 준비에 쓰라고 온갖 사람들이 갖다바친 물건들이 다양하니, 겐지는 마땅히 주어야 할 사람에게 나누어주었습니다. 특히 히타치 친왕의 댁에는 자상하게 배려하니, 심복과 하인들에게 명하여 쑥과 잡풀을 모두 없애라 하고, 외벽도 흉물스러우니 판자를 대어 수리하라

하였습니다. 하지만 겐지가 스에쓰무하나를 찾아내어 보살피고 있다는 소문이 나돌면 체면이 서지 않으니 직접 찾아가보지는 않았습니다. 허나 편지는 꼬박꼬박 써서 보내었습니다.

"이조원 바로 옆에 저택을 짓고 있으니 머지않아 그쪽으로 옮겨드리겠습니다. 적당한 여동을 찾아 시중들게 하십시오."

이렇게 시중들 사람들의 일까지 배려하고 보살피니, 볼품없는 쑥의 집에서는 분에 넘치는 은혜에 시녀들까지 하늘을 우러르며 겐지가 있는 쪽으로 절을 올렸습니다.

세상 사람들은 겐지가 일시적인 불장난일지언정 평범한 여자에게는 관심을 보이지 않고, 이 정도면 하고 세인들이 주목하거나 인상에 남을 만한 여자를 찾아 접근한다고들 생각하고 있는데, 스에쓰무하나는 그와 반대로 무엇 하나 제대로 갖춘 것이 없는 여자인데 이렇듯 극진하게 보살피니 어찌 된 일일까요. 이는 역시 전생의 인연인지도 모르겠습니다.

이제 더 이상 기대할 것이 없다며 앞을 다투어 떠나갔던 시녀들과 밥 짓는 하인들까지 이번에는 앞을 다투어 돌아왔습니다. 아씨의 성품이 또한 소심하고 어이없을 정도로 인자하니, 시중을 드는 사람들로서는 편하기가 그지없었는데, 별 대단한 것도 없는 수령의 집을 의지하여 그곳으로 떠난 사람들은 지금까지 맛보지 못한 신산을 겪자 당장 아씨 곁으로 돌아왔습니다.

겐지는 이전보다 한층 위세가 막강해진데다 도읍으로 돌아온 후에는 어쩐 일인지 남을 배려하는 마음이 한결 후해지니, 스에쓰무하나의 보살핌에도 빈틈이 없었습니다.

덕분에 히타치 친왕 댁은 활기를 되찾았고, 점차 사람의 발길도 잦아졌습니다. 잡풀이 무성하여 처참했던 뜰도 잡풀을 걷어내고 물길을 내어 묵은 때를 벗겨내니 나무들마저 시원해하는 듯하였습니다. 지금까지 겐지의 눈에 띄지 못한 미천한 하인들은 어떻게든 겐지 밑에서 일하고 싶은 속셈으로, 겐지가 극진하게 아끼고 보살피는 아씨의 기분을 곁눈질하며 힘껏 시중을 듭니다.

그 후 2년 남짓, 아씨는 이 해묵은 고택에서 세월을 보냈습니다. 겐지는 마침내 완공된 이조원의 동원으로 아씨의 거처를 옮겨주었습니다. 그렇다 하여 드나들며 밤을 함께 지내기란 쉬운 일이 아니니, 무슨 일이 있어 동원으로 걸음하는 길이면 잠시 들러 안부를 묻는 등 아씨를 가벼이 여기지는 않았습니다.

예의 대이의 부인이 도읍으로 올라왔다가 깜짝 놀랐다는 이야기며, 아씨의 행복한 모습이 반갑고 다행스럽기는 하나, 왜 그때 좀더 참고 기다리지 못했을까, 하고 자신의 속절없음을 후회하는 유모의 딸의 이야기 등을 잠시 더 하고 싶으나 오늘은 두통이 몹시 심하여 글이 여의치 않으니 다음에 기회를 보아 생각나는 대로 말씀드리기로 하겠습니다.

관문

오사카 고갯마루 넘어갔던
그 옛날이나 돌아오는 지금이나
넘쳐흐르는 나의 눈물
그대는 그저 쉼 없이 솟아오르는
관문의 샘물이라 여기리니

◆우쓰세미

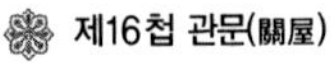

제16첩 관문(關屋)

겐지와 우쓰세미가 오사카의 관문에서 해후하였다 하여 이런 제목이 붙었다.

이요의 개는 기리쓰보 선황이 서거하신 그 이듬해 히타치의 개가 되어 임지로 내려갔습니다. 그때 우쓰세미도 함께 데리고 갔지요.

우쓰세미는 히타치에서도 겐지가 스마로 몸을 은신하여 딱한 세월을 보내고 있다는 소식을 풍문으로 들어 남몰래 애를 태우고 있었으나 그런 마음을 전할 길이 없으니 쓰쿠바 산 고갯마루를 넘어 불어오는 바람에 전갈을 부탁하기도 허망하여, 아무런 소식도 전하지 못하고 세월만 보냈습니다.

겐지의 유랑 생활은 언제까지라는 기한은 없었으나 마침내 사면이 되어 도읍으로 올라갔는데, 이듬해 가을에 히타치의 개도 귀경하였습니다.

히타치의 개 일행이 오사카의 관문을 들어서는 바로 그날, 대신이 된 겐지는 발원을 들어주신 부처님에게 공양을 바치기 위해 이시야마 절을 찾았습니다.

"오늘은 겐지 대신이 이시야마 절에 참배하시는 날입니다."

도읍에서 히타치의 개를 맞이하려 내려온 아들 기의 수와 다른 사람들이 이렇게 보고하자, 그렇다면 길이 매우 혼잡할 것이라 하여 날이 밝기 전에 일찌감치 길을 서둘렀으나 여자들이 탄 수레가 많아 길을 가득 메우고 천천히 나아가니 해가 중천에 오르고 말았습니다.

오쓰의 우치데 호반을 지날 무렵, 미처 길을 피하지 못할 정도로 선두 수행원들이 많이 몰려왔습니다.

"겐지 대신이 아와타 산을 넘으신다."

히타치의 개 일행은 관문이 있는 산에서 모두 수레에서 내려, 삼나무 아래로 수레를 끌고 가 수레채를 내리고 나무 그늘에 몸을 숨기듯 앉아 겐지 일행이 지나가기를 기다렸습니다.

히타치의 개는 수레의 일부는 앞서 보내고 일부는 천천히 뒤쫓아오게 하였으나, 그런데도 일족의 행렬이 제법 상당하게 보입니다. 열 대 정도 나란히 선 여자들의 수레에서 흘러나온 소맷자락과 덧옷자락이 언뜻언뜻 보입니다. 그 색깔이 무척이나 세련되어 겐지의 눈에 뜨이니, 재궁이 도읍을 떠나던 날 거리로 구경 나왔던 수레의 행렬이 생각났습니다. 겐지가 다시금 권세를 쥐어 눈부신 영전을 이루니, 헤아릴 수 없도록 많은 사람들이 행렬을 이끌고 또 뒤를 따르곤 하는데, 모두 이 여자 수레에 눈길을 멈추었습니다.

구월 말의 일이니, 온 산은 알록달록한 단풍으로 타오르고 마른 풀들이 온통 짙고 옅은 색의 조화를 이루고 있는 가운데 겐지 일행이 관문을 지났습니다. 갖가지 자수를 놓고 물을 들여 지은 온갖 색상의 여행복을 차려입었으니, 장소가 장소인 만큼 한결 풍취가 있었습니다.

겐지는 수레의 발을 올리지 않은 채, 지금은 우위문좌가 된 그 옛날의 고기미를 불러, 우쓰세미에게 이렇게 전하라 일렀습니다.

"오늘 날을 잡아 내 이 관문까지 맞이하러 나온 것을 설마 무시하지는 않겠지요."

마음속에서는 수많은 추억이 넘쳐나는데, 한마디 말밖에 전할 수 없으니 어쩔 수 없는 일이었습니다.

여자도 남몰래 옛날 일을 잊지 않고 가슴에 품고 있었으니, 그 무렵 일을 생각하자 가슴이 벅차올랐습니다.

오사카 고갯마루 넘어갔던
그 옛날이나 돌아오는 지금이나
넘쳐흐르는 나의 눈물
그대는 그저 쉼 없이 솟아오르는
관문의 샘물이라 여기리니

이런 노래를 홀로 읊조려보나 겐지는 이런 내 마음을 알 리 없으리라 생각하니 우쓰세미는 그저 외로움이 저밀 뿐이었습니다.

겐지가 이시야마 절에서 돌아가려 할 때 우쓰세미의 남동생인 우위문좌가 돌아왔습니다. 우위문좌는 지난날 오사카의 관문에서 동행하지 못하고 그냥 지나친 것을 사과합니다.

겐지는 어린 우위문좌를 가까이 두고 귀여워하였고, 5위의 직위에 오르기까지 하나에서 열까지 도움을 주었는데, 뜻하지 않은 예의 사건이 일어나자 우위문좌는 세상 사람들의 입을 두려워하여 아버지를 따라 히타치로 내려가고 말았습니다. 겐지는 그때의 일을 지금도 다소 불쾌하게 여기고 있는데, 그런 내색은 하지 않고 옛날처럼은 아니어도 역시 친근한 수하에 포함시켜주었습니다.

기의 수였던 자도 지금은 가와치의 수가 되었습니다. 그 동생이며 우근위 장감의 자리에서 스스로 물러나 스마로 내려가는 겐지를 수행한 자를 겐지가 각별히 여기어 발탁하니, 그것을 보고 모두 그때 어찌하여 다소나마 시세를 추종하는 마음을 가졌을까, 하고 당시의 태도를 후회하였습니다.

겐지는 우위문좌를 불러 우쓰세미에게 편지를 전하라 하였습니다.

'벌써 잊으신 줄 알았는데 용케 지금도 마음 변치 않고 기억하고 계시구나.'

우위문좌는 이렇게 생각하면서 대기하고 있습니다.

"지난날에는 뜻하지 않은 그대와의 재회에 우리 인연은 전생에서부터 계속된 것임을 알게 되었습니다. 그대도 그리 생각지 않는지요."

그리운 그대와
우연히 마주친 곳이
그 이름도 듬직한 오미의 길
하지만 소금 없는 호수에는
조개도 없듯이
만날 가망조차 없으니

"그대를 보살피는 히타치의 개가 부러워 질투를 다 하였습니다."

편지에는 이렇게 씌어 있었습니다.

"그로부터 많은 세월 소식조차 전하지 못하였으니, 새삼 편지를 전하기도 부끄러우나 마음속으로는 늘 변함없이 그대를 생각하면서 그때 일을 어제 일처럼 그리워하였습니다. 이런 말을 하면 또 바람기가 동하였다고 싫어하실 터이지만요."

이런 말까지 덧붙인 편지를 건네니 우위문좌는 황공한 마음으로 받잡고 누나에게 달려가 말하였습니다.

"아무튼 꼭 답장을 써주세요. 다소는 나를 차갑게 대하시리라 여겼는데 옛날과 전혀 변함이 없으니 그 너그러움이 한이 없었습니다. 중간에서 이런 역할을 하는 것은 소용없는 일이나 나로서는 매정하게 거절할 수가 없습니다. 여인의 몸으로 정에 얽매여 답장을 썼다 한들 누가 뭐라 하겠습니까."

우쓰세미는 옛날보다 한층 기가 죽어 모든 것이 부끄럽기만 한데, 그래도 겐지가 오랜만에 보내준 편지에 답장을 쓰지 않고는 견딜 수가 없었습니다.

오사카의 관문이란
만난다는 뜻의 이름인데
대체 어떤 관문이기에
무성한 수풀 헤치고 들어가
이리 깊은 한숨 쉬게 하는가

"마치 꿈만 같습니다."

우쓰세미가 쓴 답장은 이러하였습니다. 겐지는 미우나 고우나 잊혀지지 않는 여자라고 마음 깊이 간직하고 있던 터라 그 후에도 때를 보아 편지를 보내며 여자의 마음을 끌려 하였습니다.

그러던 중에 히타치의 개는 나이 탓인가 시름시름 앓는 날이 많아지고 만사가 불안하니, 아들들에게 자나 깨나 우쓰세미의 훗날을 부탁하며 이렇게 다짐을 굳혔습니다.

"이 사람이 하자는 대로 하여 내가 죽어도 만사에 불편함이 없도록 보살피거라."

우쓰세미 역시 슬픈 운명 때문에 히타치의 개의 후처가 되었는데, 지금 또 그 남편이 앞서 저세상으로 가면 처량하고도 비참한 신세, 길바닥에서 헤매도는 것은 아닐까 하여 슬퍼하고 한탄합니다. 그런 모습을 본 히타치의 개는 뒷일이 걱정스러워 괴로운 나머지 이리 생각합니다.

'사람의 목숨이란 끝이 있는 것이니 더 오래 살고 싶다 바라도 소용없는 것. 이 사람을 위해 어떻게든 혼백이라도 이 세상에 남겨둘 수 없을까. 아들이라고는 하나 내 진정을 알아줄 리 없는데.'

이런 생각을 입으로 말하였으나, 역시 사람의 목숨이란 사람의 마음 같은 것이 아니어서 히타치의 개는 끝내 숨을 거두고 말았습니다.

"돌아가신 아버님이 그리 말씀하셨으니."

한동안은 아버지의 유언에 따라 아들들이 친절하게 우쓰세미를 보살폈으나, 겉보기에는 어떨지 몰라도 점차 차갑고 박정하게 대하는 일이 많아졌습니다. 우쓰세미는 세상일이 흔히 이러하니, 모든 것이 자신의 박복한 운명 탓이라고 생각하며 눈물로 세월을 보냅니다.

그런데 가와치의 수는 이전부터 계모에게 흑심을 품고 있어 다소는 친절한 태도를 보였습니다.

"아버님이 간절하게 유언을 남기셨으니, 부족함이 많은 사람이나 아무쪼록 남이라 여기지 말고 무슨 일이든 의논하십시오."

이렇게 우쓰세미의 비위를 맞추며 가까이 접근하니 어이없고 천박한 연모의 속내가 뻔히 보였습니다. 우쓰세미는 불미한 인연을 짊어진 몸으로 남편을 앞세우고 살아남아 있는데, 끝내는 이런 천박한 말까지 들어야 하는가 하고 은밀히 마음먹는 바가 있으니, 아무에게도 말하지 않고 출가하고 말았습니다.

시중을 들던 시녀들은 이 무슨 속절없는 일인가 하여 안타까워하였습니다.

가와치의 수도 몹시 서운해하며 출가한 계모에게 이렇게 말한 듯합니다.

"나를 꺼려하여 그런 결심을 하셨습니까. 아직 앞길이 구만리 같은 나이에 앞으로 대체 어찌 사실 작정입니까."

세상에서는 그야말로 쓸데없는 참견이라고 말이 많았다는군요.

그림 겨루기

바닷가를 헤매이며 괴로워했던
그 시절보다
오늘 이렇게 그림을 꺼내 보니
지나간 날들의 서러움에
눈물이 북받치누나

◆ 겐지

❀ 第17帖 그림 겨루기(繪合)

재궁 여어와 후지쓰보, 그리고 겐지가 한 편이 되고, 고키덴 여어, 권중납언이 한 편이 되어 벌어진 '그림 겨루기' 행사에서 제목이 붙었다. 겨루기는 겐지가 스마 시절에 그린 그림일기를 꺼내 보이자 재궁 여어 쪽으로 승운이 기운다.

후지쓰보 여원은 전 재궁의 입궁을 염두에 두고 몹시 서둘렀습니다.

겐지는 전 재궁을 꼼꼼하게 보살펴줄 만한 후견인이 없음을 안타까이 여기면서도 스자쿠 선황의 귀에 들어갈 것을 우려하여 전 재궁의 거처를 이조원으로 옮기지는 않았습니다. 이 건에 관해서는 아무것도 모르는 척하였지만, 입궁을 위한 준비나 절차는 마치 아비라도 된 것처럼 도맡아 처리하였습니다.

스자쿠 선황은 이 결정을 몹시 유감스럽게 여겼으나, 남의 이목도 있고 하여 그 후에는 전 재궁에게 일절 소식을 전하지 않았습니다. 드디어 입궁 당일 스자쿠 선황에게서 휘황찬란한 선물이 도착하였습니다. 그 예가 없을 정도로 아름다운 갖가지 의상과 빗 상자, 잡화를 넣는 함, 향호 상자 등, 모두 최상의 것만 보내왔습니다. 그리고 몇 종류나 되는 향은 더할 나위 없이 그윽한 향이 멀리까지 풍기도록 각별히 조합한 것이었습니다.

겐지가 볼 것이라고 짐작해서였는지 한결 정성을 들인 듯하였습니다. 마침 겐지가 재궁의 거처를 찾았을 때에 선물이 도착하였는지라 여별당이 사정을 설명하며 선물을 보였습니다.

얼핏 빗 상자의 뚜껑을 보니 정교하고 우아하게 세공한 진귀한 것이었습니다. 비녀함을 장식한 조화의 가지에는 이렇게 씌어진 편지가 묶여 있었습니다.

지난번 헤어질 때
다시는 돌아오지 말라
다짐하며 건넨 회양목 빗
신은 그 한 마디를 빌미 삼아
우리 사이를
이렇듯 떼어놓는가

그 편지를 본 겐지는 이번 재궁의 입궁 건으로 자신이 이리저리 획책한 일들이 생각나니 선황이 애처로워 황송한 마음 금할 길이 없었습니다. 늘 뜻대로 되지 않는 사랑에 매달리는 자신의 성품을 돌이켜보며, 스자쿠 선황의 애타는 마음이 남의 일 같지 않으니.

'그 옛날 이세로 내려갈 때 본 재궁이 선황의 마음에 무척이나 들었던 모양이구나. 이렇게 몇 년이 지나 도읍으로 돌아오게 되었으니, 이제야 사랑이 이루어질 것이라 기대하였을 터인데 일이 뜻하지 않게 이리된 것을 선황은 어찌 생각할꼬. 황위에서 물러난 지금 만사가 서글프고 외로워 세상을 원망하고 있을 터인데. 만약 내 입장이 그러하였다면 절대 가만히 있지는 못할 것이니.'

이렇게 생각하자 스자쿠 선황이 더욱더 가여웠습니다.

'어쩌자고 이리도 심술궂은 생각을 하여 선황의 마음을 괴롭히고 있는 것일까. 나 역시 스마에 내려가 있을 때에는 선황을 원망하였으나, 한편 자상하고 정이 깊은 분이었는데.'

한참이나 괴로운 상념에 잠겼습니다.

"답장은 뭐라 쓰려는가. 이 노래 말고 편지도 있었을 터인데. 그에는 뭐라 답하겠는가."

이렇게 물으나 여별당은 난처해하며 선황의 편지는 보여주지 않았습니다. 전 재궁도 몸 상태가 좋지 않아 답장을 쓰기가 내키지 않는 눈치였습니다.

"답장을 쓰지 않는 것은 매정하고 황공한 일입니다."

시녀들이 권하며 애를 쓰는 소리가 가리개 너머로 겐지의 귀에도 들려 이렇게 권합니다.

"답장을 쓰지 않다니 말도 되지 않는 소리오. 시늉만이라도 하시구려."

전 재궁은 겐지의 말에 수줍어하며 옛일을 떠올렸습니다. 대극전에서 헤어질 때, 당시 천황이었던 선황이 우아하고 청아한 모습으로 헤어짐을 슬퍼하며 눈물을 흘렸는데, 어린 마음에도 그 모습이 애틋하였던 것이 마치 어제 일처럼 여겨졌습니다. 그런데다 돌아가신 어머니 미야스도코로까지 떠오르니 슬프고 슬픈 마음에 답장은 간단히 이렇게 적었습니다.

먼 옛날 헤어지면서
돌아오지 말라
말씀하신 그 한마디
돌아온 지금
한결 마음에 저미니

겐지는 선물을 들고 온 사자에게 그에 답하는 갖가지 물건을 내렸습니다. 겐지는 또 뭐라 답장을 썼는지 궁금하여 견딜 수 없으나, 그렇다 말은 꺼낼 수 없었습니다.

스자쿠 선황의 용모는 여자로 꾸며 바라보고 싶을 정도로 아름다운데, 재궁의 용모 또한 그에 뒤지지 않으니 나이도 그만그만하여 충분히 어울릴 수 있는 한 쌍입니다. 그런데 지금의 천황은 나이 열세 살에 아직 어린 티를 벗지 못하였으니, 재궁은 아홉 살이나 나이가 많습니다. 겐지는 선황의 마음을 거역하면서까지 일이 이렇게 추진된 것을 재궁이 불쾌히 여기지는 않을까 우려하면서 골치를 앓고 있습니다.

전후 사정이 그러한데 드디어 입궁할 날이 다가오니 지금 와서 중지할 수도 없는지라 만사 차질이 없도록 지시합니다. 신임이 두터운 수리 재상에게 매사 빈틈없이 처리하라고 훈시하고는 궁으로 들어갔습니다.

스자쿠 선황의 심기가 조심스러운 겐지는 아비처럼 애쓰고 있다는 것이 드러나지 않게 문안차 찾아간 것처럼 꾸미고 있습니다.

육조 재궁의 집에는 예로부터 훌륭한 시녀들이 많았는데, 고향에 내려가 있는 일이 많았던 자들까지 돌아와 모이니 분위기가 말할 수 없이 좋았습니다.

'아아, 미야스도코로가 살아 있었다면 기뻐하며 보살폈을 터인데.'

겐지는 이렇게 미야스도코로의 성품을 되새겼습니다.

'나와의 관계는 둘째치고, 세상 사람들의 눈으로 보면 그리 일찍 죽은 것이 아까우리만큼 훌륭한 사람이었어. 그 같은 분은 쉬이 볼 수 있는 분이 아니지. 특히 교양이나 취미 면에서는 발군이었으니.'

겐지는 일이 있을 때마다 죽은 미야스도코로를 떠올렸습니다.

그 밤에 후지쓰보 여원도 입궁을 하였습니다. 천황은 청신하고 아리따운 여자가 입궁을 하여 후궁이 된다는 소리를 듣고는 기특하게도 마음을 썼습니다. 나이보다 훨씬 어른스러운 처신에 후지쓰보 여원은 이렇게 깨우쳐주었습니다.

"훌륭한 분이 후궁이 되니 깍듯하게 예를 차려야 합니다."

폐하께서는 내심, 연상의 여인을 면대하는 것이 어색하지는 않을까 하고 걱정하였습니다.

재궁은 밤이 깊어서야 입궁하였습니다. 참으로 조심스럽고 차분하고 몸집도 자그마하고 가련하니, 폐하께서는 정말 아름다운 분이라 생각하였습니다.

폐하께서는 권중납언의 딸인 고키덴 여어와는 이미 낯이 익은 사이라 거리낌없이 귀엽다 여깁니다. 그런데 이 전 재궁은 성품이 몹시 차분하여 나서기가 부끄러웠습니다. 더욱이 겐지가 전 재궁을 정중하고 깍듯하게 대접하니 가벼이 다룰 수 없는 분이라 생각하였습니다.

밤에는 두 후궁의 처소에 공평하게 찾아갔습니다. 그래도 낮에는 마음을 터놓고 놀 수 있는 어린 동무인 고키덴 여어를 찾는 일이 많았습니다.

고키덴 여어의 아버지 권중납언은 언젠가는 중궁이 될 것이라 기대하고 딸의 입궁을 추진하였는데, 이렇듯 전 재궁이 나중에 들어와 고키덴 여어와 뜻하지 않게 겨루게 된 것을 탐탁지 않게 여기는 듯하였습니다.

스자쿠 선황은 답장을 보고도 전 재궁을 잊기가 어려웠습니다. 그 무렵, 겐지가 선황을 찾았습니다. 선황은 겐지 대신과 담소하며, 전 재궁이 이세로 내려갈 때 했던 말을 되풀이하였습니다. 허나 전 재궁을 사모한다는 속내는 끝내 털어놓지 못하였습니다.

겐지 역시 그러한 스자쿠 선황의 속내를 짐작하고 있다는 내색은 하지 않고 그저 지금 심경이 어떠한가 싶어 전 재궁의 이런저런 얘기를 화제로 삼으니, 지금도 여전히 사모의 정을 품고 있다는 것을 알 수 있어 새삼 애처롭기 짝이 없었습니다. 전 재궁의 기량이 어떠하기에 선황이 저리도 마음 깊이 새기고 있는 것일까 하여 재궁의 모습을 보고 싶으나 그럴 수 없으니, 겐지는 선황을 시샘하였습니다.

전 재궁이 다소라도 어린아이 같은 처신을 한다면 절로 그 모습을 엿볼 기회가 있을 터인데, 한없이 차분하고 얌전한데다 날로 품성이 그윽해지기만 하니, 겐지는 그저 정말 나무랄 데가 없는 여인이라고 생각할 따름이었습니다.

이렇게 폐하의 곁을 두 여어가 지키고 있으니 다른 여인들은 끼어들 여지가 없었습니다. 병부경은 딸의 입궁을 쉬이 결심할 수 없으나, 그래도 폐하께서 성인이 되면 설마 그냥 내치지는 않을 것이라며 때가 오기를 기다렸습니다.

두 여어에 대한 폐하의 총애는 공히 두터우니, 두 분은 어쩔 수 없이 눈에 보이지 않는 경쟁을 하게 되었습니다.

천황은 무엇보다 그림에 관심이 많았습니다. 각별히 좋아하는 탓인가, 폐하 자신도 그림에는 뛰어난 솜씨를 갖고 있었습니다. 재궁 여어도 그림에는 조예가 깊으니 폐하께서는 이쪽에 마음이 쏠려 종종 찾아와 함께 그림을 그리며 마음을 나누었습니다. 또 폐하께서는 그림을 배우는 젊은 전상인들에게도 큰 관심을 보이고 그들을 옹호하였습니다. 하물며 아름다운 분이 형식에 구애받지 않고 자유롭게 붓을 놀리다가 책상에 기대어 잠시 쉬면서 다음을 어떻게 그릴까 생각하는 그윽하고 아리따운 모습에 마음이 이끌리니 폐하의 걸음을 더욱 빈번해졌고 그만큼 총애도 깊어졌습니다.

눈에 띄기 좋아하는 화려한 성품의 권중납언은 재궁 여어가 폐하의 총애를 받고 있다는 소식을 듣고는 어찌 가만히 앉아 지고만 있을쏘냐 하고 투지를 불태워, 그림의 명인들을 불러모아 꼼꼼하게 주문하여 최고급 종이에 이런저런 역작을 그리게 하였습니다.

"같은 그림이라도 이야기가 있는 그림은 정취가 있고 읽는 재미도 있는 법."

권중납언은 이렇게 말하며 줄거리가 재미있는 이야기만 골라 그리게 하였습니다. 다달이 변하는 풍경과 행사에 관한 그림에도 새롭게 긴 글을 붙여 폐하께 보였습니다. 각별히 공을 들인 그림이라 폐하께서는 고키덴 여어의 처소에도 드나들며 그림들을 보았습니다. 권중납언은 공연한 거드름을 피우면서 폐하께서 재궁 여어에게 그림을 가져가 보이는 것을 아까워하고 좀처럼 내놓지 않았습니다.

그 소문을 들은 겐지는 웃으며 말하였습니다.

"권중납언의 어른답지 못한 그 유치함은 여전하군."

그리고 폐하께는 이렇게 아뢰었습니다.

"그림을 감추어놓고 순순히 보여드리지 않아 폐하의 애를 태우는 것은 망극한 일, 저에게 고대의 그림이 많으니 그것을 드리옵지요."

겐지는 옛 그림과 현대의 그림을 모아 둔 문갑을 열어 무라사키 부인과 함께 비교적 현대풍의 그림을 골라냈습니다. 「장한가」, 왕소군 등의 그림은 재미도 있고 매력도 있으나, 내용이 그러한지라 불길하다 하여 제외시켰습니다.

그림을 꺼낸 차에 겐지는 스마와 아카시에서 쓴 그림일기를 꺼내 무라사키 부인에게 보여주었습니다. 당시 두 사람의 심경은 잘 모르나 다소나마 인간사의 비애를 아는 사람이라면, 처음 보는 자라도 눈물을 머금지 않을 수 없을 정도로 마음을 울리는 그림이었습니다. 하물며 잊으려 해도 잊을 수 없는 그 시절의 마치 꿈만 같은 고뇌의 기억이 사라지지 않는 두 사람은 새삼 옛일을 떠올리며 슬픔에 잠겼습니다.

무라사키 부인은 이 여행일기를 지금까지 보여주지 않은 것을 푸념하였습니다.

홀로 도읍에 남아
시름과 한탄에 세월을 보내느니
그대를 따라 스마로 내려가
나도 바닷사람 사는 해변의 풍광을
보고 싶었느니

"그리하였다면 외로움은 달랠 수 있었겠지요."

겐지는 그때 일을 실로 가엾게 여기며 노래하였습니다.

바닷가를 헤매이며 괴로워했던
그 시절보다
오늘 이렇게 그림을 꺼내 보니
지나간 날들의 서러움에
눈물이 북받치누나

사실 이 그림들은 후지쓰보에게는 반드시 보여야 하는 것이었습니다. 겐지는 결점이 없는 그림을 한 점씩 골랐습니다. 해변의 경치가 선명하게 그려진 그림들을 골라내자니 아카시의 해변에서 지냈던 시절이 떠오르고, 지금쯤 어찌 지내고 있을까 하고 궁금증이 더하였습니다.

한편 겐지가 많은 그림을 갖고 있다는 소문을 접한 권중납언은 오기가 나서 한층 열심히 족자며 종이, 끈 등을 치장하여 훌륭하게 만들었습니다.

때는 삼월 십일경, 절회 행사도 없어 한가한 때인지라 후궁들은 오로지 그림을 즐기며 시간을 보내고 있습니다. 겐지는 이왕이면 폐하께서 즐거이 감상할 수 있는 그림을 드리고 싶었습니다.

그리하여 더욱 공을 들여 그림을 모아들였습니다. 재궁 여어

쪽에나 고키덴 여어 쪽에나 많은 그림이 모였습니다.

이야기가 있는 그림은 세밀하고 이해하기 쉽게 그려져 친숙함을 느끼게 하니 그 점을 높이 산 응화사의 재궁 여어는 유명하고 유서 깊은 옛날 이야기가 담겨 있는 그림을 거의 모아들였습니다. 한편 고키덴 여어는 현재 재미있다고 평판이 자자한 새로운 이야기들만 골라 그리게 하니, 그 참신함과 화려함은 이쪽의 그림이 월등하였습니다.

그런 터라 요즘은 천황을 모시는 후궁이나 시녀들 중에서 그림에 관심이 있는 자들은 모두 이쪽이 어떠하니, 저쪽이 어떠하니 하며 그림을 평하는 것이 일과입니다.

그림에 워낙 조예가 깊은 후지쓰보 여원도 간혹 입궁을 하면 근행마저 게을리하고 그림을 감상하였습니다. 시녀들이 이렇다 저렇다 논평하는 것을 듣고는 좌우로 편을 갈랐습니다. 왼쪽 재궁 여어 편에는 헤이 전시, 시종내시, 소장명부가, 오른쪽 고키덴 여어 편에는 대이전시, 중장명부, 병위명부 등이 뽑혔습니다. 이 사람들은 박학한 지식을 자랑하는 시녀들이었습니다. 이 사람들이 제각각 의견을 설파하자 후지쓰보 여원은 그것을 흥미롭게 듣고 있었습니다.

우선은 옛이야기의 원조인 『다케토리 영감 이야기』와 『우쓰호 이야기』의 「도시카게」를 견주어 승부를 가리게 하였습니다.

왼쪽에서 말합니다.

"이는 가냘픈 대의 마디마디를 겹친 것처럼 대대로 내려오는 옛이야기로, 딱히 재미있는 대목은 없지만 가구야 히메가 세상의 오탁에 물들지 않고 저 높은 달나라로 올라가는 운명을 선택한 것은 참으로 고상하고 훌륭한 것이나, 신의 시대에 있었던 일인 듯하니 현대를 사는 교양 없는 여자들은 봐도 이해하지 못할 것입니다."

그러자 오른쪽에서도 응수합니다.

"가구야 히메가 승천했다는 하늘 저 너머의 세상은 누구도 갈 수 없는 곳이니 알 길이 없습니다. 하지만 이 세상에서는 대나무 속에서 태어난 운명을 지녔으니 그리 높은 신분은 아니었을 것입니다. 몸의 빛으로 일가를 비출 수는 있으나 궁중에 들어가 천황의 망극한 빛에 버금가는 황후의 자리에 오르지는 못하였습니다. 또 구혼자인 아베노 오시가 많은 황금을 투자하여 사들인 불쥐의 갖옷이 순식간에 불에 타버린 것처럼 공주를 사모하는 마음 또한 덧없이 사라져버렸습니다. 또한 구루마모치 친왕이 도저히 봉래산에 갈 수 없다는 것을 알면서도 가짜를 만들어 구슬 가지에 흠집을 내고 자신의 위신도 떨어뜨렸으니, 이는 『다케토리 영감 이야기』 그림의 결점이 아닐 수 없습니다."

재궁 여어 편의 그림은 고세노 오미가, 글은 기노 쓰라유키가 썼습니다. 고풍스러운 엷은 먹빛 종이에 중국산 비단으로 뒤를 대고, 붉은빛이 도는 보라색 표지에 자단으로 축을 만든 평범한 것입니다. 오른쪽은 이렇게 말을 이었습니다.

"도시카게는 거친 파도에 휘말려 낯선 이국에 표류하였는데도 당초의 목적을 달성하였고, 마침내 이국의 조정과 우리나라에도 유례가 없는 음악의 재능을 떨쳐 그 이름을 후세에 남겼습니다. 그러한 옛사람의 뜻을 그린 점이 흥미롭습니다. 그림 역시 중국풍과 일본풍을 섞어 그렸으니, 재미 면에서는 이에 견줄 그림이 없습니다."

오른쪽의 그림은 하얀 종이에 파란 표지로, 축은 노란색 옥입니다. 그림은 아스카베노 쓰네노리, 글은 오노노 미치카제가 쓴 것이라 현대적이고 빛이 나는 것처럼 훌륭하였습니다. 왼쪽에서는 이를 물리칠 반론을 제기하지 못합니다.

다음으로 『이세 이야기』와 『정삼위 이야기』를 놓고 논쟁이 붙었으나 판정이 나지를 않습니다. 오른쪽에서 내민 그림은 궁정의 광경을 비롯하여 요즘 세상의 모습을 그린 점이 풍취가 있고 화려하니, 볼만하다는 점에서는 월등합니다. 왼쪽의 헤이 전시는 『이세 이야기』를 옹호하며 맞받아칩니다.

이세 바다의 깊이를 모르고
이세 이야기의 깊은 뜻도 생각지 않으며
그저 옛이야기라고만
파도가 모래사장에 찍힌 발자국을 지우듯
폄하하여 마땅한 일일까

"세상에 흔히 있는 연애 이야기를 그저 말솜씨로 재미있게 쓴 것에 압도되어 나리히라의 명성을 더럽혀도 괜찮은 것일까요."

허나 패색이 완연합니다. 오른쪽의 대이 전시가 응수합니다.

구름 위에 있다 하는 궁중까지 들어간
병위의 큰아씨의 높은 뜻에
이세의 바다의 천 길 깊이를
어찌 견줄 수 있으리오
이세 이야기 따위

결국 후지쓰보 여원은 이렇게 말하고 또 노래하였습니다.

"과연 병위의 큰아씨의 고결함은 버리기 어려우나, 그렇다고 자이고 중장 나리히라의 이름을 더럽힐 수는 없겠지요."

언뜻 초라하고
케케묵은 옛이야기인 듯하나
오랜 세월이 흘러도 그 이름 드높은
이세의 나리히라의 명성을
깎아내릴 수는 없으니

이렇듯 여인들끼리 시끄럽게 논쟁을 벌이며 이야기 한 권의 판정에 온갖 말을 쏟아내어도 좀처럼 승부가 나지 않았습니다. 철없는 시녀들은 오직 이 그림 겨루기의 모습이 궁금하여 견딜 수가 없는데, 천황을 모시는 시녀나 후지쓰보의 시녀는 엿볼 수도 없었습니다. 그만큼 후지쓰보는 이 그림 겨루기를 은밀하게 치르고 있습니다.

입궁한 겐지는 이렇듯 좌우로 나뉘어 얼굴을 붉히며 언쟁하는 여인네들의 모습을 흥미롭게 여깁니다.

"이왕이면 폐하 앞에서 승부를 가리도록 하지요."

겐지는 진작부터 이런 일이 있을 것이라 예상하고 있었던 터라 소장하고 있는 그림 중에서 가장 뛰어난 것은 그대로 남겨두고 있었습니다. 그리고 생각하는 바가 있어 스마와 아카시에서 그린 그림을 왼쪽에 건넸습니다.

겨루기에서 이기고 싶은 권중납언의 마음은 절대 겐지에 뒤지지 않습니다. 상황이 이러한지라 요즘 세상에서는 재미있는 그림을 모으는 것이 유행이 되고 말았습니다.

"이번 일을 위하여 새로이 그림을 그리게 하는 것은 그림 겨루기의 취지에 어긋나는 것이니, 이미 갖고 있는 것으로 승부를 결정짓는 것이 어떠할는지."

겐지는 이렇게 말하나, 권중납언은 비밀리에 방을 마련하여 화가에게 새 그림을 그리게 하였습니다.

스자쿠 선황의 귀에도 이 소동의 전말이 들어가니, 재궁 여어에게 그림 몇 점을 선물하였습니다. 그 그림 중에는 옛 명인이 일 년의 절회 행사 등의 풍취 있는 광경을 그린 그림에, 엔기 천황이 직접 붓을 들어 그림을 설명한 것도 있습니다. 또 스자쿠 선황 자신이 재위 중에 있었던 일을 그린 그림에, 재궁이 이세로 내려가던 날 대극전에서 치른 의식이 마음 깊이 남아 있는 탓에 명인 고세노 긴모치에게 구도까지 자세하게 설명하여 그리게 한 그림이 또한 훌륭하게 완성되었는데, 그 그림도 포함되어 있었습니다.

선황은 침나무를 조각하여 만든 우아한 상자를 나뭇가지로 장식하여 그림을 담아 보냈는데, 현대적인 멋이 풍겼습니다. 편지는 간단하게 써서, 궁중과 선황의 거처를 오가며 시중드는 좌근 중장에게 맡겼습니다.

대극전에 재궁의 가마가 들어왔을 때의 웅장한 그림에는 이렇게 씌어 있었습니다.

지금은 궁궐 밖에 있어
그대와 떨어져 지내나
그 옛날
그대를 사모한 마음은
지금도 변함없이
잊지 않으니

재궁 여어는 답장을 쓰지 않는 것도 황공한 일이라 망설이면서도, 그 옛날 의식 때 꽂았던 빗의 끝을 조금 꺾어 하늘색 종이에 싸 편지와 함께 보냈습니다.

지금의 궁중은
선황께서 황위에 있었던 시절과
사뭇 다르게 느껴집니다
그러한 궁중에 사는 몸이 되었는데
신을 모셨던 재궁 시절이
한없이 그립기만 합니다

그리고 사자인 좌근위 중장에게 우아한 선물을 내렸습니다.

스자쿠 선황은 그 답장을 읽어내리며 감개무량하기 그지없고, 황위에 있었던 옛날을 되찾고 싶은 심정이었습니다. 한편으로는 겐지의 처사가 야속하고 원망스럽기도 하였습니다. 허나 모든 것이 선황 자신이 그 옛날 겐지에게 행한 처사의 응보라고 해야 할까요.

스자쿠 선황이 갖고 있는 그림은 어머니인 고키덴 황태후에게서 물려받은 것입니다. 오른편에 있는 현재의 고키덴 여어는 황태후의 조카이니, 그쪽 역시 황태후의 그림을 많이 소장하고 있겠지요. 오보로즈키요 상시도 이야기 그림에 조예가 깊은 분이라, 고키덴 여어를 위하여 그림을 모으고 있습니다.

드디어 그림 겨루기 날이 정해졌습니다. 갑작스러운 행사이나 시녀들의 대기소인 대반소에 소박하나마 풍류에 넘치는 회장을 마련하였습니다. 그리고 천황 앞에 왼편은 남쪽에, 오른편은 북쪽에 자리하고 그림을 펼쳤습니다.

전상인들은 후량전의 툇마루에 모여 앉아 각기 좌우를 응원하였습니다.

왼편은 보라색 중국 비단을 깔고 그 위에 소방목으로 만든 우아한 다리가 달린 상을 놓고, 상 위에 다시 진보라색 중국 비단을 깔고 그림이 담긴 자단 상자를 올려놓았습니다. 여동 여섯 명은 빨간색 겉옷에 연분홍 한삼을 입고, 속홑옷은 빨강에 연보라색을 입었습니다. 그 차림새며 몸가짐이 예사롭지 않았습니다.

오른편은 천향 상에 파란색 고려 비단을 깔고 그 위에 침나무 상자를 올려놓았습니다. 상의 다리를 꾸민 끈이며 우아한 다리 모양이 화려하고 현대적입니다. 여동은 파란색 겉옷에 연두색 한삼, 속홑옷은 살구색을 입었습니다. 여동들이 천황 앞으로 그림 상자를 옮겨놓았습니다.

천황을 모시는 시녀들도 입은 옷 색으로 편을 갈라, 왼편은 앞에 오른편은 뒤에 앉았습니다.

천황의 부름에 겐지와 권중납언도 폐하 앞에 나와 앉았습니다. 이날은 겐지의 동생인 대재부 태수도 자리를 함께하였습니다. 다양한 방면에 재능이 많고 풍류도 즐길 줄 아는 대재부 태수는 특히 그림을 좋아하는 터라 겐지가 은밀히 권하였나 봅니다. 폐하께서 친히 입궁을 권하지는 않았으나, 전상인들 사이에 끼어 있는 것을 보고는 앞으로 불러내어 승부를 판가름하는 역할을 맡겼습니다.

더 이상 잘 그릴 수 없을 만큼 훌륭한 그림들입니다. 대재부 태수도 좀처럼 판정하기가 어려웠습니다. 왼편에 있는 옛날의 명인들이 마음 내키는 대로 다양한 화제를 골라 붓 가는 대로 사계절의 풍물을 그린 그림도 비할 데 없이 훌륭합니다. 그러나 종이 크기에 한도가 있어 산천초목의 넉넉함을 충분하게 표현하지 못한 것이 아쉽습니다. 오른편의 그림은 그저 화려한 붓놀림과 화가의 솜씨로 치장했을 뿐 깊이는 없으나, 옛 그림 못지않게 화려하고 재미있으니 그 점은 오히려 나은 듯합니다. 좌우의 우열을 쉬이 가릴 수 없으니 오늘은 오른편이나 왼편이나 들을 만한 다양한 의견이 많습니다.

후지쓰보 여원도 조반을 드는 방의 문을 열어놓고 이 광경을 보고 있습니다. 겐지는 후지쓰보 여원이 그림에 각별한 조예가 있으니 이렇게 자리를 함께하는 것은 실로 마땅한 일이라고 생각합니다. 또 겐지는 판정이 애매한 경우에는 적절한 자기 의견을 내세우기도 하였습니다.

승부가 가려지지 않은 채 밤이 되었습니다.

이제 마지막 그림만 남았는데, 왼편에서 스마의 그림이 나오자 권중납언은 당황하지 않을 수 없었습니다. 오른편에서도 마지막 그림은 최고 중에서도 최고를 남겨두었는데, 겐지 같은 그림의 명수가 있는 마음을 다하여 차분하게 그린 그림은 형용할 길이 없을 만큼 훌륭하였습니다. 대재부 태수를 비롯하여 모두 감격의 눈물을 감추지 못하였습니다.

그 시절, 일이 안타깝고 가여웠다 여겼을 때보다 그림을 보고는 유적지에서의 겐지의 적막한 생활과 그 마음이 마치 오늘 일처럼 눈앞에 펼쳐졌기 때문이겠지요. 낯선 고장의 해변과 갯바위의 풍경이 꼼꼼하고 세밀하게 그려져 있습니다. 초서에 히라가나를 드문드문 섞어 썼기 때문에 정식 한문체 일기라고는 할 수 없으나, 그 시절의 감상과 가슴을 저미는 노래도 적혀 있습니다. 모두 다른 그림도 마저 보고 싶은 심경이었습니다.

지금까지 많은 그림을 보면서 느낀 감흥은 이 스마의 그림일기에 밀리고 말았습니다. 모두 감동한 나머지 황홀감에 젖어 있습니다.

새벽녘이 되자 겐지는 말할 수 없는 감회에 가슴이 벅차올라 술잔을 기울이면서 추억담을 풀어놓기 시작하였습니다.

"나는 어렸을 때부터 학문에 정진하였는데, 돌아가신 아버님도 내 학식이 뛰어나다 보셨는지 이런 말씀을 하셨습니다. '세상이 학문을 너무도 중히 여기는 탓일까, 학문을 닦은 사람 중에는 장수와 행운을 공히 타고난 사람이 흔치 않으니. 부족한 것 없는 신분으로 태어나 학문 따위 하지 않아도 남에게 뒤질 것 없는 자는 굳이 학문에 몰두하지 않는 것이 좋음이라.' 그러고는 다양한 예능을 배우게 하셨습니다. 그 방면에는 딱히 못하는 것도 없고 그렇다고 딱히 뛰어나게 잘하는 것도 없었습니다. 다만 그림을 그리는 것은 좋아하여, 보잘것없는 재능에 지나지 않으나 어떻게 하면 만족스럽게 그릴 수 있을까, 하고 종종 생각하였습니다. 그러다 뜻하지 않게 시골에서 살게 되어 사방이 훤히 뚫린 바다의 정취를 만끽하고는 바닷가의 풍경은 무엇 하나 빠뜨리지 않고 마음에 담아두었는데, 붓으로 표현하기에는 한계가 있어 뜻한 대로 그리지는 못하였습니다. 이렇다 할 계기도 없는데 일부러 폐하께 보이기는 민망하여 차제에 보여드리자 싶어 꺼내왔으나, 공연한 유난을 떨었나 싶기도 하고 훗날 뭐라 소문이 날지 모르겠습니다."

이렇게 대재부 태수에게 말합니다.

"어떤 재능이든 마음을 다하여 몰두하지 않으면 습득되지 않는 법이거늘, 스승이란 것이 있으니 배울 마음이 있는 자는 습득의 얕고 깊음은 차치하고 배운 만큼의 성과는 얻겠지요. 글씨와 그림, 바둑 등은 신기하게도 태어난 재능이 발휘되는 예능입니다. 배우고 재주를 닦지 않은 자라도 태어난 재능으로 쓰고 그리고 두는 자가 있으나, 공달 중에는 역시 발군의 재능을 타고난 자가 있으니 무엇을 배우든 쉽게 터득하는 것 같습니다. 돌아가신 기리쓰보 선황의 친왕들이나 내친왕들은 모두 그런 재능을 타고난 분들이었습니다. 그중에서도 형님은 특별하였으니, 열심히 가르침을 받으며 배운 보람이 있어 시문은 말할 것도 없고 그밖에도 칠현금의 명수요, 대금, 비파, 쟁 등의 재능도 터득하였습니다. 선황께서도 그 재주를 인정하셨고, 세상 사람들도 익히 그렇게 알고 있는데, 그림은 그저 붓 가는 대로 놀이

삼아 가볍게 그리는 것이라 여겼는데, 넋을 잃을 정도로 훌륭하여 옛 명인들도 혼비백산하여 도망갈 정도로 숙달된 솜씨이니, 어째 좀 그렇습니다.”

대재부 태수는 이렇게 술에 취하여 횡설수설 늘어놓다가, 선황의 이야기를 하면서는 끝내 눈물을 흘리니 주변에 있던 사람들도 눈물을 머금었습니다.

스무날의 달이 떠올라 그 빛이 이쪽까지 비치지는 않으나, 온 하늘이 달빛으로 아름다운 때인지라 겐지는 서사에서 악기를 가져오라 하여 권중납언에게는 육현금을 건넸습니다. 겐지가 악기의 달인이라고 하나 이 권중납언 역시 그에 뒤지지 않는 실력을 갖고 있습니다. 대재부 태수는 쟁, 겐지는 칠현금, 비파는 소장 명부가 맡았습니다. 그리고 전상인들 중에 음악에 통달한 자를 불러들여 박자를 치게 하였습니다. 합주는 그윽하게 아름다운 소리로 이어졌습니다. 날이 밝아오면서 사람의 모습과 꽃의 색깔이 드러나기 시작하고, 새들도 낭랑하게 지저귀니 참으로 멋들어진 아침 광경입니다.

후지쓰보 여원은 많은 선물을 하사하였습니다. 대재부 태수는 폐하로부터도 옷을 받았습니다.

이날의 행사는 그림의 판정으로 일관하였습니다.

“스마의 해변을 그린 그림은 후지쓰보 여원께서 거둬주십시오.”

겐지 대신이 이렇게 청하자 후지쓰보 여원은 이 두루마리 그림의 시작과 나머지 부분도 보고 싶었습니다. 겐지는 언젠가 마저 보여드리겠다고 말하였습니다. 폐하께서도 크게 만족하는 것을 보니 겐지는 기쁘기 한량없었습니다.

이렇게 사소한 행사 때에도 겐지가 재궁 여어를 각별하게 배려하니, 권중납언은 폐하의 총애가 그쪽으로 기울어 딸인 고키덴 여어가 밀리는 것은 아닐까, 하고 걱정이 이만저만이 아니었습니다.

그러나 천황은 애당초 고키덴 여어에게 깊은 애정을 보였었고, 지금도 여전히 자상하게 배려하고 있다는 것을 아는 권중납언은 설마 폐하의 총애가 다른 후궁에게로 옮겨 가는 일은 없을 것이라고 마음을 달래었습니다.

겐지 대신은 때마다 치르는 절회 행사가 훗날 이 천황의 치세에 시작된 것이라 뭇사람들의 입에 오르내리게 하고 싶은 마음에 새로운 예를 더하기도 하고, 내밀한 놀이 때에도 새로운 멋을 살리니 그 화려함과 성대함이 태평성대를 반영하는 듯하였습니다.

허나 겐지 자신은 여전히 이 세상의 무상함을 뼈에 사무치도록 통감하니, 폐하께서 다소나마 성장하는 것을 지켜본 연후에 출가하고자 하는 마음을 먹고 있는 듯하였습니다.

'선례를 보고 들어도, 너무 이른 나이에 고위 관직에 오른 뛰어난 자는 오래 살지 못하였는데, 나는 지위도 명성도 분에 넘치도록 높아지고 말았어. 도중에 한 번 영락하여 쓰라린 경험을 한 덕분에 그나마 지금까지 연명하고 있는 것이니 더 많은 영화를 욕심내면 수명이 위태로울 것이야. 출가하여 조용히 후세를 위한 근행에 정진하여 목숨을 연명하고 싶구나.'

이렇게 생각하며 산속에 있는 조용한 땅을 사들여 불당을 짓고 불상과 경전을 준비하도록 수하에게 이르나, 아직은 어린아이들을 뜻한 바대로 성장시키고 싶은 마음이 크니 당장은 출가하기가 힘들겠지요. 대체 어찌할 속셈인지 정말 그 속내를 모르겠습니다.

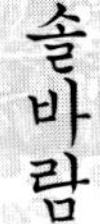

솔바람

옛날 모습 찾아볼 수 없는
머리 깎은 이내 모습
그 사람 홀로 남겨두고
돌아온 이곳에서
아카시의 해변에서 들었던
솔바람 소리를 듣는구나

◆ 아카시 부인의 어머니

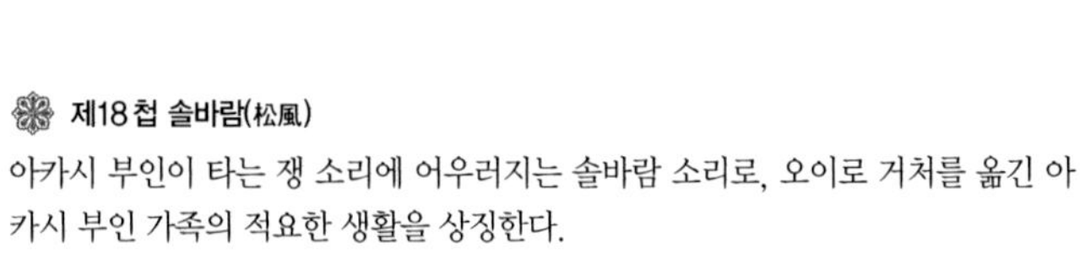

제18첩 솔바람(松風)

아카시 부인이 타는 쟁 소리에 어우러지는 솔바람 소리로, 오이로 거처를 옮긴 아카시 부인 가족의 적요한 생활을 상징한다.

겐지는 이조원의 동원을 아름답게 꾸미고 하나치루사토를 맞이하였습니다. 서쪽 별채에서 건널복도에 이르는 곳을 하나치루사토의 거처로 삼고, 가사를 관리하는 기관과 그에 적합한 집사도 배치하였습니다. 동쪽 별채에는 아카시 부인을 불러 살게 할 작정입니다.

북쪽 별채는 특히 넓게 마련되었으니, 이곳은 잠시나마 정을 주고 장래를 약속하였던 여인들을 불러 모아 함께 살게 할 요량으로 칸칸이 나누어놓았습니다. 그 위용이 대단한데 구석구석까지 세심한 배려 또한 빠진 곳이 없었습니다.

침전은 비워두었다가 때로 겐지 자신이 들렀을 때 쉴 수 있도록 치장하라 명하였습니다.

겐지는 하루가 멀다 하고 아카시에 소식을 보냅니다. 어서 빨리 도읍으로 올라오라고 채근하는데 아카시 부인은 자신의 처지를 잘 알고 있으니, 비교도 되지 않을 만큼 고귀한 신분의 여인들조차 소중히 여기지는 않으나 그렇다고 인연을 완전히 끊지는 않는 겐지의 냉담한 처사에 여인네들의 마음고생만 더하다는 소문을 듣고는 갈피를 잡지 못합니다.

'하물며 나처럼 이렇다 하게 총애도 받고 있지 않은 여자가 어찌 높으신 분 들 틈에 낄 수 있으리. 어린 딸의 체면을 더럽히는 것이 고작이고, 나 또한 미천한 신분을 세상에 드러내게 될 것이니. 어차피 어쩌다 한번 들러주기를 기다려야 하는 몸이 될 터인데, 뭇사람들의 웃음거리가 되어 그 얼마나 창피를 당하랴.'

그렇다 하여 어린 딸을 이런 시골에서 키워 겐지의 자식 축에 끼지도 못하게 하는 것은 가여운 일이라, 겐지를 원망하며 그 청을 거절할 수도 없었습니다. 부모들도 딸의 괴로움을 충분히 헤아리고 한탄하나, 이렇다 할 방도가 없었습니다.

옛날, 외조부 중무 친왕의 영지가 사가의 오이 강 근처에 있었습니다. 그 자손 중에 영지를 상속받을 자가 없어 오랜 세월 방치해두어 잡초만 무성한 황폐한 땅이 되었는데, 아카시 부인의 부모는 그 일을 생각하며, 중무궁이 살아 계셨을 때부터 관리하고 있는 자를 아카시로 불러 의논하였습니다.

"속세와는 완전히 인연을 끊고 이런 시골에 내려와 조촐하게 살고 있었는데, 이런 나이에 뜻하지 않은 일이 생겨 도읍에 거처를 마련하고자 하네. 갑자기 세상 속으로 나가는 것도 부끄러운 일이고, 시골 생활에 젖어 있는 딸의 마음도 편치 않을 것이니, 그 옛날의 영지가 생각나 의논하는 것이네. 필요한 물건은

전부 이쪽에서 보낼 터이니 사람이 살 만하게 집을 좀 수리해주지 않겠는가."

관리인이 대답하였습니다.

"지금까지 긴 세월 주인 없는 땅이었던 터라 잡초만 무성한 수풀이 되었습니다. 저는 광을 손질하여 살고 있는데, 겐지 대신이 지난봄부터 그 근처에 불당을 짓기 시작한 터라 주변이 시끌시끌해졌습니다. 으리으리한 불당이 몇 채씩 들어서고 있어 많은 사람들이 그 일에 매달려 있습니다. 만약 한적하고 조용한 거처를 원한다면 그곳은 마땅하지 않습니다."

"아닐세, 그런 사정은 전혀 상관없어. 실은 겐지 님의 위세에 힘입어 살아야 할 형편이니 오히려 잘된 일일세. 집 안의 자잘한 수리는 앞으로도 얼마든지 할 수 있으니 당장은 대충이라도 좀 수리해주었으면 하네."

"제 소유의 땅은 아니나 달리 상속할 마땅한 분이 없는데다 한적한 것이 좋아 오늘까지 그곳에 머물러 살았습니다. 장원의 논과 밭도 거두는 이가 없어 거칠 대로 거칠어진 것을 민부 대보가 돌아가시기 전에 부탁하여 제가 물려받았습니다. 그에 값하는 사례를 하여 지금은 제 땅이라 여기고 경작하고 있습니다."

관리인은 새빨간 코에 수염 난 얼굴을 일그러뜨리고 입을 비죽거리며 말하였습니다. 논과 밭은 물론 그곳에서 나는 작물까지 빼앗아가는 것이 아닐까 걱정하는 눈치입니다.

"그런 걱정은 말게나. 나는 논밭에는 전혀 관심이 없으니 그대로 살아도 좋네. 영지에 관한 문서도 내가 갖고 있기는 하나, 오래전에 속세를 버리고 출가한 몸이라 들춰보지도 않았네. 언젠가 분명히 처리해주겠네."

뉴도는 이렇게 말하는데, 그 말 속에 겐지 대신과의 인연이 은근히 암시되어 있으니, 관리인은 더 이상 할 말이 없어 뉴도에게 비용을 잔뜩 받아들고 서둘러 사가로 돌아가 집을 수리하였습니다.

뉴도가 이러한 일을 꾸미고 있는 것을 전혀 모르는 겐지는 상경을 주저하는 아카시 부인 때문에 애가 탔습니다.

'어머니의 신분도 그리 높지 않은데, 어린 딸을 그런 시골에서 외로이 살게 하였다고 훗날 사람들의 입에 오르내리게 되면 체통이 서지 않을 일이다.'

겐지가 이렇게 생각하고 있는 동안 오이 저택의 수리가 마무리되었습니다. 뉴도는 겐지에게 이렇게 고하였습니다.

"이런 땅이 있다는 것이 생각나서."

겐지는 아카시 부인이 도읍의 사람들 사이에 나서기를 주저하고 있었던 것이 그런 속내가 있어서였나 하고 비로소 납득을 하고는, 아카시 부인의 세심한 처사에 감탄하였습니다.

고레미쓰는 은밀한 일에는 반드시 빠지지 않는 사람이라, 이번에도 오이에 걸음을 하여 겐지가 드나들기에 부족함이 없도록 설비를 갖추었습니다.

고레미쓰가 돌아와 보고하였습니다.

"주변 경치도 빼어나 아카시의 바닷가가 생각나는 곳이옵니다."

겐지는 그런 곳이라면 아카시 부인에게 어울리겠다고 생각하였습니다.

겐지가 지은 불당은 다이카쿠 절 남쪽에 있는데, 수로의 물이 떨어지는 곳 등은 다이카쿠 절 못지않게 운치가 있으니 시원스럽고 밝은 절이었습니다.

오이 쪽의 저택은 강이 바라보이는 운치 있는 소나무 숲에 요란하지 않게 서 있습니다. 침전도 간소하게 꾸미니 시골다운 소박함이 우러납니다. 실내장식은 겐지 자신이 배려하였습니다.

한편 겐지는 심복을 은밀히 불러 아카시로 내려 보냈습니다. 아카시 부인은 더 이상 피할 수도 없으니 끝내 도읍으로 올라가야 하나 하고 생각하자 오랜 세월 정든 해변을 떠나기가 아쉽고, 아버지를 홀로 남겨두고 가기가 걱정스러워 마음이 어지럽고 모든 것이 그저 서글프기만 하였습니다. 어쩌다 이리 근심 많은 신세가 되었는지, 오히려 겐지의 애정을 받지 못한 사람이 부러웠습니다.

부모들도 몇 년 전부터 자나 깨나 겐지가 이렇듯 사람을 보내어 도읍으로 올라가는 행운을 바랐던 터라 그 소원이 이루어졌다 하여 마음은 기쁜데, 앞으로 떨어져 살 날이 괴로워 견딜 수 없으니 얼이 빠진 표정입니다.

“이제 다시는 어린 손녀를 볼 수 없다는 말인가.”

밤낮으로 같은 말만 되뇌이고 있습니다.

특히 어머니는 슬픔이 더하였습니다.

“지금까지 긴긴 세월, 남편과는 같은 암자에도 살지 않고 바닷가 집과 산속의 집에서 따로 살아왔는데, 늘 산속 집에서 같이 살던 딸이 도읍으로 올라가게 되었으니 누구를 의지하고 이 아카시에 눌러 있으란 말인가. 일시적인 불장난으로 맺어진 남녀조차 정들어 헤어질 때는 그 슬픔이 어지간할 터인데, 비록 머리는 박박 깎고 고집만 센 탓에 듬직하지 못한 남편이기는 하나 그런 대로 의지하고, 이 아카시가 내 평생 살 곳이라 목숨이 붙어 있는 한은 남편과 함께 살리라 생각하였는데, 이렇듯 갑작스럽게 헤어지게 되다니.”

젊은 시녀들 중에는 시골 생활을 따분해하며 늘 우울해하던 여인들도 있었는데, 도읍으로 올라가게 된 것을 기뻐하면서도 정든 해변 풍경을 다시는 못 볼 것이라 생각하면 밀려오고 밀려가는 파도가 마치 제 몸인 듯 여겨져 눈물로 소맷자락을 적셨습니다.

하필이면 계절도 쓸쓸한 가을이라 슬픈 마음이 한결 더하였습니다. 마침내 떠나는 당일 새벽, 가을 바람은 서늘하게 불고 풀벌레는 구슬프게 울어댑니다. 아카시 부인이 그 소리를 들으며 바다를 바라보고 있는데, 뉴도는 여느 때보다 일찍 일어나 눈물을 훌쩍이며 불공을 드리고 있습니다.

오늘은 경하로운 날이라 모두 언행에 조심하고 있지만, 흐르는 눈물은 어쩔 수가 없습니다.

어린 손녀의 귀여운 모습을 보니 마치 밤에도 빛난다는 구슬처럼 사랑스럽습니다. 뉴도는 손녀를 예뻐하며 한시도 떨어지지 않았고, 손녀도 그런 외할아버지에게 정이 들어 늘 주변을 맴돌았는데, 여느 사람과는 달리 출가한 몸이라 집착을 버려야 하는 줄은 알면서도 떼어놓기가 이리도 어려우니, 불길한 일이라 여기면서도 앞으로 손녀를 보지 않고 어찌 살아가랴 싶어 흐르는 눈물을 어쩌지 못하였습니다.

이제 새로이 출발하는 어린 손녀의
먼 여행길과 미래의 행복을
홀로 애틋하게 기원하면서
오늘 이 헤어짐의 아픔에
눈물을 감추지 못하는 이 늙은 몸이여

"참으로 주책 맞은 일이로구나."
뉴도는 애써 눈물을 닦습니다.

그 옛날 도읍을 떠날 때는
당신과 둘이었는데

당신 홀로 남겨두고
먼 길 떠나니
가는 길목 헤매지는 않을까

부인도 이렇게 노래하며 눈물을 흘리니, 그도 그럴 만합니다. 지금까지 부부로 살아온 오랜 세월을 생각하면, 오직 겐지의 애정에 의지하여 한번 버린 속세로 다시 돌아가는 걸음이 떨어지지 않습니다.

오늘 헤어지면
살아 다시 만날 날이
언제리오
언제까지 살아 있을지 모르는 목숨
무상한 세상에 의지하여

"하다못해 배웅이라도."

아카시 부인도 이렇게 몇 번이나 말하지만, 뉴도는 그것은 아니 될 일이라 하면서도 먼 여로에 별일은 없을까 걱정하였습니다.

"속세를 버리고자 뜻을 세우고 이 낯선 시골로 내려온 것은 오직 너를 위해서였다. 이런 곳이라면 하루 종일 곁에서 키울 수 있을 것이라 그리 결심하였는데, 그 후에야 내 신세가 어찌하다는 것을 깨닫게 되었구나. 새삼 도읍으로 올라가보아야 황폐해진 집을 수리하기도 어려운데, 지방관리들 틈에 끼어 어리석은 자라 웃음거리가 될 것이 뻔하고, 대신이었던 아버님의 이름을 더럽히는 것 또한 괴로운 일이라 이곳으로 내려왔다가 그대로 출가하였다는 것이 사람들에게도 끝내 알려지고 말았다. 그래도 출가한 것에 대해서는 용케 결심을 하였다고 생각하지만, 네가 점차 성장하여 철이 들 무렵이 되자 이런 척박한 시골에다 아름다운 너를 썩히는 것이 안타까워, '자식 생각하는 아비 마음'은 한시도 편할 날이 없었다. 신불께도, 나의 불운한 신세 때문에 네가 이 가난한 시골 암자에서 평생을 보내지 않게 해달라고, 오직 그것만 기원하였느니라.

그런데 뜻하지 않은 일이 생겨 눈을 감기 전에 경사로운 날을 맞기는 하였으나, 그리되니 오히려 내 미천한 신분이 서러워 한탄하며 지내는 날이 많았다. 그럴 때 마침 손녀가 태어나 겐지님과 너의 깊은 인연을 실감하게 된 것이다. 허나 너와 어린 손녀가 이런 쓸쓸한 바닷가에서 세월을 보내는 것은 황송한 일이고, 또 어린 손녀의 운명 또한 예사롭지 않으니, 앞으로 만날 수 없는 괴로움은 달랠 길이 없으나, 나는 어차피 세상을 버린 몸이라 각오를 하고 있다. 너희가 이 세상을 비추는 빛나는 운명을 타고난 것은 명백하니, 잠시 이런 시골 잡배의 마음을 어지럽히기 위해서 맺어진 인연이라 여기거라. 천상에 태어날 사람도 일단은 삼악도에 들러 슬픔과 괴로움을 당한다고 하니, 나는 지금 너와 영원한 이별을 고하며 그 슬픔과 괴로움을 감내하련다. 행여 내가 죽었다는 소문을 듣더라도 불제는 올리지 말거라. 피할 수 없는 부녀지간의 사별 때문에 마음을 어지럽히지는 말거라."

길게 말하고는 이렇게 말을 마무리하여 다시금 눈물지었습니다.

"질긴 애착이기는 하나 언젠가 이 몸이 화장터의 연기가 되는 그날까지는 어린 손녀의 장래를 위해 기도하마."

수레를 줄줄이 끌고 가자니 야단스럽고, 그렇다고 조금씩 나눠어 출발하자니 번거로웠습니다. 도읍에서 내려온 사람들도 눈에 띄지 않게 조심을 하는지라 아카시 부인 일행은 배를 타고 소리 없이 떠나기로 하였습니다.

아침 여덟 시에 배가 해변을 떠났습니다. 옛사람도 '섬 너머 떠나는 배'라 감회에 젖어 읊었던 아카시 해변의 아침 안개 속으로 멀어져 가는 배를 바라보자니 뉴도는 슬픔이 북받쳐 깨달음의 경지에 오른 맑은 마음을 유지하지 못하니, 그저 허망한 마음으로 희미한 배 그림자를 바라보고 있습니다.

부인은 지금껏 오래 살면서 정들었던 곳을 뒤로 하고 새삼 도읍으로 돌아가자니 한없이 서럽고 슬퍼 눈물을 흘립니다.

정토세계를 바랐건만
머리 깎은 이 몸을 태운 배는

그 옛날 버렸던 세상으로
다시 돌아가려
속세의 도읍으로 노를 저으니

부인이 이렇게 노래하자, 아카시 부인이 화답하였습니다.

이 해변에 살면서
돌아오는 가을을 몇 번이고 맞이했는데
새삼스레 부목처럼
덧없는 배에 몸을 실어
어찌 도읍으로 돌아가려는가

순풍에 돛을 올리고 예정한 날 도읍으로 들어갔습니다. 사람들 눈에 띄지 않게 조심하느라 일행은 그리 신분이 높지 않은 무리로 가장하고 있습니다.

오이 강변의 집은 풍취가 있어 오래도록 산 아카시의 해변과 흡사하니 다른 고장에 왔다는 기분이 별로 들지 않았습니다.

어머니는 조부 중무 친왕이 살아 계셨을 때를 추억하며 감회에 젖었습니다. 새로 증축한 지붕 있는 복도도 운치가 있고 연못에서 흘러나오는 물줄기도 정감이 있습니다. 아직 구석구석 손질이 되어 있지는 않으나, 일단 살다 보면 그런대로 살 만해지겠지요.

겐지는 충직한 집사에게 무사히 도착한 것을 축하하는 잔치를 준비하라 명하였습니다.

몸소 행차하려면 무라사키 부인에게 이런저런 구실을 둘러대야 하니, 그 생각에 며칠이 금세 지나가고 말았습니다.

아카시 부인은 도읍으로 올라오자 오히려 수심에 잠기는 날이 많아졌습니다. 하는 일이 따분하고 버리고 온 집이 그립기도 하여 겐지의 선물인 칠현금을 퉁깁니다. 때마침 가을이라 외로움이 몸에 저미는데 찾아오는 이 없는 방에 앉아 줄을 퉁기자니 솔바람이 그 소리에 화답하듯 윙윙 불어댑니다.

비스듬히 몸을 기대고 있던 어머니가 일어나 노래를 읊었습니다.

옛날 모습 찾아볼 수 없는
머리 깎은 이내 모습
그 사람 홀로 남겨두고
돌아온 이곳에서
아카시의 해변에서 들었던
솔바람 소리를 듣는구나

아카시 부인은 이렇게 화답하였습니다.

옛 고향 아카시의 해변에서

정답게 지냈던 사람들
그립고 보고프니
뉘 있어
내 칠현금 소리를
헤아려 들어주리

아카시 부인은 이렇게 적적한 나날을 보냈습니다.

겐지는 아카시 부인이 도읍으로 올라오자 오히려 마음이 뒤숭숭하고 주변 눈치만 보고 지낼 수가 없어 끝내 오이의 강가로 걸음을 하였습니다. 무라사키 부인에게는 아카시 부인이 올라왔다 아직 말하지 않았는데, 먼저 풍문을 듣고 마음이 상하면 어쩌랴 걱정되어 먼저 말을 꺼냈습니다.

"가쓰라의 별장에 잠시 볼일이 있는데 그만 잊고는 날을 보냈구려. 찾아가겠노라 약속한 여인도 그 근처에 와 기다리고 있는 듯한데 오래 기다리게 하기가 가여우니 내 다녀오리다. 사가노의 불당에도 아직 손질이 끝나지 않은 불상이 있어 그곳에도 들르려 하니 이삼 일 걸릴 것이오."

느닷없이 가쓰라의 별장에 다녀오겠다 하니 무라사키 부인은 그곳에 아카시 부인을 맞았는가 싶어 마음이 편치 않았습니다.

"도끼 자루 썩어 바꿔야 할 때나 되어서야 돌아오시겠지요. 기다리기가 끔찍합니다."

그렇게 말하는 무라사키 부인은 심기가 영 불편하였습니다.

"또 나를 그리 의심하는구려. 사람들은 날더러 사람이 싹 바뀌어 바람도 피우지 않는다고 하는데."

이렇게 부인의 비위를 맞추느라 해가 중천에 뜨고 말았습니다.

겐지는 믿을 수 있는 심복을 앞세우고 사람들의 눈을 피하여 살며시 이조원을 나서서 해가 질 무렵에야 오이에 도착하였습니다.

검소한 평상복을 입고 지냈던 아카시 시절에도 더없이 아름다웠는데, 하물며 오늘은 각별히 신경을 써서 정성스레 차려입으니 그 모습이 더할 나위 없이 아름다워 눈이 부실 정도입니다. 슬픔에 잠겨 있던 아카시 부인의 마음의 어둠도 밝혀지리라 생각됩니다.

오랜만에 만나는 아카시 부인의 모습에도 감개가 무량하지만, 딸을 처음 보는 겐지의 마음에 감동이 밀려오니 지금까지 헤어져 산 세월이 분하고 애석하게 느껴질 정도입니다.

태정대신의 딸 아오이 부인이 낳은 유기리를 세상 사람들이 아름답다 입이 마르도록 칭찬하는데, 그것은 아무래도 겐지의 권세를 업고 있기 때문일 것입니다.

과연 아름다운 사람이란 어렸을 때부터 이렇듯 한눈에 알아볼 수 있는 것이라고 감탄하며 겐지는 어린 딸의 모습에 넋을 잃었습니다. 방실방실 천진하게 웃는 딸의 표정은 애교에 넘치고 피부도 뽀얗습니다.

유모는 아카시로 내려갈 때는 초췌한 모습이었는데 지금은 어른스럽고 몰라볼 정도로 뛰어난 미색으로 도읍으로 올라온 연후의 이야기를 다감하게 들려줍니다. 겐지는 그 쓸쓸하고 어부들의 소금 창고밖에 없는 곳에서 용케 잘 참아주었다고 유모를 치하하였습니다.

"이 오이 역시 사람 사는 곳에서 멀리 떨어져 있어 한번 찾아오기에도 불편하니, 내가 마련해둔 곳으로 거처를 옮기시구려."

겐지는 아카시 부인에게 말하였습니다.

"아직 이곳 생활에 익숙해지지 않아 불안하니 잠시만 이대로 머물러 있겠습니다."

아카시 부인이 이렇게 대답하니 지당한 말이기도 합니다. 그 밤은 날이 새도록 사랑을 나누고, 장래를 약속하며 한숨도 자지 않고 아침을 맞았습니다.

다음날, 겐지는 수리해야 할 곳마다 담당을 정하라고 새로 임명한 집사에게 명하였습니다.

겐지는 가쓰라의 별장에 간다고 해놓고는 오이의 아카시 부인을 찾은 터라, 가쓰라 별장에 모여 있던 근처 장원의 사람들이 오이의 집으로 다시 모였습니다.

겐지는 장원 사람들에게 앞뜰의 부러지고 쓰러진 나무들을 손질하게 하였습니다.

"정원을 꾸미느라 세워둔 돌이 이리저리 나뒹굴고 있는데, 새로이 손질을 하면 제법 풍류가 있는 정원이 되겠구나. 그러나 이런 곳에 굳이 정성을 들이는 것은 보람이 없는 일. 어차피 오래 살지도 않을 터, 언젠가는 떠날 곳인데 그때 집착이 남는 것도 괴로운 일이다. 내게는 그런 경험이 있으니."

이렇게 아카시를 떠날 때의 괴로움을 토로하면서 울고 웃으며 푸근하게 이야기하는 모습이 실로 아름다웠습니다.

아카시 부인의 어머니가 그 모습을 슬며시 들여다보니, 자신의 나이도 잊고 마음의 근심까지 다 날아갈 듯하여 그만 미소를 머금고 있습니다.

동쪽 건널복도 밑으로 이어져 흐르는 시냇물을 손질하게 하려, 겉옷도 걸치지 않은 편안한 차림으로 있으니, 어머니는 또 그 아름다운 모습에 넋을 잃고 참으로 훌륭한 분이라고 진정 기뻐하였습니다.

"어머니도 함께 오셨습니까. 그런 줄도 모르고 이런 무례한 차림으로."

겐지는 불당의 제단에 제물 그릇이 놓여 있는 것을 보고 아카시 부인의 어머니가 생각나 겉옷을 가져오라 하여 입었습니다.

그러고는 어머니가 있는 방의 휘장 곁으로 다가가 실로 다감하게 말합니다.

"딸이 이렇듯 귀엽고 예쁘게 성장한 것은 어머니가 평소 근행에 정진하신 공덕 덕분이니, 참으로 고맙게 여기고 있습니다.

속세를 떠나 고결한 곳에 계시다가 이렇게 다시금 고통스러운 속세로 돌아오신 깊은 뜻에도 감사를 드립니다. 아카시에 홀로 남아 계신 장인이 얼마나 걱정이 크실까 헤아려지니 참으로 마음이 아픕니다."

부인은 이렇게 말하며 눈물을 흘립니다.

"한번 버리고 떠난 속세에 다시금 돌아온 괴로운 마음을 헤아려주시니 오래 산 보람이 있습니다."

"그렇듯 황량한 바닷가에서 자라 이엽송처럼 가여웠던 딸아이가 이제 장래를 걱정하지 않고 살게 된 것 또한 감사드립니다. 허나 어머니의 신분이 미천하니 앞날에 대한 걱정을 떨쳐버릴 수가 없습니다."

이렇게 말하는 부인의 모습에 전혀 운치가 없지는 않으니, 옛날을 추억하며 중무 친왕이 이곳에 살았던 때의 일을 들려 달라 하였습니다. 때마침 손질이 끝난 시냇물 소리가 옛일을 추억하듯 들려왔습니다.

그 옛날 이곳에 살았음에도
돌아와 옛 추억을 더듬으니
아련하기만 할 뿐
깨끗한 시냇물만
마치 이 집의 주인인 듯 흐르누나

부인이 나직하게 노래를 읊었습니다.

졸졸 흐르는 맑은 물은
옛일을 잊고 있지 않을 터인데
맑은 물에 비친 원래 주인의
머리 깎은 모습을
몰라보는 것은 아닐는지

"아아, 옛날이 그립구나."

겐지도 노래를 읊고는 부인의 우아함에 감회에 젖어 일어서는데, 그 모습에 기품이 넘치니 부인은 이 세상에 둘도 없는 훌륭한 분이라고 탄복하며 바라보았습니다.

사가노에 지은 불당을 찾은 겐지는 매달 십사일과 십오일, 그리고 월말에 각각 행하는 보현보살 법회와 아미타와 석가염불 삼매는 물론 그밖에도 많은 불사를 올리기로 하였습니다. 불당을 꾸미는 데 필요한 제반 설비와 불구 등도 사람들을 시켜 갖추라 일렀습니다.

겐지를 달빛을 받으며 불당에서 오이로 돌아갔습니다.

겐지가 아카시에서 헤어지기 전날 밤의 일을 추억하자 아카시 부인이 예의 칠현금을 겐지 앞으로 내밀었습니다.

겐지는 자신도 모르게 감상에 젖은 기분으로 칠현금을 퉁겼습니다. 현의 상태가 그 밤과 다르지 않으니, 그 밤의 일이 지금처럼 되살아났습니다.

그때 약속한 대로
지금도 변함없는 현의 선율로
그대를 그리워한
내 깊은 마음을
헤아리시구려

겐지가 이렇게 노래하자, 아카시 부인이 화답합니다.

마음 변하지 않겠노라는
그 약속을 믿고
한없는 세월
솔바람 소리에 눈물 흘리고
기다리며 살았습니다

겐지의 부인으로서는 부족함은 없으나, 아카시 부인에게는 그야말로 분에 넘치는 행복이겠지요.

그동안 아름답게 성숙한 아카시 부인의 용모와 자태에 겐지는 그냥 두고 가기가 아쉽습니다. 어린 딸 또한 그러하니, 아무리 보아도 사랑스럽고 귀여워 눈을 뗄 수가 없습니다.

'어찌하면 좋을꼬. 여기서 지금 이대로 숨겨놓은 자식으로 키우기에는 아깝고 가련하니, 이조원으로 데리고 가 무라사키 부인의 손에 키울 수만 있다면, 훗날 사람들이 뭐라뭐라 비난할 일도 없을 터인데.'

겐지는 생각은 이러하나, 만약 일이 그렇게 되면 아카시 부인의 슬픔이 얼마나 클까 하고 생각하니 마음이 아파 차마 말을 꺼내지 못하고 눈물만 머금은 채 딸을 바라봅니다.

딸은 어린 마음에 다소 수줍어하며 낯을 가렸으나, 점차 마음을 열고 말도 하고 웃기도 하면서 아비에게 매달리니, 매끈매끈한 피부하며 예쁘고 귀여워 견딜 수가 없습니다. 어린 딸을 안고 있는 겐지의 모습이 그냥 보고만 있어도 더할 나위 없으니 딸의 앞날에 행운만 가득할 것이라 여겨집니다.

다음날 도읍으로 돌아갈 예정인 터라 겐지는 아카시 부인과 늦은 아침까지 시간을 함께하였습니다. 오이에서 곧바로 돌아갈 작정이었는데, 가쓰라의 별장에도 마중하는 사람들이 내려오고 오이에도 전상인들이 들이닥쳤습니다.

겐지는 옷을 갈아입고 이렇게 말하고는 시끌시끌함에 쫓기듯 출발하였습니다,

"체통이 서지 않게 되었구나. 이 집은 그리 쉬이 발각되지 않으리라 여겼는데."

겐지가 아카시 부인이 가엾어 대문을 나서지 못하고 슬며시 걸음을 멈추자, 어린 딸을 안은 유모의 모습이 보였습니다. 겐

지는 어린 딸을 사랑하는 아비의 표정으로 딸의 머리를 쓰다듬으며 말합니다.

"너를 보지 못하면 마음이 아프고 괴로울 터이나 이 또한 나의 욕심이겠지. 대체 어찌하면 좋단 말이냐. 이곳은 너무 멀어서."

이에 유모가 이렇게 답하였습니다.

"멀리 아카시에서 체념하고 세월을 보낼 때보다 오히려 앞으로 어떻게 대해주실지가 더욱 걱정이옵니다."

어린 딸이 손을 내밀고 겐지의 뒤를 좇아오니 겐지는 무릎을 꿇고 말합니다.

"나는 어쩌면 이리도 걱정 근심이 끊이지 않는지 모르겠구나. 잠시 헤어지는 것도 마음이 아프고 괴로운데, 어찌하여 어머니는 함께 나와 헤어짐을 아쉬워하지 않는 것이냐. 그나마 배웅이라도 해주면 이 안타까운 마음에 다소나마 위로가 될 터인데."

유모는 웃으면서 그 말을 아카시 부인에게 전하였습니다.

아카시 부인은 오랜만의 만남에 몸과 마음이 혼란스러워 죽은 듯이 누워 있는 터라 당장은 일어날 수가 없었습니다.

겐지는 아카시 부인이 마치 귀인처럼 고상한 태도를 보이는 것은 아닌가 하고 생각하였습니다. 시녀들도 난감해하자 아카시 부인은 어쩔 수 없이 침전에서 나와 휘장 뒤에 반쯤 몸을 가리고 앉았습니다. 그 옆얼굴이 그윽하고 매력에 넘치는데 품위 있는 몸짓까지, 황손이라 하여도 손색이 없었습니다.

겐지는 하늘하늘한 휘장을 걷어올리고 부드럽게 말합니다. 행차를 선도하는 자들이 웅성거리며 기다리는 터라 겐지는 마지못해 걸음을 떼었습니다. 문득 돌아보니 아카시 부인도 마음을 진정시키고 아쉬운 듯 배웅하고 있었습니다.

겐지는 지금 남자 나이 한창인 때의 용모와 모습을 보여주고 있습니다. 아카시에 있을 때는 야위어 홀쭉한 것이 키만 커 보였는데, 요즘은 키에 걸맞게 살이 오르고 관록도 붙어, 머리 끝에서 바짓자락까지 매력이 넘치고 애교가 줄줄 흐르는 듯 보인다고 하면 지나친 칭찬일까요.

겐지가 스마, 아카시에 있었던 당시 면직을 당했던 장인도 지금은 복귀하였습니다. 올들어 종5위 품계를 받았고 채부의 위를 겸하고 있습니다. 옛날과는 일변한 의기양양한 표정으로 겐지의 칼을 받들기 위해 앞으로 나왔습니다. 발 너머로 아카시 시절에 가까이 지냈던 시녀의 모습을 알아보고는 이렇게 거들먹거립니다.

"그 시절을 잊지는 않았으나 황송하여 소식을 전하지 못하였습니다. 아카시 해변의 바람 소리에 잠이 깨는 아침도 있었으나 소식을 전할 길이 없어."

시녀 또한 고상한 척합니다.

"'흰 구름 겹겹이 쌓인 산' 같은 오이 산골의 외로움이 아카시 해변의 섬그늘에 가려진 외로운 생활 못지않으나 '소나무도 옛 친구가 될 수 없으니'라는 옛 노래처럼 아는 이도 없고 소식을 전할 길도 없었습니다. 이렇듯 말을 걸어주시니 고마울 따름이옵니다."

'거 참 대단한 인사로군. 하기야 나 역시 그 시절에는 이 여자에게 애를 태웠는데, 지금은 이렇게 거들먹거리고 있으니.'

이런 생각이 들자 흥이 깨져 냉정하게 말하고는 겐지 곁으로 돌아갔습니다.

"그럼 또 언젠가."

겐지가 묵직한 걸음으로 유유하게 수레 쪽으로 걸어가자 행차를 선도하는 자들이 큰 소리로 사람들을 물리쳤습니다. 겐지는 자신의 수레 뒷자리에 두중장과 병위독을 태웠습니다.

"이렇게 쉬이 이 집을 찾아내다니 아쉽구나."

겐지는 몹시 분해하였습니다.

"어젯밤에는 달도 밝았는데, 유감스럽게 동행을 하지 못하여 이른 새벽안개를 헤치고 일찌감치 찾아 뵈었습니다. 단풍은 아직 이르나 산과 들에 가을꽃이 만발해 있었습니다. 아무개도 새 사냥을 하느라 늦는 모양인데 어찌 되었는지요."

두중장과 병위독이 말하였습니다.

"오늘은 역시 가쓰라의 별장으로 가야겠다."

겐지는 이렇게 말하고 수레를 가쓰라의 별장으로 향하게 하였습니다.

가쓰라의 별장에서는 갑작스러운 향연 준비에 대소동이 벌어졌습니다. 가마우지를 길들여 물고기를 잡는 어부들을 불러들이니, 아카시의 해변에서 시끌시끌하게 떠들던 어부들의 모습이 절로 떠올랐습니다.

어젯밤 새 사냥을 하느라 사가노에서 밤을 밝힌 공달들이 잡은 새 몇 마리를 싸리나무 가지에 엮어 기념으로 가져왔습니다.

술잔이 몇 번이나 돌자, 강가는 위험하기도 하여 취기를 빌미로 하루 종일 가쓰라의 별장에서 시간을 보냈습니다.

한시의 절구를 지어 주고받으며 놀다 보니 달이 휘영청 밝아왔습니다. 관현놀이가 시작되니 참으로 풍성한 향연입니다. 비파와 육현금과 대금에 뛰어난 자를 선별하여 계절에 어울리는 평조 선율로 합주를 합니다. 때마침 강바람까지 합주에 맞춰 불어오는 듯하니 절로 흥이 돋습니다.

달이 하늘 높이 올라 모든 것이 달빛을 받아 청명하게 보이면서 밤이 깊어갈 무렵, 전상인 네댓 명이 찾아왔습니다. 그 사람들은 지금까지 궁중에서 폐하를 모시고 관현놀이를 하고 오는 참이었습니다.

"오늘은 엿새간의 금욕 기간이 끝나는 날이라 겐지가 반드시 입궁을 할 터인데 어찌 된 일인가."

그때 폐하께서는 이렇게 궁금해하다가 가쓰라의 별장에 있다는 말을 듣고는 겐지에게 소식을 전한 것이었습니다. 사자는 장인의 변이었습니다.

그곳은 달이 산다는
강 너머 계수나무의 고을이니
아름답고 투명한 달빛 아래
한가로이 즐기고 있겠지요

"참으로 부럽습니다."

편지에는 이렇게 씌어 있었습니다. 겐지는 삼가 입궁하지 못하였음을 사과하였습니다. 궁중의 관현놀이보다는 역시 장소 탓인가 소름이 끼칠 정도로 아름다운 악기의 음색에 감동하여 취기가 더욱 깊어졌습니다.

"그리 요란하지 않은 선물이 있었으면 좋겠구려."

가쓰라의 별장에는 준비된 선물이 없어 오이의 아카시 부인에게 이렇게 전하라며 사람을 보냈습니다. 아카시 부인은 있는 것을 의상함에 꾸려 보냈습니다.

서둘러 도읍으로 돌아가려는 변에게 겐지는 여자 옷을 선물로 내렸습니다.

이곳 가쓰라의 별장이
달빛에 가깝다는 것은 소문뿐
살고 보면 아침저녁 자욱한 안개
갤 틈 없어
달빛조차 보이지 않는 산골입니다

겐지가 노래한 이 답가는 폐하의 행차를 기다리겠노라는 마음이 담겨 있었습니다.

이어 '달빛 속 무성하게 자란 계수나무의 고을이니'라는 옛 노래를 흥얼거리면서 아카시에서 아와지 섬을 바라보며 옛 노래를 읊조렸던 때를 떠올렸습니다. 그것은 미쓰네의 노래로, 아와지에서 멀리 희미하게 보이던 달이 지금 궁중에서는 밝고 가깝게 보이는데 도읍이기 때문인가 하고 괴이쩍게 여겼다는 내용입니다. 겐지가 그 노래에 빗대어 지금의 심경을 이야기하니, 듣고 있던 사람들은 감동에 겨운 나머지 눈물을 흘리는 자도 있었습니다.

해와 달도 돌고 돌아 도읍으로 돌아오니
손에 닿을 듯 환하게
빛나는 저 달은 그 옛날 아카시의 해변에서
아와지 섬을 바라보며 보았던
그 희미한 달과 같은 달일런가

겐지의 노래에 두중장이 겐지를 칭송하는 노래로 답하였습니다.

뜬구름에 잠시 모습을 감추었던
달빛 아름답게 비치는 이 밤

한없이 여유로우니
달처럼 검은 구름 헤치고 나와
도읍으로 돌아온 그대의 앞날

다소 연배가 적은 좌대변은 돌아가신 기리쓰보 선황 대에도 신임을 얻어 선황을 가까이 모셨던 사람이라서인지 돌아가신 기리쓰보 선황을 그리워하였습니다.

구름 위에 있다는 궁중을 버리고
깊은 밤의 달빛처럼
돌아가신 선황은
어느 골짜기로
모습을 감추신 것일까

그 자리에 모인 사람들 모두 많은 노래를 읊은 듯하나 일일이 열거하기가 번거로우니 나머지는 생략하지요.

친근한 사람들을 상대로 하는 이야기에 흥이 오르니 사람들은 천년이라도 겐지의 이야기를 듣고 싶은 것처럼 겐지의 모습을 우러러봅니다. 며칠 전 무라사키 부인이 '도끼 자루 썩어 바꿔야 할 때'까지라고 말했던 것처럼 오래오래 이곳에 머무르고 싶으나 더 이상 머무를 수 없어 서둘러 길을 떠났습니다.

하사받은 옷함을 제각각 둘러멘 사람들이 뜰에 나서니, 안개 사이로 그 모습이 언뜻언뜻 보이는데 앞뜰에 핀 꽃이라 착각할 정도로 형형색색 아름답게 보입니다.

음악으로 유명한 근위사 사람들과 무악 아즈마아소비의 명수들이 동행하고 있는데 그냥 해산하기가 아쉬우니, 신락가의 「그 망아지」 등의 노래를 부르게 하면서 신나는 판을 마련해주었습니다. 그 답례로 사람들이 차례로 옷을 벗어 악인들에게 주니 알록달록한 색깔이 바람에 흩날리는 가을 낙엽을 걸친 듯 보였습니다.

아카시 부인은 한바탕 요란스럽게 놀이판을 벌이고 돌아가는 사람들의 웅성거림을 멀리 들으면서 겐지의 떠나감을 아쉬워하니 깊은 수심에 잠겨 있습니다.

겐지 역시 아카시 부인에게 편지조차 남기지 않고 떠나온지라 마음이 편치 않았습니다.

이조원으로 돌아와 잠시 휴식을 취한 겐지는 무라사키 부인에게 산골 이야기를 들려주고는 무라사키 부인과 함께 침소에 들었습니다.

"며칠이나 나 혼자 집을 비워 미안하오. 놀이를 좋아하는 사람들이 내 있는 곳을 찾아와 억지로 잡아두니 이기지 못하여 그리됐소이다. 오늘 아침은 피곤하기도 하니."

무라사키 부인은 기분이 별로 좋지 않은데, 겐지는 일부러 모른 척하면서 오히려 이렇게 무라사키 부인을 깨우칩니다.

"비교도 되지 않는 상대를 대등하게 여기는 것은 당신답지 않은 일이오. 나는 나라고 그저 태연하게 무시해도 될 일을 가지고."

해가 질 무렵 입궁을 하는 길에 남이 보지 않게 고개를 슬쩍 돌리고 서둘러 글을 쓰니 아카시 부인에게 보내는 편지입니다. 알알이 정을 담아 쓰고 있는 듯이 보입니다. 무라사키 부인의 시녀들은 겐지가 사람을 불러 은밀히 소곤대며 편지를 건네는 것을 애가 타는 심정으로 훔쳐보고 있습니다.

그날 밤 겐지는 궁중에 머물기로 하였는데, 무라사키 부인의 기분이 풀리지 않아 밤늦게 퇴궁을 하여 집으로 돌아왔습니다.

그때 마침 사자가 아카시 부인의 답장을 들고 왔습니다. 무라사키 부인에게 미처 감추지 못하여 그 자리에서 펼쳐 보았습니다. 그러나 딱히 무라사키 부인의 마음을 상하게 하는 내용은 없습니다.

"이 편지는 당신이 버리시구려. 아아, 성가신 일이로다. 이런 편지가 사람들 눈에 띄는 것도 어울리지 않는 나이가 된 모양이오."

겐지는 그렇게 말하며 사방침에 기대었습니다. 그러나 마음 속으로는 아카시 부인을 그리워하니, 등불만 망연히 바라보면서 말이 없습니다. 편지는 그대로 펼쳐져 있는데 무라사키 부인은 애써 보려하지도 않습니다.

"보고도 못 본 척하는 그 눈빛이 마음에 걸리는구려."

이렇게 말하고는 싱긋 웃는 겐지의 모습에서 사방에 흘러넘치도록 애교와 매력이 묻어납니다. 겐지는 무라사키 부인에게 살며시 다가가 이렇게 말합니다.

"실은 그쪽에서 귀여운 딸도 만나고 왔소. 그런 아이가 태어났을 정도이니 전생에 인연이 없다고는 할 수 없는데, 그렇다고 딸을 그런 곳에서 키우는 것도 마음에 걸리니 참으로 난감한 일이오. 나처럼 부모 된 마음으로 생각해주면 좋겠구려. 어찌하면 좋을지 당신이 결정하시구려. 당신이 거두어 이곳에서 키우면 어떻겠는지. 벌써 세 살이 되었는데, 천진하고 사랑스러운 모습을 보고 나니 떨어져 있고 싶지가 않아요. 그 가련한 허리에 바지도 입히고 싶은데, 당신 마음만 상하지 않는다면 당신이 바지를 입히는 의식을 치러줄 수 있겠소."

무라사키 부인은 또 이렇게 말하며 방긋 웃었습니다.

"당신은 늘 내가 질투만 한다고 괜한 억측을 하시지요. 그 냉정한 마음에 저 역시 굳이 모르는 척하면서 속마음을 드러내지 않았습니다. 하지만 어린 딸의 천진한 마음은 이 몸을 순순히 받아들여주겠지요. 한창 귀엽고 예쁠 때이니까요."

무라사키 부인은 어린아이들을 사랑하는 품성이라 겐지의 딸을 거두어 제 손으로 키워보고 싶었습니다.

무라사키 부인이 정작 그렇게 말하니, 겐지는 과연 어린 딸을 이리로 데리고 와야 하는지 앞일을 어찌해야 좋을지 궁리합니다.

오이로 발길을 하는 것은 쉬운 일이 아닙니다. 사가노에 지은 불당의 불제 때를 기다려 한 달에 두 번 정도 아카시 부인과 만남을 갖습니다. 일년에 한 번밖에 만나지 못하는 견우와 직녀보다는 나으니, 더 이상 바라지 말자 다짐은 하지만, 그래도 아카시 부인은 괴롭고 한스럽지 않을 수 없었습니다.

폭풍우가 지나간 자리

세토우치 자쿠초

스마

지금까지 순조롭고 밝았던 겐지의 운명에 갑자기 어두운 그림자가 드리우기 시작하여 뜻하지 않은 인생의 나락에 빠진다. 겐지 나이 이미 스물여섯이다. 배다른 형제인 스자쿠 제가 가장 사랑하는 오보로즈키요 상시와의 밀회 장면이 오보로즈키요의 아버지 우대신에게 발각되는 사건이 벌어지면서 겐지의 신변이 불안해진다. 정권이 겐지를 미워하는 우대신의 손아귀에 들어가자 겐지의 장인이며 후견자인 좌대신 집안의 세력은 추락 일로를 걷는다. 그때까지 겐지를 추종하던 사람들도 우대신과 고키덴 황태후를 두려워하여 겐지에게 등을 돌리고 만다. 우대신 측은 오보로즈키요와의 밀통을 이용해 겐지가 동궁(실은 겐지와 후지쓰보 중궁의 아들)을 천황으로 세우려고 모반을 도모하고 있다는 음모를 꾸며 겐지를 거세하려 한다. 관직을 박탈당한 겐지는 유배형에 처해질 것이라 미리 짐작하고 그런 수치를 당하느니 스스로 도읍을 떠나자고 각오하고 스마로 내려간다. 이는 일본의 이야기에 흔히 있는 귀종유리담(貴種流離譚)의 패턴이다. 겐지가 자진해서 도읍을 떠나는 행위에는 동궁의 안전을 지키려는 의지가 담겨 있었던 것이다. 후지쓰보 중궁이 스스로 출가를 하여 동궁과 겐지의 안위를 지키려 했던 것과 같은 발상이다.

출발 전, 겐지는 사랑하는 여인들과 이별의 정을 나눈다. 무라사키 부인에게는 전 재산을 주고 이조원의 시녀들까지 맡긴다.

삼월 하순, 이별의 아픔에 흐느껴 우는 무라사키 부인을 남겨두고 수행원 몇 명만 데리고 출발한다. 스마에서 지내는 생활은 적적하기 이를 데 없다. 찾아오는 이도 없어, 도읍에서 여자들이 보내 오는 편지가 유일한 낙인데, 편지도 한번 오려면 며칠이나 걸린다.

말 그대로 유배의 쓸쓸한 날들이 하염없이 흘러간다.

스마에 가까운 아카시에 뉴도라는 성격이 좀 괴팍한 인물이 살고 있었다. 원래는 도읍에서 살던 사람이고, 아버지는 대신까지 지낸 인물이었으며, 백부의 딸이 예의 기리쓰보 갱의였다. 즉 기리쓰보 갱의와는 사촌 형제인 셈이다.

외골수에다 괴팍스러운 성격이라 도읍에서는 살기가 어려워 지방 수령으로 임지에 내려온 후 아카시에 눌러 살고 있다. 딸이 한 명 있는데, 뉴도는 딸만큼은 이 외딴 시골에 묻혀 살기를 원치 않았다. 그래서 가능하면 도읍의 고귀한 신분의 남자와 결혼시키고자 하였다. 그러던 차에 겐지가 내려왔으니, 전생의 인연이라고 기뻐하며 겐지에게 딸을 보이려 애쓴다.

겐지는 스마에서 1년을 지내고 스물일곱 살이 된다.

삼월 초순, 스마에 폭풍우가 몰아쳐 겐지의 거처가 크게 파손되고 벼락까지 떨어져 생명의 위협을 느낀다.

아카시

폭풍우가 몰아치던 날 밤, 겐지의 꿈에 아버지 기리쓰보 선황이 나타나, 어쩌자고 이런 곳에서 꾸물거리고 있느냐고, 어서 빨리 이 해변을 떠나라고 말한다. 그런데 새벽녘에 아카시의 뉴도가 배를 타고 겐지를 맞이하러 왔다. 겐지는 꿈에서 아버지에게서 들은 얘기도 있고 하여 뉴도의 청을 받아들이고 배에 올라 아카시로 간다.

아카시에서 겐지는 뉴도가 마련해준 바닷가의 훌륭한 저택에 기거하면서, 산의 별장에 있는 뉴도의 딸을 만난다. 뉴도의 딸은 자존심이 강해, 자신은 시골 출신이라 겐지의 마음에 들 리 없을 것이라며 고집스럽게 마음을 열지 않는다. 하지만 뉴도의 중재로 마침내 두 사람은 맺어진다. 겐지는 도읍에 있는 무라사키 부인에게 미안한 마음에 아카시의 정인을 찾는 발길이 자칫 뜸해지곤 했다. 자존심이 강한 뉴도의 딸은 몹시 괴로워했다. 그러나 점차 겐지는 아카시의 정인의 매력에 빠져들고 애정도 깊어만 간다. 아카시의 정인이 드디어 겐지의 아이를 회임한다.

그때 느닷없이 도읍에서 죄를 면한다는 선지가 내려와, 겐지는 2년 만에 도읍으로 돌아간다.

아카시의 정인은 미모가 그리 출중하지는 않으나 총명하고 분별력이 있으며, 교양과 취미가 도읍의 어느 아씨 못지않았다. 겐지는 예사롭지 않은 애정을 느끼고 있으나, 도읍으로 돌아간다는 기쁨에 정인과의 헤어짐도 마다하지 않았다. 아씨는 이미 임신 석 달째에 접어들고 있었다.

겐지는 아씨와 뱃속의 아이를 남겨두고 2년 5개월만을 지낸 유배지를 떠나 그리운 도읍으로 돌아간다. 뉴도와 아카시 정인의 슬픔은 뭐라 형용할 수 없었다.

겐지는 만의 하나 무라사키 부인이 아카시에서의 일을 제삼자를 통해 들으면 마음이 아플 것이라 여겨, 아카시에서 편지를 써서 넌지시 암시를 주었다. 무라사키 부인으로서는 유적지에서 자신을 배반하고 여자를 만든 겐지를 용서하기 어려우나, 그렇다고 헤어질 수는 없었다.

겐지의 죄를 사한 것은 스자쿠 제였다. 스자쿠 제는 눈병 때문에 괴로워하고 있는데, 고키덴 황태후 또한 병색이 짙어지고 황태후의 아버지 태정대신까지 죽는 불길한 일이 잇따르자 안 그래도 소심한 성격에 아버지의 유언을 지키지 못하고 할아버지와 어머니의 말을 따라 겐지를 벌한 것을 후회하고 있었다.

스자쿠 제는 꿈에서 기리쓰보 선황이 자신을 쏘아보아 눈병이 났다고 믿고 있다. 그야말로 강박관념에 따른 노이로제다.

스자쿠 제는 성정이 강한 고키덴 황태후의 아들이라고는 믿기 어려운 정도로 신경이 예민한 인물로, 몇 번이나 겐지에게 여자를 빼앗기고 뒤통수를 얻어맞으면서도 겐지를 미워하지 못한다. 애당초 겐지에게 패배자로서의 열등감을 품고 있다.

이렇게 빨리 죄를 사하면 천하의 질서가 바로 서지 않는다고 사면에 반대하는 황태후의 의견을 무시하면서까지 겐지를 불러올린 스자쿠 제는 안심했는지 당장에 눈병이 낫는다.

도읍에서 겐지를 기다리고 있는 것은 헤어져 있는 동안 마음고생을 하면서 더욱 아름답게 성숙한 무라사키 부인과 화려한 복권이었다. 겐지는 권대납언이란 관직에 오르며 정계의 핵으로 꽃핀다. 스자쿠 제는 툭하면 겐지를 궁중으로 불러들여 정치를 논하고 세상 돌아가는 얘기를 나누고 싶어한다.

문제의 오보로즈키요는 겐지가 스마에 있을 때 일찍이 사면되어 상시로 스자쿠 제를 모시고 있었다. 그러나 스자쿠 제는 아무리 애틋하게 총애를 하여도 오보로즈키요의 마음속에는 겐지가 자리하고 있다는 것을 알면서도 사랑하지 않을 수 없었던 것이리라. 무라사키 시키부는 개성에 넘치는 인간의 성격과 그로 인한 비극을 이렇게 각 인물에 따라 나눠 쓰고 있다.

수로 말뚝

이 첩에서 스자쿠 제는 양위를 하고 열한 살의 레이제이가 즉위한다. 후지쓰보 중궁과 겐지의 불륜의 자식이라는 것은 두 사람만의 비밀이니, 그 아들이 황위에 오른 지금 두 사람은 목숨을 걸고라도 비밀을 지키지 않으면 안 된다. 이 점은 암묵적인 약속과 강한 연대감으로 유지된다.

후지쓰보 여원은 준태상천황으로 거리낌없이 궁중을 드나들며 레이제이 천황을 만날 수 있게 되었다. 겐지는 내대신의 자리에, 은거해 있던 좌대신은 겐지의 청으로 섭정 태정대신의 자리에, 그 자식들 역시 승진의 영광을 얻는다.

즉위식이 있고 한 달쯤 지나 아카시에서는 여자 아이가 무사히 태어난다. 그 소식을 들은 겐지는 무척 기뻐한다. 이 딸에게서 장래 국모가 될 가능성을 보았기 때문이다. 유모를 선택해 많은 선물과 함께, 딸의 오십일 잔치에 맞춰 아카시로 내려 보낸다. 딸이 이대로 버려지는 것은 아닐까 하고 비탄에 젖어 있던 뉴도도, 아카시의 부인도 안도한다.

겐지는 무라사키 부인에게 딸이 탄생했음을 털어놓는다.

'아이가 생겼으면 하고 바라는 배에서는 그럴 기미가 전혀 보이지 않는데, 뜻하지 않은 곳에서 태어나다니.'

이런 겐지의 말은 무라사키 부인에게 아무런 위로가 되지 않는다. 오래도록 겐지와 한 지붕 밑에서 살아온 무라사키 부인은 겐지가 마음속으로는 이 딸이 외척으로서 없어서는 안 될 포석이라 여기며 기뻐하고 있다는 것을 간파하고 있었기 때문이다.

그런데 왜 무라사키 부인은 자식을 한 명도 낳지 못하였을까. 이 점에서도 작자의 용의주도함이 엿보인다. 기리쓰보 선황이 겐지를 신하로 삼은 것과 마찬가지로, 무라사키 부인이 아이를 낳지 못하는 것 역시 이야기의 전개에 빼놓을 수 없는 조건이었던 것이다. 훗날 이 아카시의 부인의 딸을 무라사키 부인이 맡아 기르도록 하기 위해서 말이다.

가을, 겐지는 스미요시 신사에 참배를 하러 간다. 때마침 봄가을 주기적으로 스미요시 신사를 참배하는 아카시의 부인도 참배길에 올랐다. 바다 위에서 겐지 일행의 화려한 행차를 두 눈으로 직접 본 아카시의 부인은 상상을 초월하는 겐지의 권세에 압도되어 말도 걸지 못하고 아카시로 돌아온다. 나중에 그 사실을 알게 된 겐지는 위로의 편지를 보낸다.

치세가 바뀌어 이세의 재궁도 직에서 물러나 육조 미야스도코로와 함께 도읍으로 돌아왔다. 미야스도코로는 여전히 육조의 자택을 우아하게 꾸며놓는다. 젊은 공달들이 그곳에 모이자 그 옛날의 살롱 분위기가 되살아난다. 그러나 미야스도코로도 머지않아 병석에 누운 채 나날이 쇠약해져간다. 미야스도코로는 출가를 결심한다. 당시 사람들은 중한 병에 걸렸을 때 출가를 하면 목숨을 연명할 수 있다고 믿었기 때문이다. 물론 천수를 다하고 죽는 것이라면 내세의 행복을 비는 마음도 있다.

모자람 없이 문안 선물과 편지를 주고받고는 있으나 겐지나 미야스도코로나 굳이 만나려고는 하지 않는다. 별궁에서 석별의 그윽한 하룻밤을 보냈지만, 역시 겐지의 마음속에는 그 끔찍한 귀신의 기억이 생생하게 남아 있고, 미야스도코로 역시 겐지가 자신을 냉담하게 대했던 날들의 가슴 아픈 기억이 고스란히 남아 있기 때문이었다. 오히려 겐지는 열네 살이었던 재궁이 스무 살이 된 지금의 모습을 상상하며 호기심에 마음이 설렜다.

미야스도코로가 출가를 한다는 소문을 들은 겐지는 충격을 받고 문안을 간다. 몰라보게 쇠약해진 미야스도코로는 간신히 몸을 일으키고 사방침에 기대어 겐지를 맞았다. 어디에서 그런 말이 나오는지 예의 그 자상한 말을 들으면서도 미야스도코로는 대답조차 제대로 하지 못한다. 겐지는 마음이 아파 눈물을 흘린다. 미야스도코로는 마음이 누그러져, 자신이 죽으면 전 재궁을 보살펴달라고 애원한다. 겐지가 승낙하자 미야스도코로는 고맙기는 하나, 부디 수많은 애인의 한 명으로 삼지는 말아달라는 뜻밖의 말을 한다.

딸만은 자신의 전철을 밟게 하고 싶지 않으니, 아무쪼록 딸에게 흑심을 품지 말라는 뜻으로 하는 말이니, 숨이 넘어가는 판국인데도 미야스도코로의 이성적인 추측은 겐지의 허를 찌르고 있었던 것이다. 겐지는 이때 미야스도코로의 어깨 너머로 휘장 속에 비쳐 보이는 전 재궁의 누운 모습을 핥듯이 훔쳐보고 있었다. 죽음의 때에 이르러 미야스도코로의 총명함이 다시금 빛을 발한 것이다. 겐지는 이렇듯 철저하게 한 가지만을 생각하는 미야스도코로의 이지적인 면모가 부담스러워 어쩔 줄을 모른다.

미야스도코로는 이제 죽으려 하는 때 이렇듯 문안을 와주니 전생의 인연이 몹시도 깊은 모양이라고 감회에 찬 말을 하는데,

이 말을 하고는 기진하여 용태가 악화되고 만다. 그리고 며칠 후 미야스도코로는 끝내 숨을 거둔다. 그때 나이 서른여섯 살이었다.

미야스도코로는 자신의 유언이 얼마나 헛된 것인지를 누구보다 잘 알고 있었으리라. 딸에게 겐지를 조심하라고 이른들 아무 소용이 없다는 것도 알고 있었다. 오랜 세월, 신에게 몸 바치는 재궁으로 있으면서 세상 물정 모르고 지낸 딸이 사랑의 무서움을 이해할 리 없었고, 겐지가 유혹하면 그 매력을 거부할 수 있는 여자가 없다는 것도 잘 알고 있었기 때문이다.

이 절실한 유언에 담긴 여인의 뜨거운 정념이야말로 미야스도코로가 죽어서도 겐지의 애인 주변을 맴돌면서 불행에 빠뜨리고 죽음에 이르게 하는 사건의 복선이다.

미야스도코로의 예감은 보란 듯이 적중해 겐지는 아니나 다를까 젊고 아름다운 재궁에게 연심을 품는다. 그것을 겨우겨우 막은 것이 미야스도코로가 마지막 힘을 짜내 말한 유언의 위력이었다.

이 전 재궁은 열네 살 때 이세로 내려가기 전 궁중에 들어, 천황이 이별의 빗을 꽂아주는 의식을 치렀었다. 그때 스자쿠 제는 가까이에서 본 여리고 아리따운 재궁에게 상당한 매력을 느꼈다. 지금은 황위에서 물러나 한가로운 나날을 보내는 스자쿠 상황은 돌아온 미야스도코로의 딸을 자신의 처소에 맞이하고 싶어한다.

겐지는 스자쿠 상황의 속내를 간파하자, 후지쓰보 여원과 도모해 이 딸을 레이제이 제의 비로 입궁을 시킨다.

후지쓰보는 겐지가 그런 제안을 했을 때, 아주 잘된 일이다, 상황에게는 안됐지만 그 마음을 몰랐다 치고, 미야스도코로의 유언을 빌미 삼아 입궁을 시킨 후에 보고를 하면 될 것이라고 조언한다.

이 장면에서 독자들은 후지쓰보 여원이 언제 이렇게 강한 성격의 여인이 되었을까 하고 의아해질 것이다. 자신과 겐지의 불륜의 징표인 열한 살짜리 천황에게 아홉 살이나 나이가 많은 비를 들이고자 밀담을 나누는 두 사람의 모습을 상상하면 소름이 끼친다. 목숨을 건 은밀하고도 낭만적인 사랑을 나누고는 고통에 몸부림치던 두 사람이 현실적으로 변해버린 마음을 엿볼 수 있기 때문이다. 레이제이 제에게는 이미 열두 살에 입궁한 권중납언의 딸, 고키덴 여어가 있었다.

당시에는 결혼을 할 때 여자의 나이가 남자보다 많은 것은 보통이었다. 또 숙모와 조카, 숙부와 조카 등 친인척끼리의 결혼도 흔했다. 겐지와 후지쓰보 사이의 은밀한 계획이 있고 2년이 지나 천황이 열세 살이 되었을 때, 스물두 살의 전 재궁이 입궁하였다. 겐지는 부모를 대신하여 후견인 역을 맡았고, 외척의 위세를 확장시키려는 야심을 드러내기 시작한다.

이 경우에도 전 재궁과 천황의 생각은 고려되지 않았다. 아무리 나이에 신경을 쓰지 않는다 해도, 아오이 부인이나 육조의 미야스도코로 역시 네 살, 일곱 살이란 겐지와의 나이차 때문에 고민했다. 아홉 살이나 나이 어린 천황의 비로 들어가게 된 전 재궁이 나이를 전혀 개의치 않았으리라고는 여겨지지 않는다. 전 재궁은 우메쓰보라 불렸는데, 봄보다 가을을 좋아하여 훗날에는 가을을 좋아한다는 뜻의 아키코노무 중궁이라 불리게 된다.

이 첩의 제목은 스미요시 신사를 참배할 때, 해후한 겐지와 아카시의 부인 사이에 오간 다음의 노래에서 따온 것이다.

몸을 다하여 애타게 그리워한
보람이 있었는가
수로 말뚝 있는 이 나니와에서
그대를 만났으니
그 깊은 인연의 기쁨 어찌 말로 다 하리오

하찮은 이내 신세
허망한 세상이라
체념하고 살았는데
어찌 몸을 다하여
그대를 가슴에 품고 말았는지

무성한 쑥

겐지가 스마와 아카시에서 외로운 유리의 나날을 보냈을 때, 도읍에서는 겐지의 여인들 역시 슬픈 나날을 보냈다. 그래도 무라사키 부인은 편지를 주고받고 의복을 보내는 등 마음을 통할 길이 있어 다소나마 위로를 삼을 수 있었다. 그런데 도읍을 떠났다는 사실도 풍문으로 들었을 뿐 이별의 정도 나누지 못한 여자들이 적지 않았다.

히타치 친왕의 딸 빨간 코 스에쓰무하나 역시 그런 여인들 가운데 한 명이었다. 겐지는 그녀를 아예 잊었는지 편지 한 통 보내지 않는다. 갑작스럽게 겐지와 관계를 맺고부터 오랜 세월의 영락을 잊어버릴 만큼 생활이 풍요로워졌는데, 겐지에게 잊혀지고 나니 원조도 끊어져 3년 사이에 스에쓰무하나의 생활은 원래대로 돌아가고 말았다. 집은 황폐해지고 마당에는 잡풀만 처마까지 무성하게 자라는 등 궁핍하기 그지없었다.

겐지는 스마에 있으면서도 존재감이 엷은 하나치루사토에게 가사를 보내어 집을 수리해주었는데, 스에쓰무하나에게는 무심하기만 했다.

한번 좋은 세월을 보낸 시녀들은 이 가난을 견디지 못하고 스에쓰무하나 곁을 하나 둘 떠나갔다. 늙어 죽은 시녀도 있지만 3년 사이에 시녀의 숫자가 눈에 띄게 줄어 심지어 여우들이 들락거리질 않나, 낮에도 부엉이가 불길하게 울어댄다.

오늘날에도 그런 다 쓰러져가는 집에 눈독을 들이는 부동산

업자가 있는 것처럼, 과거에는 친왕의 집이었던지라 격식과 품위가 있다는 점 때문에 헐값에 사들이려는 자가 나타났다. 지방에서 부를 축적한 수령급 인물이다. 시녀들은 먹고살기 위해서는 어쩔 수 없다면서 집을 팔고 작은 집으로 이사를 하라고 권한다.

스에쓰무하나는 아버지의 유품인 집을 팔아넘길 수는 없다면서 시녀들의 말을 듣지 않는다. 유서 깊은 가재도구에도 지금은 먼지만 쌓여 있는데, 졸부들이 이마저 사들이려 한다. 시녀들은 그렇다면 가재도구라도 팔자고 애원하지만 스에쓰무하나는 절대 고집을 꺾지 않는다.

시녀 가운데 시종이란 유모의 딸이 있었는데, 살림에 다소나마 보탬이 되고자 스에쓰무하나의 숙모의 집에도 드나들며 일을 봐주고 있었다. 숙모는 스스로 신분을 낮춰 수령의 아내가 된 여자인데, 집안 사람들은 그 점을 비하하여 경멸하고 사람 취급조차 하지 않았기 때문에 한이 맺혀 있었다. 남편이 수완이 좋아 경제적으로 유복해지자, 신분이 높은 스에쓰무하나를 자기 딸들의 시녀로 삼고자 생각하고 유모의 딸에게 중재를 명한다. 물론 스에쓰무하나는 들은 척도 하지 않는다.

비록 겐지에게 버림은 받았지만, 스에쓰무하나는 마음속으로는 겐지를 굳게 믿고 있었다. 무슨 사정이 있어 잊고 있을 테지만, 언제가는 반드시 찾아올 것이라고. 그때 집 안에 가재도구가 없으면 볼 낯이 없다고 믿고 있었다. 간혹 찾아오는 오빠인 선사 역시 여동생 못지않게 세상 물정을 몰라 의논 상대도 되지 못한다.

어느 날, 숙모가 몸소 찾아와 남편이 대재부 대이로 출세를 해서 규슈로 내려가니 같이 가자고 한다. 하지만 스에쓰무하나는 응하지 않는다. 그러나 그토록 사이가 좋았던 유모의 딸마저 수령의 조카와 사랑에 빠져 남자를 따라 규슈로 내려가고 만다.

서글프고 외로운 스에쓰무하나는 소리내어 울지만 그래도 귀신집 같은 집에 머물며 겐지가 찾아올 날을 기다린다.

「무성한 쑥」 첩은 스에쓰무하나의 비참한 생활상과 겐지를 향한 순수하고 한결같은 신뢰심을 그리고 있다. 이 한 첩만을 단편소설로 읽어도 읽는 맛이 돋보이는 가작이다.

역시 기억이 가물가물한 하나치루사토를 찾아가는 도중에 도둑마저 그냥 지나칠 듯 황폐한 집 앞을 그냥 지나치려다, 등꽃이 피어 있는 집이 언젠가 본 듯한 느낌이 들어 그곳이 바로 스에쓰무하나의 집이라는 것을 기억해낸다. 처마까지 무성하게 자란 잡풀을 헤치고 4년 만에 재회한 스에쓰무하나의 순정함에 겐지는 몹시 감동한다. 바보스러울 정도로 자기를 믿고 황가의 딸로서의 자부심을 잃지 않은 기품에 진정한 귀족의 정신을 보고 감동한 것이다.

겐지는 지금까지의 박정함을 보상하기 위해 사람을 보내 잡풀을 베어내고 집을 대대적으로 수리하게 하는 한편 이전처럼 경제적인 원조를 아끼지 않는다.

사람들은 놀라서, 스에쓰무하나에게 등을 돌렸던 자마저 되돌아와 주인을 모신다. 세상 인정의 경박함이 스에쓰무하나의 믿음과 결벽스러움과 비교되어 속속들이 드러난다. 작자의 글솜씨가 마음껏 발휘된 첩이다.

무라사키 시키부가 절조도 없고 수치심도 없고 오직 자기 한 몸의 영화를 보존하려는 비굴한 인물을 부각시키면 시킬수록 더욱이 스에쓰무하나의 순수함이 돋보인다.

그러나 겐지는 스에쓰무하나와 더 이상 성적 관계는 갖지 않는다.

관문

우쓰세미의 남편 이요의 개는 기리쓰보 상황이 붕어한 이듬해, 히타치의 개가 되어 임지로 내려간다. 아내인 우쓰세미도 그를 따른다. 겐지의 참혹한 유배 사건을 소문으로 듣기는 했으나, 편지를 보낼 길조차 없으니 소식이 끊어진 채 세월이 흐른다.

겐지가 도읍으로 올라가 정계에 복귀한 이듬해 가을, 히타치의 개가 임기를 마치고 귀경한다. 일행이 오쓰에 도착해 오사카 관문을 지나려는 때, 이시야마 절로 불공을 드리러 가는 겐지 일행과 만난다.

우쓰세미는 열일곱 살의 겐지에게 저항해 강한 인상을 남긴 채 무대에서 사라진 인물이었다. 그 후, 겐지의 신상에 다양한 변화가 있었으나 지금은 스물아홉 살에 내대신의 지위에 있다.

「관문」은 그런 상황을 배경으로 그려졌다. 가장 짧은 첩 가운데 하나다. 그림에도 마치 두루마리 그림을 보듯 화려하고 아름다운 장면으로 인상 깊이 남는다.

『겐지 이야기』의 두루마리 그림에서도 이 장면은 단연 돋보인다.

이요로 부임할 때는 혼자 내려간 이요의 개가 히타치로 내려갈 때 아내를 데려간 것은 우쓰세미가 바라서가 아니었을까. 우쓰세미는 겐지가 있는 경을 떠남으로써 겐지에 대한 미련을 끊으려 하였고, 또 언제 당하게 될지 모르는 겐지의 유혹으로부터 몸을 지키려 한 것이리라.

아들 기의 수는 가와치의 수가 되어 아버지를 맞이하러 나왔다. 가와치의 수는 아버지에게 겐지 일행과 부딪치게 될 것 같다고 전한다. 겐지 역시 히타치의 개 일행과 만나게 되리란 것을 미리 알고 있었다.

겐지는 길에 늘어선 여인들의 수레에 눈길을 멈추고, 그중에 있을 박정했던 여자를 그리워한다. 왕년에 겐지를 모셨던 고기미, 지금은 우위문 좌의 자리에 있는 자를 불러 우쓰세미에게 말을 전하도록 한다. 고기미는 겐지가 그렇게 귀여워해주었는데도 겐지의 실각 사건 이후, 세상의 손가락질을 두려워하여 스마에도 동행하지 않았다. 겐지는 그 일로 이 남자를 언짢게 여기고 있으나 겉으로 드러내지는 않는다. 복권 후 겐지는 당시

자신에게 충성을 다한 자들에게는 영달을 베풀어주었다. 반면 자신에게 냉담한 태도를 보였던 자들은 잊지 않고 철저한 복수를 꾀한다.

오늘 이 관문까지 맞이하러 나온 나를, 아무리 냉담한 그대라고 하나 무시하지는 못하겠지요, 란 전갈을 읽은 우쓰세미는 그리움에 가슴이 벅차오른다. 애당초 싫어서 쌀쌀맞은 태도를 취한 것은 아니었으니, 우쓰세미는 어디를 가든 겐지를 잊은 날이 없었다. 겐지는 편지를 몇 번이나 보내며 여자의 마음을 사로잡으려 한다.

히타치의 개는 원래 아내에게 어울리지 않을 만큼 노령이었기 때문에 얼마 안 있어 병에 걸린다. 노쇠한 탓도 있었을 것이다. 죽음을 예감하면서 늙은 남편은 젊은 아내의 신상을 염려한다. 그는 아내의 부정을 꿈에도 모르고 있다. 아들 가와치의 수에게 자신이 죽으면 우쓰세미의 뒤를 보살펴달라고 간곡하게 부탁한다.

무라사키 시키부는 우쓰세미의 용모가 출중하지는 않았다고 묘사하고 있으나, 늙은 남편을 물론 겐지에게도 잊지 못할 인상을 남기고 아들 가와치의 수까지 집요하게 연모의 정을 불태우는 것을 보면, 남자의 마음을 울리는 무언가가 있었던 것으로 추측된다. 무라사키 시키부는 그런 여자로 우쓰세미란 개성을 조형한 것이리라. 이 여자 역시 신분에 맞지 않게 자존심이 몹시 세다.

늙은 남편이 죽은 후 우쓰세미는 갑자기 출가를 하고 만다. 과부가 된 계모를 집요하게 유혹하는 가와치의 수가 성가셨기 때문이다.

우쓰세미는 겉으로는 연약하고 조심스러워 남자들의 보호 본능을 자극하는 가련한 분위기를 띠고 있다. 그러나 속은 겉과 달리 이지적이고 자존심이 강하고 강한 심지를 지니고 있었다. 첫날밤 우쓰세미의 강한 저항에 부딪친 겐지가 그 태도를 잘 휘나 부러지지 않는 대나무에 비유했던 것은, 그녀의 강한 속마음을 알아챘기 때문이다. 하지만 늙은 남편이나 의붓아들은 그것을 알지 못했다. 겐지는 우쓰세미의 그런 외모와 내면의 차이에 매력을 느꼈던 것이리라.

'우쓰세미는 불미한 인연을 짊어진 몸으로 이렇게 남편을 앞세우고 살아남아 있는데, 끝내는 이런 천박한 말까지 들어야 하는가 하고 은밀히 마음먹는 바가 있으니, 아무에게도 말하지 않고 출가하여 중이 되고 말았습니다.'

전생에 슬픈 인연이었기에 이렇듯 남편을 앞세우고 심지어 의붓아들이 유혹하는 업신여김을 당하는가 하고 생각하니, 이 세상이 싫어져 사람들에게 알리지 않고 남몰래 출가한 것이다. 가와치의 수는 자신이 싫어서 출가를 했을 것이라며, 앞으로 어떻게 살아갈 것이냐고 참견을 한다.

우쓰세미의 출가에 대해서 겐지는 이렇다 할 감상을 말하지 않으나, 훗날 겐지는 출가한 우쓰세미를 스에쓰무하나처럼 이조원의 동원으로 불러들여 뒤를 보살펴준다. 우쓰세미는 겐지를 연모하는 마음이 있으니 끝까지 유혹을 물리칠 수는 없으리라는 것을 자각하고 있었기에 출가를 선택한 것일 테고, 그렇게 함으로써 오히려 겐지의 마음에 자신의 추억을 영원토록 각인하게 될 것임을 알고 있었던 것이리라.

그림 겨루기

후지쓰보는 육조 미야스도코로의 딸의 입궁을 서두른다. 전재궁의 입궁에 스자쿠 상황은 충격을 받고 깊은 실의와 상실감을 느끼지만 체통이 있으니 겉으로는 아무렇지도 않은 척 가장하고, 입궁 당일에는 많은 선물까지 보낸다. 정성껏 고른 의상과 장신구, 훈향 등에 섞여 빗이 담겨 있는 상자가 있고, 거기에 붙어 있는 나뭇가지에 편지가 묶여 있었다.

지난번 헤어질 때
다시는 돌아오지 말라
다짐하며 건넨 회양목 빗
신은 그 한마디를 빌미 삼아
우리 사이를
이렇듯 떼어놓는가

편지에는 이렇게 애절한 노래가 씌어 있어 겐지도 과연 마음이 아프다. 스자쿠 상황이 전 재궁을 어여뻐한다는 것을 알면서도 후지쓰보와 도모하여 전 재궁을 레이제이 천황의 비로 들였으니, 상황이 얼마나 분해할까 하고 동정한다.

'어쩌자고 이리도 심술궂은 생각을 하여 상황의 마음을 괴롭히는 것일까.'

하지만 시치미를 떼도 유분수다. 겐지는 죽은 미야스도코로의 유언을 이용해 아버지 역할까지 해가면서 실은 자기 자식인 레이제이 제와 전 재궁을 결혼시키고 하루라도 빨리 천황의 아이를 낳게 하여 외척의 위세를 든든하게 굳히고자 하는 정략결혼을 기도한 것이었다.

게다가 어쩌면 스마로 내려가는 수모를 겪게 한 스자쿠 상황에 대한 숨겨진 원망, 그사이에 오보로즈키요를 용서하고 마음껏 총애한 질투 등도 섞여 있었을 것이라 생각된다.

전 재궁은 스자쿠 상황을 그리워한다. 먼 옛날, 열네 살 때 대극전에서 가까이 보았을 때, 예법에 따라 빗을 꽂아주면서 이별이 아쉬워 눈물을 흘려주었던 우아하고 아름다운 분의 모습을 잊지 않고 있다. 누가 보기에도 아직 나이 어린 레이제이 제보다 스자쿠 선황이 어울리는 것은 분명할 정도니, 전 재궁의 마음속에 그런 생각이 있었다 한들 당연한 일이다.

겐지는 기분이 좋지 않다면서 답장도 해주지 않는 전 재궁의 태도에 초조해한다. 어쩌면 겐지의 강압적인 처사를 원망하고 있는 것은 아닐까 하고 뒤가 켕긴다.

이 부분에서 독자는, 신분은 높아도 고아가 된 전 재궁의 처지가 가엾어 눈물을 흘리게 된다.

하지만 입궁하여 여어가 된 전 재궁은 천진한 천황의 사랑을 받아 편안한 날을 보낸다. 앞서 후궁이 된 고키덴 여어는 천황보다 한 살 위라서 사이좋은 친구라 할망정 새 여어의 경쟁 상대는 못 되었다. 질투심에 어쩔 줄 모르는 것은 어린 여어의 아버지인 권중납언뿐이다.

궁중에서 그림 겨루기 시합이 벌어진다. 레이제이 제도 우메쓰보 여어도 그림을 좋아하고 또 그림에 소질이 있었기 때문이다.

이날을 위해 우메쓰보 여어 쪽과 고키덴 여어 쪽은 각기 있는 인맥을 다 동원하여 그림을 수집한다. 물론 겐지와 권중납언이 그 지휘를 맡는다. 드디어 시합 당일, 양쪽 다 한 치도 뒤지지 않는 명품을 출품하여 접전이 벌어지는데, 결국은 겐지가 스마에서 그린 그림 일기가 등장하는 바람에 우메쓰보 쪽이 압승을 거둔다.

솔바람

이조원의 동원이 완성된 가을, 겐지는 그곳에 하나치루사토를 맞아들인다. 그리고 아카시의 부인도 데려오고 싶다고 생각한다.

겐지는 아카시의 부인에게 도읍으로 올라오라고 몇 번이나 재촉하지만, 아카시의 부인은 좀처럼 결심하지 못한다. 도읍으로 올라가 다른 고귀한 부인들과 경쟁할 만한 처지가 못 된다고 생각하는 것이다. 그래서 뉴도는 사가의 오이 강변에 있는 자신의 토지를 거둬들여 집을 수리하고 그곳에 아카시 부인 모녀를 살게 한다. 아카시 부인은 주저하면서 뉴도가 권하는 대로 딸을 데리고 뉴도의 아내가 함께 길을 떠난다. 뉴도는 이별의 아쉬움을 숨기면서, 자기는 없는 사람이라 여기라며 일행을 배웅한다.

겐지는 뉴도의 뜻을 고맙게 여기며 오이 집의 수리와 정원 꾸미기를 돕는다.

세 살, 한창 귀여움을 부리는 나이가 된 딸은 겐지도 잘 따른다. 겐지는 이 귀여운 딸의 장래를 생각하니, 생모의 지위가 낮아 언젠가는 무라사키 부인에게 키우게 하여 무라사키의 딸로 입궁시킬 생각을 한다.

겐지로부터 아카시의 모녀가 거처를 사가로 옮겼다는 소식을 들은 무라사키 부인의 속마음은 편하지가 않다. 신분은 낮으나 겐지의 자식을 낳았다는 강점은 무라사키 부인의 입지를 위협하기에 충분한 것이었다.

겐지는 무라사키 부인의 마음을 달래기 위해 한 달에 두 번만 오이의 아카시 부인을 찾는다. 그것도 사가에 불당을 지으라 명하고 그것을 감독하고 불구를 들여놓는다는 명목으로 집을 나서곤 한다. 그래서 아카시의 부인을 만나도 하루 이틀밖에 함께 지내지 못한다. 아카시의 부인은 성장하는 딸을 보는 기쁨으로 생활의 쓸쓸함을 견뎠다. 그런데 그 딸마저 빼앗겨야 하는 날이 왔다.

그해도 어언 기울 무렵, 겐지는 딸의 장래를 위해서는 무라사키 부인에게 맡기는 것이 좋겠다는 구실로 딸을 이조원으로 데리고 온다. 딸은 어머니도 같이 가는 줄 알고 손을 끌며 수레에 타자고 한다.

어린아이를 그리는 무라사키 시키부의 솜씨는 실로 탁월하다. 남편 노부다카와의 사이에 겐시라는 여자 아이가 있었기 때문에 어린 여자 아이를 그리는 붓끝에 생동감이 살아나는 것이리라. 눈 내리는 날, 딸과 헤어지는 장면은 딸의 가련함과 아카시 부인의 애절함 때문에 읽는 이의 눈물을 자아내는 명장면이다.

이조원에 도착한 딸은 한동안 어머니를 찾으며 울지만, 자기를 귀여워해주고 자상하게 보살펴주는 무라사키 부인에게 금방 정을 붙여 인형놀이와 소꿉놀이를 하며 놀게 된다. 무라사키 부인은 원래 아이를 좋아하는 성품이라서 겐지의 딸을 무척이나 예뻐했다고 하는데, 과연 사랑의 적수가 낳은 딸에게 그리 순순히 정을 쏟을 수 있을까. 당시에는 이야기에 의붓자식을 괴롭히는 주제가 보편적으로 많이 다뤄지고 있었다. 그런 세태 속에서 의붓자식을 제 자식처럼 사랑하는 이야기가 독자들에게는 신선하게 다가가지 않았을까.

겐지는 오이에 행차를 하면서 가쓰라 원이라는 별장을 급히 지어야 한다는 빌미도 이용한다.

사가노의 불당은 오늘날 석가당이라 불리는 고다이 산(五台山) 세이료 절(清凉寺)에 해당하는 듯하다. 이곳에 겐지의 모델이라 일컬어진 미나모토노 도루(源融)의 별장 터가 있다고 전해지고 있다.

또 가쓰라 원은 현재의 가쓰라 별궁 언저리에 해당할 것이다. 그리고 바로 앞에 강이 있고 풍경이 어딘가 모르게 아카시의 해변과 비슷하다는 오이의 아카시 부인의 집은 현재 아라시(嵐)산의 오이 강 북쪽, 아라시 정 부근이 아닐까 생각한다.

무라사키 시키부는 소설에서 가능한 한 자신이 직접 걸었거나 살았던 장소를 무대로 사용한 것 같다. 물론 그 점은 예나 지금이나 소설가가 챙겨야 할 점 가운데 하나이다.

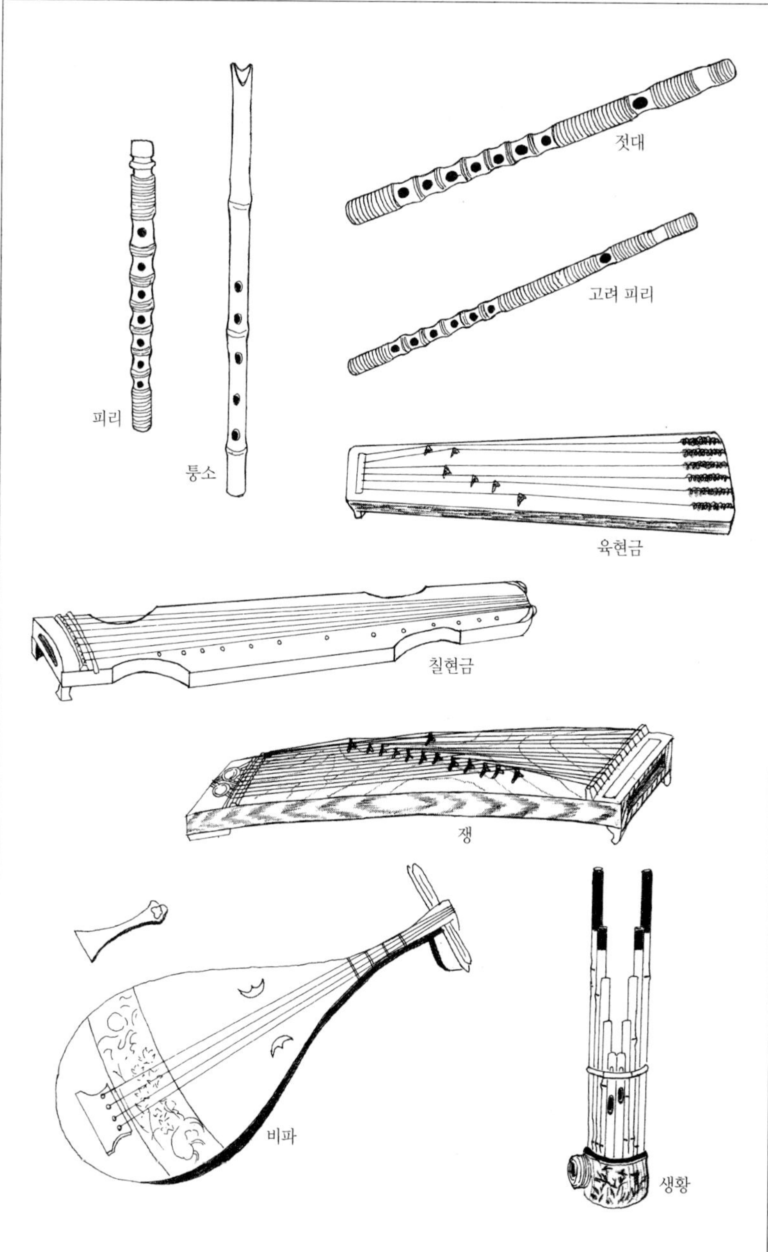
피리
퉁소
젓대
고려 피리
육현금
칠현금
쟁
비파
생황

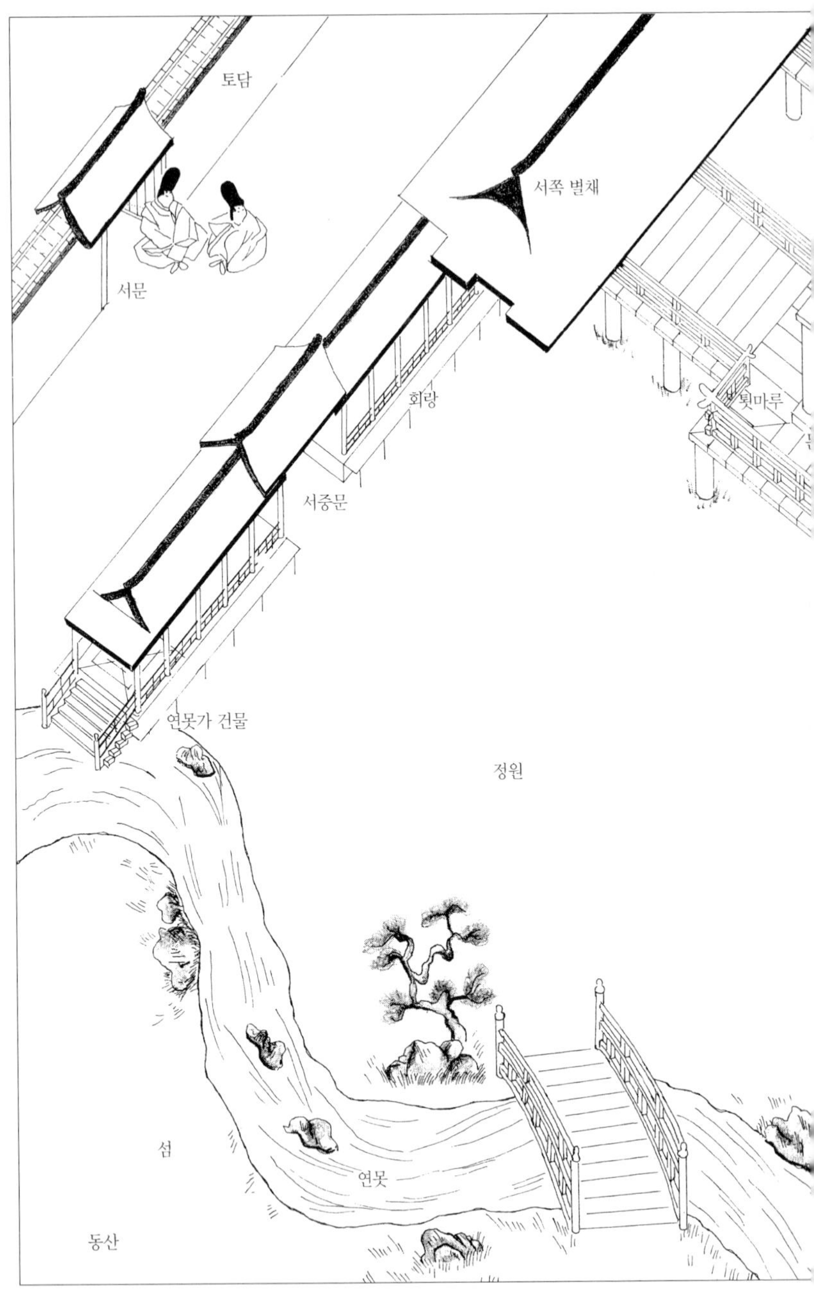
토담
서쪽 별채
서문
회랑
툇마루
서중문
연못가 건물
정원
섬
연못
동산

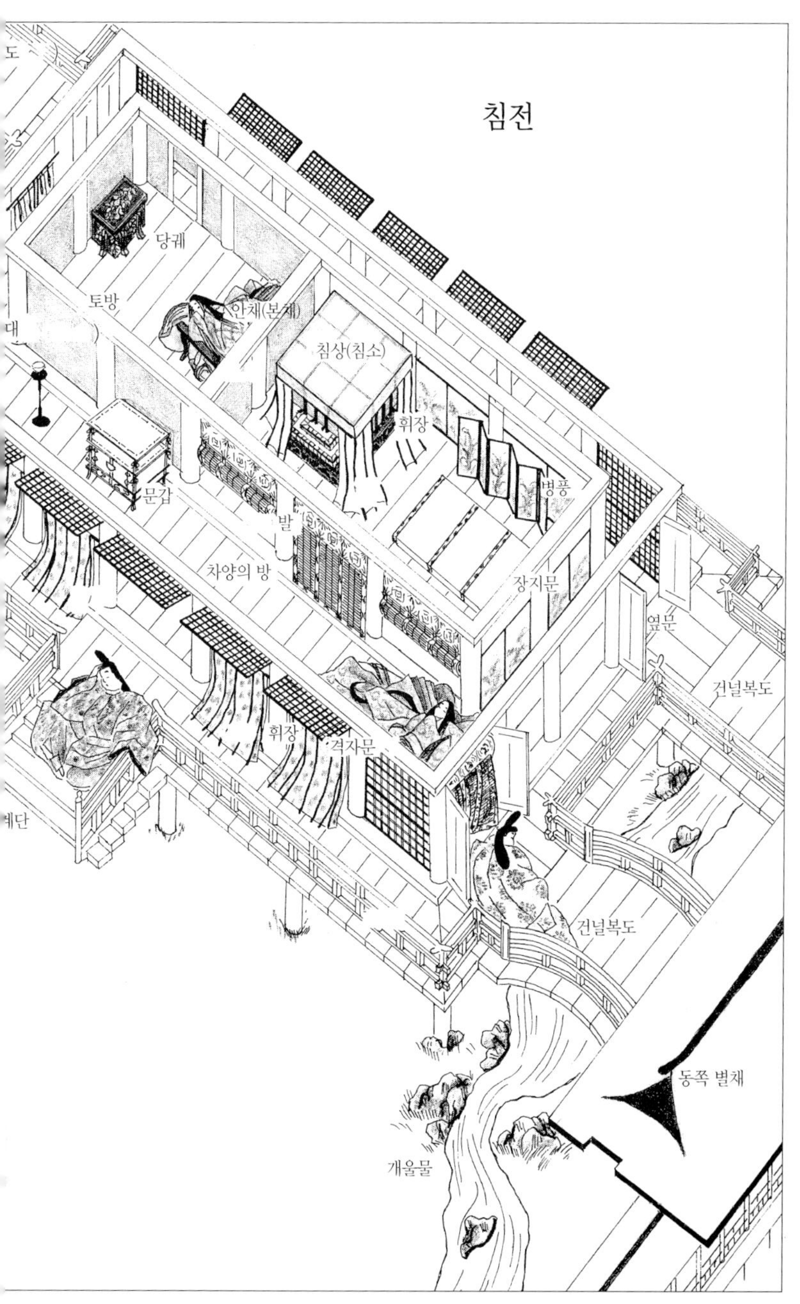

침전
당궤
토방
안채(본채)
침상(침소)
휘장
병풍
문갑
발
차양의 방
장지문
옆문
건널복도
휘장
격자문
건널복도
동쪽 별채
개울물

소례복 차림
겉옷
바지(풀 먹인 빳빳한 바지)
성인식 예복
쥘부채
당의
겉겹옷(5겹)
겉치마
겉옷
속바지
평상복 차림
겉옷
쥘부채
건
평상복 차림
쥘부채
가벼운 평상복 차림
홑옷
바지
(대님으로
아랫자락을
묶는 바지)
관
관복 차림
홀
석대
포
속옷자락
겉바지

샷자리 수레
빈랑잎 수레
가마
손수레
우차(소수레)
끌채
받침대
바퀴통

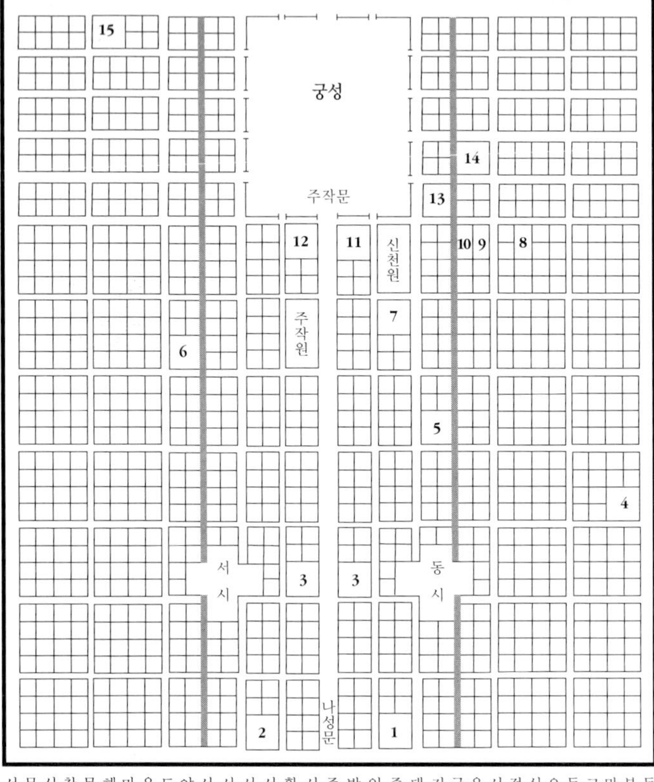
• 가미가모 신사
• 시모가모 신사
• 별궁
1 동사
2 서사
3 홍려관
4 하원원
5 후원
6 순화원
7 사조후원
8 압원
9 한원
10 굴하원
11 대학료
12 곡창원
13 냉천원
14 고양원
15 우다원
궁성
주작문
신천원
주작원
서시
동시
나성문
일조대로
정친정소로
토어문대로
응사소로
근위어문대로
감해유소로
중어문대로
춘일소로
대취어문대로
냉천소로
이조대로
압소로
삼조방문소로
자소로
삼조대로
육각소로
사조방문소로
금소로
사조대로
능소로
오조방문소로
고십소로
오조대로
통구소로
육조방문소로
양매소로
육조대로
좌여우소로
칠조방문소로
북소로
칠조대로
염소로
팔조방문소로
매소로
팔조대로
침소로
구조방문소로
신농소로
구조대로
서경극대로
무차소로
산소로
창포소로
목십대로
혜지리소로
마대소로
우다소로
도조대로
야사소로
서굴천소로
서인부소로
서대궁대로
서즐사소로
황가문대로
서방성소로
주작대로
방성소로
임생대로
즐사소로
대궁대로
저외소로
굴천소로
유소로
서동원대로
정고소로
실정소로
오환소로
동동원대로
고창소로
만리소로
부소로
동경극대로

헤이안 경

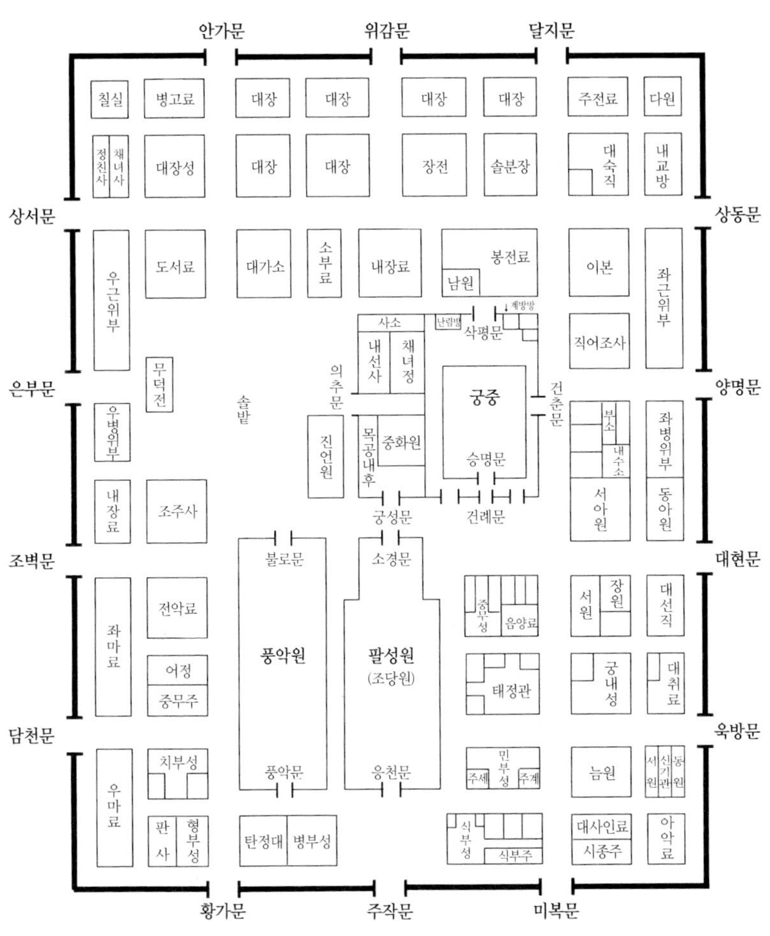

안가문
위감문
달지문
칠실
병고료
대장
대장
대장
대장
주전료
다원
정친사
채녀사
대장성
대장
대장
장전
솔분장
대숙직
내교방
상서문
상동문
우근위부
도서료
대가소
소부료
내장료
봉전료
남원
이본
좌근위부
사소
난림방
삭평문
계방방
내선사
채녀정
직어조사
무덕전
의추문
솔밭
궁중
건춘문
은부문
양명문
우병위부
진언원
목공내후
중화원
승명문
부소
내수소
좌병위부
내장료
조주사
궁성문
건례문
서아원
동아원
조벽문
대현문
불로문
소경문
좌마료
전악료
중무성
음양료
서원
장원
대선직
풍악원
팔성원
(조당원)
어정
중무주
태정관
궁내성
대취료
담천문
욱방문
우마료
치부성
풍악문
응천문
주세
민부성
주계
늠원
서원
신기관
동원
판사
형부성
탄정대
병부성
식부성
식부주
대사인료
시종주
아악료
황가문
주작문
미복문

궁성

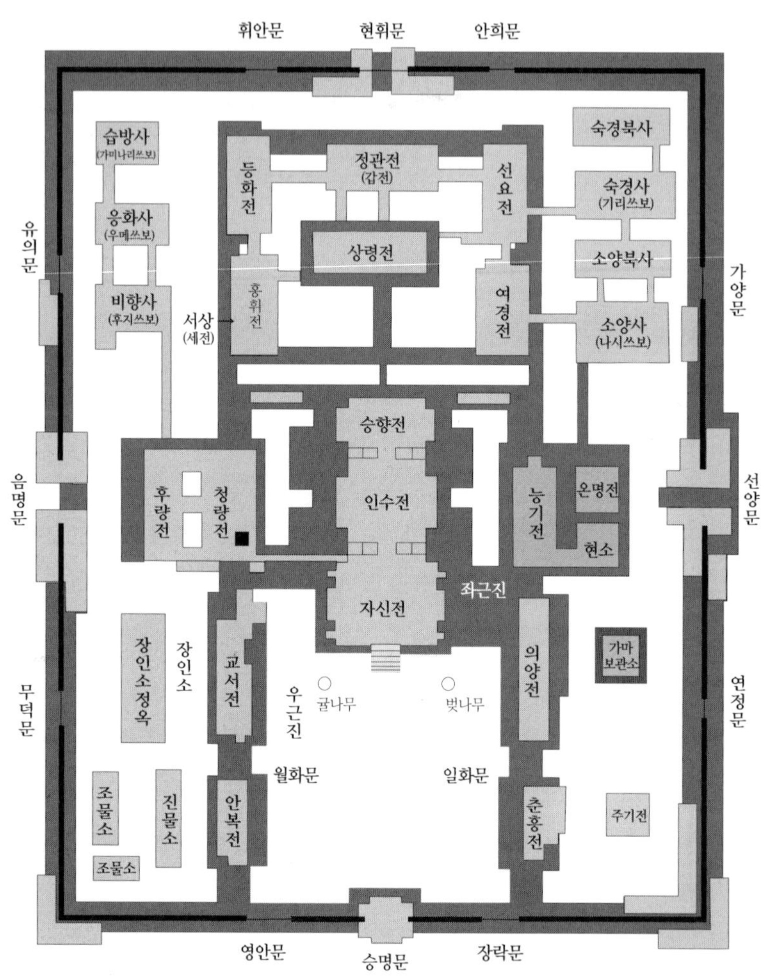
휘안문
현휘문
안희문
습방사
(가미나리쓰보)
응화사
(우메쓰보)
비향사
(후지쓰보)
등화전
정관전
(갑전)
선요전
숙경북사
숙경사
(기리쓰보)
상령전
소양북사
홍휘전
여경전
소양사
(나시쓰보)
서상
(세전)
유의문
가양문
승향전
인수전
후량전
청량전
능기전
온명전
현소
음명문
선양문
자신전
좌근진
장인소정옥
장인소
교서전
우근진
귤나무
벚나무
의양전
가마
보관소
무덕문
연정문
월화문
일화문
조물소
진물소
안복전
춘흥전
주기전
조물소
영안문
승명문
장락문

궁중

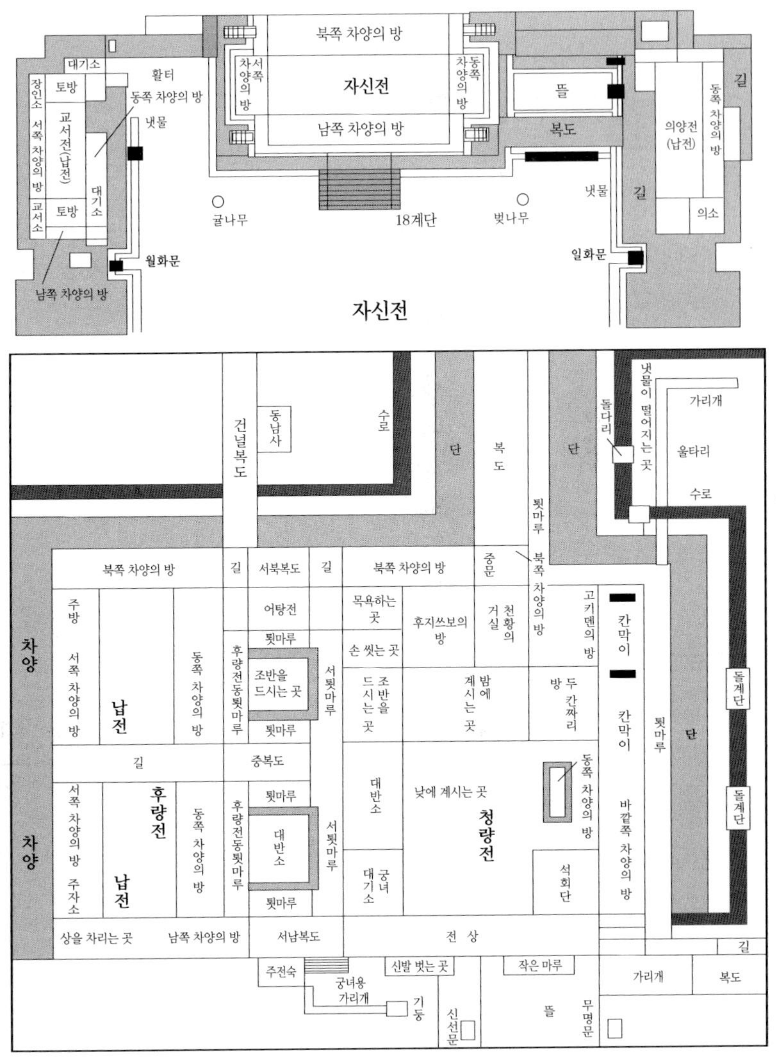
북쪽 차양의 방
서쪽 차양의 방
자신전
동쪽 차양의 방
남쪽 차양의 방
대기소
활터
동쪽 차양의 방
장인소
토방
서쪽 차양의 방
교서전(납전)
냇물
대기소
교서소
토방
귤나무
18계단
벚나무
냇물
월화문
일화문
남쪽 차양의 방
뜰
복도
길
의양전 (납전)
동쪽 차양의 방
길
의소
건널복도
동남사
수로
단
복도
단
돌다리
냇물이 떨어지는 곳
가리개
울타리
수로
툇마루
북쪽 차양의 방
길
서북복도
길
북쪽 차양의 방
중문
북쪽 차양의 방
주방
어탕전
목욕하는 곳
후지쓰보의 방
천황의 거실
고키덴의 방
칸막이
차양
서쪽 차양의 방
납전
동쪽 차양의 방
후량전동툇마루
툇마루
조반을 드시는 곳
툇마루
서툇마루
손 씻는 곳
조반을 드시는 곳
밤에 계시는 곳
두 칸짜리 방
칸막이
툇마루
단
돌계단
길
중복도
서쪽 차양의 방
후량전
동쪽 차양의 방
후량전동툇마루
툇마루
대반소
툇마루
서툇마루
대반소
낮에 계시는 곳
청량전
동쪽 차양의 방
바깥쪽 차양의 방
돌계단
차양
주자소
납전
궁녀 대기소
석회단
상을 차리는 곳
남쪽 차양의 방
서남복도
전상
길
주전숙
궁녀용 가리개
기둥
신발 벗는 곳
신선문
작은 마루
뜰
무명문
가리개
복도

자신전

청량전 · 후량전

	관위	신기관	태정관	중무성	식부성 치부성 형부성 병부성 민부성 대장성 궁내성	좌우 대사인료 도서료 내장료 아악료 현번료 제릉료 주계료 목공료 대학료 주세료 좌우 마료 좌우 병고료	음양료 전약료 내장료 봉전료 대취료 주전료	재궁료
	정종1위		태정대신					
	정종2위		좌대신 우대신 내대신					
	정3위		대납언					
	종3위		중납언					
	정4위		참의	경	경			
	종4위	백	좌우대변					
	정5위		좌우중변 좌우소변	대보	대판사 대보			
↑ 전상인	종5위	대부	소납언	소보 대감물 시종	소보	두 문장박사	두	두
지하 ↓	정6위	소부	좌우대사 대외기	대내기 대승	중판사 대승	조 명경박사	시의	조
	종6위	대우 소우		소승 중감물	소판사 소승 대주약		조	
	정7위		좌우소사 소외기	대록 소내기 소감물 대주령	판사대속 대록	대윤 명법박사 조교	음양박사 천문박사 주금박사 의박사	대윤
	종7위			감물주전 대전약	대해부 소주약	소윤 음박사 산박사 서박사	역박사 음양사 누각박사 침박사 의사 윤	소윤
	정8위	대사		소주령 소록	판사소속 소록 중해부			
	종8위	소사		소전약	소해부	대속 소속 마의사	대속	속
	대초위						소속	
	소초위							

관위상당표

관＼위	동서시사	수옥사	정친사	조주사	내선사	준인사	직부사	채녀사	주수사	후궁	춘궁방	중궁직	수리직	좌우경직	대선직	좌우근위부	좌우위문부	좌우병위부	탄정대	장인소	검비위사	감해유사	대재부	진수부	안찰사	국사대국	국사상국	국사중국	국사하국
정종1위																													
정종2위																				별당									
정3위																													
종3위										상시						근위대장			윤				수						
정4위											부									두						가즈사·히타치	우에노의 태수		
종4위										전시	춘궁대부	중궁대부	대부	대부		근위중장	위문독	병위독	대필		별당	장관	대이		안찰사				
정5위															대선대부	근위소장			소필	5위장인									
종5위										장시	춘궁학사		형	형			위문좌	병위좌			좌	차관	소이	장군		수	수		
정6위			정		봉선		정												대소 충충	6위장인			대감			개		수	
종6위									정		대진	소진		대진		근위장감	위문대위	병위대위			대위	판관	소감 대판사				개		수
정7위														소진			위문소위		태순 소찰		소위		대전 소판사	군감	기사	대연			
종7위			우		전선											근위장조		병위소위				주전	박사			소연	연		
정8위							우		우				대속				위문대지		소소		대지		소전·산사 의사·소공					연	
종8위													소속			병위소지 병위대지	위문소지				소지			군조		대목·소목	목		
대초위			영사				영사																					목	
소초위									영사																				목

계보도

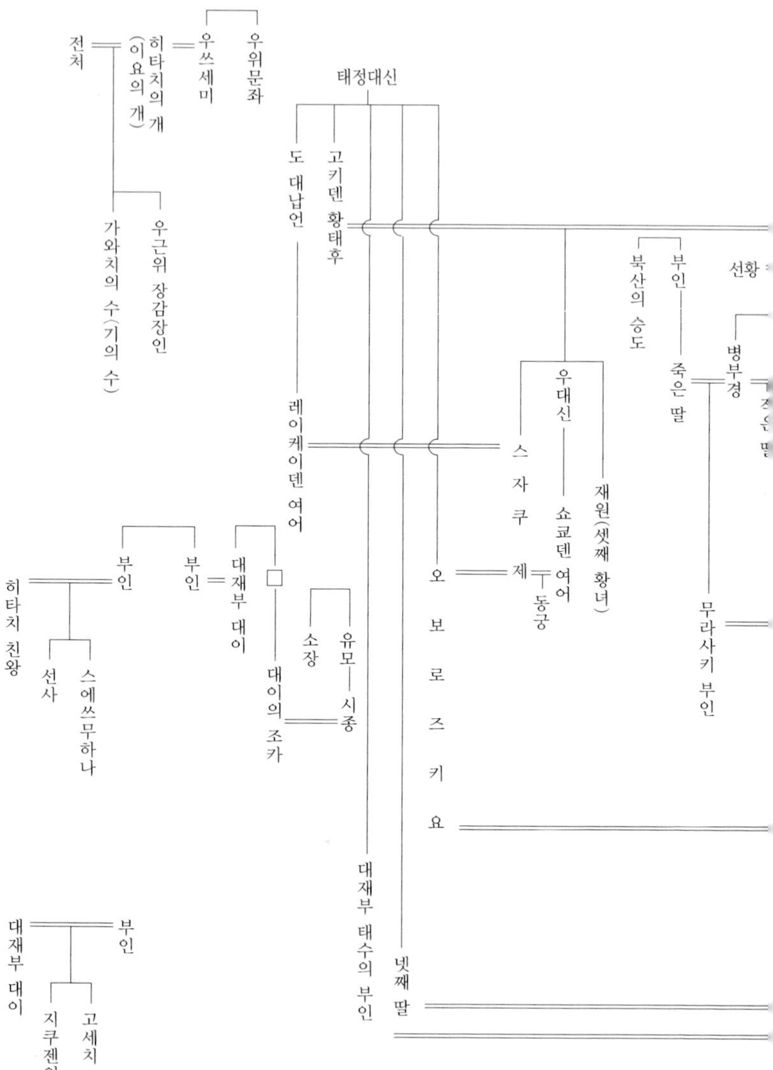

우위문좌
우쓰세미
히타치의 개 (이요의 개)
전처
우근위 장감장인
가와치의 수(기의 수)
태정대신
고키덴 황태후
도 대납언
레이케이덴 여어
북산의 승도
부인
죽은 딸
선황
병부경
무라사키 부인
우대신
스자쿠
재원(셋째 황녀)
쇼쿄덴 여어
제
동궁
오보로즈키요
부인
부인
히타치 친왕
스에쓰무하나
선사
대재부 대이
□
대이의 조카
유모
소장
시종
대재부 태수의 부인
넷째 딸
부인
대재부 대이
고세치
지쿠젠의 수

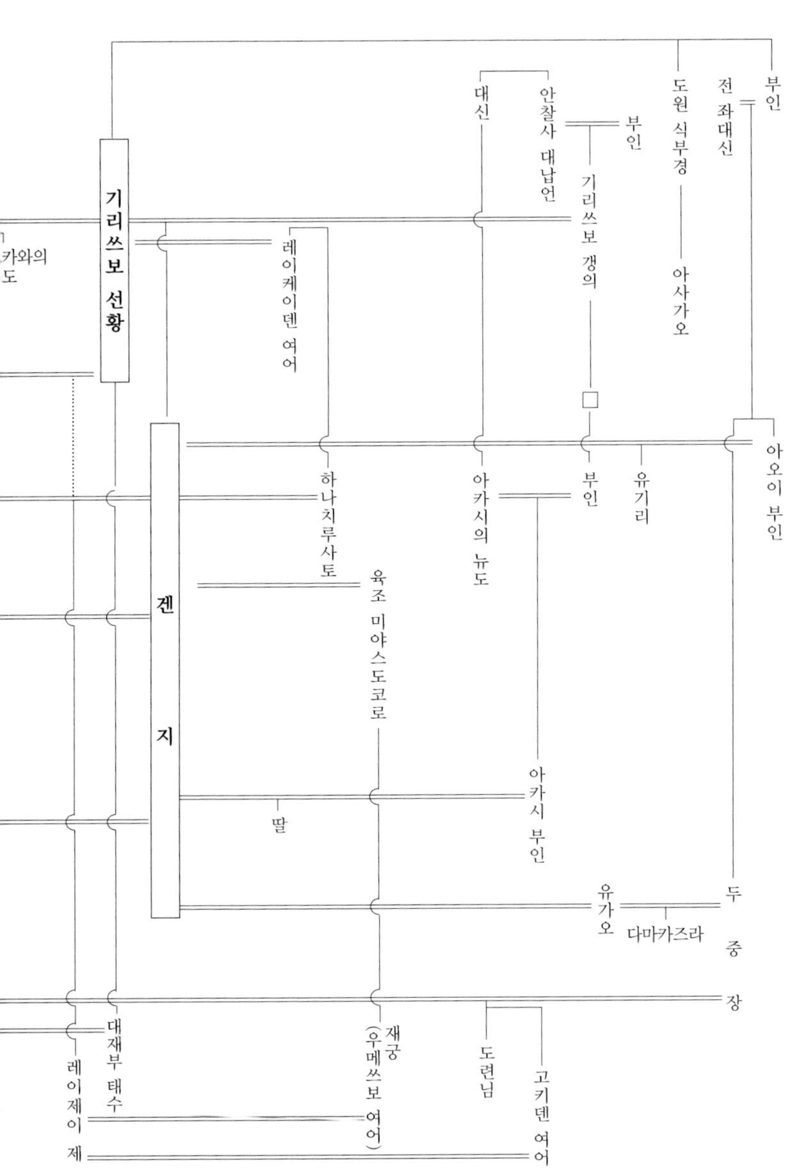

기리쓰보 선황
겐지
대신
안찰사 대납언
부인
도원 식부경
전 좌대신
부인
기리쓰보 갱의
아사가오
카와의
도
레이케이덴 여어
하나치루사토
아카시의 뉴도
부인
유기리
아오이 부인
육조 미야스도코로
아카시 부인
딸
유가오
다마카즈라
두중장
대재부 태수
재궁
(우메쓰보 여어)
도련님
고키덴 여어
레이제이 제

연표

첩	황제	겐지나이	주요 사항
12 스마	스사쿠 제	26	봄, 겐지는 자진해서 스마로 내려갈 것을 결심. 좌대신가의 사람들, 무라사키 부인, 하나치루사토, 오보로즈키요 등과 작별의 인사를 나누고, 스마로 내려간다. 여름, 스마에서 도읍의 여인들과 편지를 주고받는다. 가을, 고키덴 황태후의 권세를 두려워한 사람들이 겐지와 소식을 끊음.
12 스마 / 13 아카시	스사쿠 제	27	봄, 재상 중장(두중장)이 스마를 방문. 겐지는 그 우정에 감사한다. 삼월 상사의 날, 폭풍우가 몰아침. 겐지의 꿈에 기리쓰보 선황이 나타나 스마를 떠날 것을 채근한다. 아카시의 뉴도는 꿈에서 스미요시 신의 계시를 받아 겐지를 아카시로 맞이한다. 가을, 겐지가 아카시의 아가씨와 만나고, 무라사키 부인에게 이를 알린다.
13 아카시 / 15 무성한 쑥	스사쿠 제	28	여름, 아카시 아씨가 회임. 가을, 겐지를 도읍으로 불러들인다는 선지가 있어, 아카시 부인과 헤어짐을 아쉬워한다. 겐지는 귀경하여 도읍 사람들과 재회한 후 권대납언으로 승진. 겨울, 겐지는 기리쓰보 선황을 추모하기 위한 법화팔강회를 연다. 스에쓰무하나는 폐원에서 한결같이 겐지를 기다림.
14 수로 말뚝 / 15 무성한 쑥 / 16 관문	레이제이 제	29	봄, 스자쿠 제가 양위하고 레이제이 제가 즉위. 겐지, 내대신으로 승진. 권좌에서 물러나 있었던 좌대신, 섭정태정대신으로 복귀함. 겐지, 이조에 동원을 짓는다. 아카시 부인, 출산. 겐지는 아카시로 유모를 내려보낸다. 여름, 겐지 하나치루사토를 찾아가는 길에 스에쓰무하나의 폐원을 알아보고, 그녀의 한결같음에 감동. 아카시 부인이 낳은 딸의 탄생 오십일 축하연. 후지쓰보, 준태상천황이 됨. 가을, 겐지 스미요시에 참배. 마침 참배길에 올랐던 아카시 부인, 신분의 차이를 통감. 가을, 겐지, 오사카의 관문에서 우쓰세미와 재회. 육조 미야스도코로는 딸인 전 재궁을 겐지에게 부탁하고 숨을 거둔다. 겨울, 겐지는 후지쓰보와 함께 전 재궁의 입궁을 도모.
	레이제이 제	30	
17 그림 겨루기 / 18 솔바람	레이제이 제	31	봄, 전 재궁이 입궁하여 우메쓰보 여어가 된 후, 고키덴 여어와 황제의 총애를 다툰다. 그림 겨루기가 열리고 겐지가 스마에서 그린 그림일기를 내보이자 우메쓰보 여어가 승리. 겐지는 출가의 뜻을 보인다. 가을, 완성된 이조 동원에 하나치루사토를 맞이한다. 아카시 부인과 딸이 오이 산장으로 거처를 옮긴다. 겐지가 오이를 방문한다. 딸의 장래를 고려해 이조원에서 맡아 기를 것을 무라사키 부인과 의논한다.

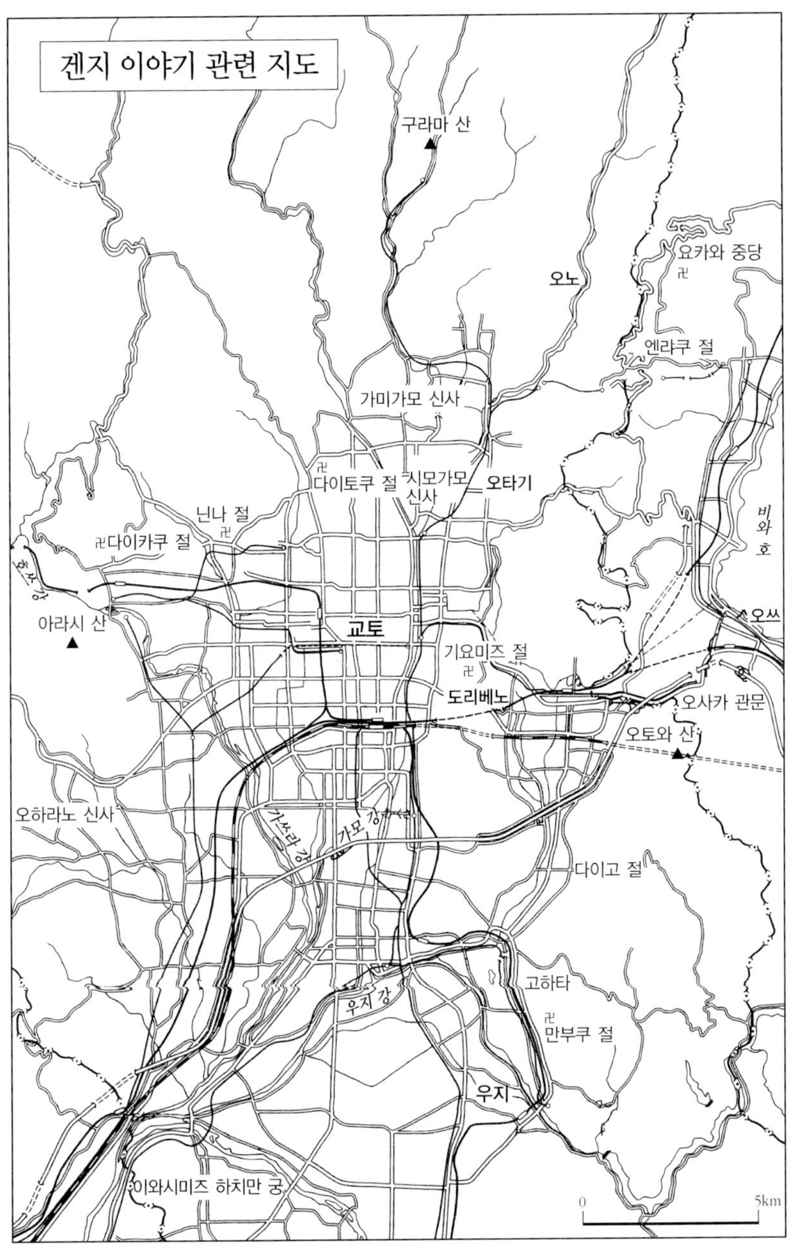
겐지 이야기 관련 지도
구라마 산
요카와 중당
오노
엔랴쿠 절
가미가모 신사
다이토쿠 절
시모가모
신사
오타기
닌나 절
다이카쿠 절
비와
호
호즈 강
교토
오쓰
아라시 산
기요미즈 절
도리베노
오사카 관문
오토와 산
오하라노 신사
가쓰라 강
가모 강
다이고 절
고하타
우지 강
만부쿠 절
우지
이와시미즈 하치만 궁
0
5km

어구 해설

「가구야 히메 이야기」 현존하는 『다케토리 이야기』(竹取物語).

「가라모리」唐守 현존하지 않는 옛이야기. 구혼자가 고난과 역경을 이기고 가라모리 장자의 비장의 딸을 만났으나 기대에 어긋났다는 이야기로 짐작됨.

가마우지를 길들여 물고기를 잡는 어부 가마우지를 강에 풀어놓고 빙어를 잡는다. 가쓰라(桂) 강은 가마우지로 물고기를 잡는 명소였다.

가모賀茂**의 울타리** 제3권 「스마」 첩에서 전 우근위 장감이 읊은 노래. 재원의 계의 날에 겐지를 임시로 수행했던 탓에, 그 후 영달을 꾀하지 못하고 스마로 내려가는 겐지와 동행하며 이렇게 노래했다. 경하로운 계의 날/아름다운 행렬에 접시꽃 꽂으며/행진하였던 그 옛날 화려한 꿈이여/지금 생각하니 한스러워/이 가모의 울타리마저

가모賀茂**의 재원**齋院 헤이안 시대, 가모 신사에서 신을 모셨던 미혼의 황녀 또는 왕녀. 재왕(齋王)이라고도 한다. 천황이 즉위할 때마다 새로 선정된다. 무라사키노(紫野: 교토 시 기타北 구)에 거처가 있었다.

가모의 제의 가모 신사의 축제. 접시꽃 축제를 말한다. 음력 사월 유일(酉日)에 행했다.

가사家司 친왕, 섭정, 대신, 3위 이상의 집안에서 집안일을 관장하는 직책.

가쓰라桂**의 별장** 교토 시 니시교(西京) 구 가쓰라. 겐지가 가쓰라에 지은 저택이 시초. 가쓰라 별궁 부근을 상정하는 설도 있다.

가와라河原**의 좌대신 미나모토노 도루**源融, 822~895 사가(嵯峨) 천황의 황자. 신적(臣籍)으로 강등되어 '미나모토'(源) 성을 받음. 육조 가와라에 지은 '하원원'(河原院)이라 불리는 대저택이 제1권 「밤나팔꽃」 첩의 무대

가 되었다고도 한다. 수행하는 동자가 내려졌다는 기록은 없다.

가와치河內**의 수**守 가와치는 오늘날 오사카(大阪) 부의 동남부. 도읍에 가까운 기나이(畿內) 다섯 지방(셋쓰, 가와치, 이즈미, 야마토, 야마시로) 가운데 하나. 태수(國守)는 종5위상에 해당한다.

갱의更衣 천황의 부인으로 여어에 다음가는 지위. 대납언 이하 집안의 딸이 된다.

겉옷 겉에 입는 옷. 또는 궁녀나 시녀가 정장을 할 때 당의(唐衣) 밑에 입는 옷.

겐지源氏 미나모토(源)란 성을 가진 씨족을 칭하는 말이다. 따라서 겐 씨라고 번역해야 하지만 『겐지 이야기』에서는 주인공의 이름 역할을 하기 때문에 소리를 그대로 살렸다.

겐지가 갈아입을 옷 계절에 따라 옷을 갈아입는다. 음력 사월 일일과 시월 일일. 사월에는 솜을 넣어 겹옷을 만들고, 다다미나 휘장 등의 실내장식도 바꾸어 여름을 준비한다.

계禊 제의를 치르기 전, 죄와 몸의 부정을 강물이나 바닷물로 씻어내 청결히 하는 의식. 삼월 초 사일(巳日)에 행하는 것을 상사(上巳)의 계라고 한다.

고레미쓰惟光 겐지의 유모의 아들. 제1권 「밤나팔꽃」 첩에서 겐지의 잠행 장면에서 활약한다.

고려에서 나는 호두색 종이 고려에서 나는 붉은 기가 도는 노란색 종이.

고세노 긴모치巨世公茂 고세노 가나오카(金岡)의 손자이자 긴타다(公忠)의 아들. 쓰네노리(常則)와 나란히 고명한 화가.

고세노 오미巨世相覽 고세노 가나오카(金岡)의 아들이라고 하며, 엔기(延喜) 시대에 활약한 고명한 화가. 고세노 가나오카를 시원(始原)으로 하는 '고세파'는 헤이안 시대에 궁정화가로 활약했다.

고세치五節 대재부 대이의 딸. 겐지와 관련이 있었던 여자. 제1권 「꽃 지는 고을」 첩에서 이미 등장했다.

공달公達 귀족의 자녀.

관문의 샘물 시가(滋賀) 현 오사카(逢坂) 관문 가까이에 있는 샘물.

관상쟁이 사람의 얼굴상을 보는 사람. 제1권 「기리쓰보」 첩에서는 발해의 관상쟁이와 일본의 숙요도(宿曜道)의 달인이, 그리고 제1권「어린 무라사키」첩에서는 점쟁이가 겐지의 운명을 예언했다.

광릉廣陵 「광릉산」(廣陵散)이란 칠현금의 비곡(祕曲). 진(晉)의 혜강(嵇康)이 화양정(華陽亭)에서 칠현금을 연주했는데, 꿈에 황제 시절의 영륜(伶倫)이란 악인이 나타나 전수하였다는 전설이 있다.

구루마모치車持 **친왕** 『다케토리 이야기』에서 가구야 히메에게 구혼한 남자들 가운데 한 사람. 결혼 조건으로 '봉래산의 구슬 가지'를 구해 오라는 말에, 구루마모치 친왕은 장인(職人)으로 하여금 가짜 구슬 가지를 만들게 한다. 그런데 장인이 봉록을 요구하러 온 탓에 그의 계략이 들통 난다.

구중궁궐九重宮闕 궁중과 후궁(內裏).

굴원屈原, 기원전 340년경~기원전 278년경 중국 전국시대 초나라의 왕족 시인. 국정에 최선을 다했으나 참언으로 실각, 중국 남방을 방랑하면서 멱라(호남성)에 몸을 던져 익사했다. 『초사』(楚辭)의 주요 작품을 지은 작가로 알려져 있다.

궁녀 궁중이나 상황전, 귀인의 집에 자기 처소를 갖고 있으면서 시중을 드는 시녀.

권대납언權大納言 정해진 정원 이외의 대납언. 대납언의 정원은 두 명인데, 헤이안 중기 이후에는 권관의 임용이 늘어났다.

그대의 거울 제3권「스마」첩에서 겐지가 부른 노래. 설사 몸은 이 세상 끝까지/방랑 길을 더듬는다 하여도/그대의 거울에는/내 모습 머물러 있으리니/어찌 헤어짐이 있으랴

그림 겨루기 헤이안 시대부터 행해진 겨루기 가운데 하나. 좌우로 나뉘어 편을 가르고, 각 편에서 그림을 내놓아 우열을 가리는 시합. 신분이 높은 쪽이 왼쪽이 된다. 『겐지 이야기』 전에는 그림 겨루기에 대한 기록이 없다. 무라카미(村上) 천황이 주최한 '덴토쿠 궁중 노래 겨루기'(天德內裏歌合, 960년)를 준거로 했다고 여겨진다. 참가자의 인명, 차림새, 장식물 등 서로 비슷한 점이 많다.

근신謹愼 음양도(陰陽道)의 금기. 불길한 일을 피하기 위해 집에서 조신하게 지내야 한다.

근위사近衛司 근위사의 사람들은 수신(隨身)으로서 호위를 담당하고 궁전을 경비하는 이외에도 무인(舞人)이나 악인(樂人)으로 일하기도 했다.

근행勤行 부처 앞에서 경을 읽거나 회향(回向)을 하는 것.

기노 쓰라유키紀貫之, ?~945 가인. 36가선 가운데 한 사람. 『고금집』(古今集)의 찬자(撰者) 가운데 한 명으로 「가나(假名) 서문」을 썼다. 만년의 저작 『도사(土佐) 일기』는 왕조 가나 일기 문학의 선구가 되었다. 칙찬집(勅撰集)에 총 443수를 올렸다. 『고금집』에 101수. 가집으로 『쓰라유키집』(貫之集)이 있다.

나니와難波 오늘날의 오사카(大坂) 시 주변. 예로부터 액막이 제로 유명한 지역이다.

나리히라業平 아리와라노 나리히라(在原業平 825~880). 헤이제이(平城) 천황의 황자 아보(阿呆) 친왕과 간무(桓武) 천황의 황녀 이토(伊都)의 아들. 자이고(在五) 중장이라 불렸다. 6가선의 한 사람으로 『고금집』, 「가나 서문」에 '정열이 너무 넘쳐나서 표현에 부족함이 있다'고 평가되어 있다. 30수 수록. 『이세 이야기』의 주인공으로 거론되나 허구를 많이 포함하고 있다고 여겨진다.

남전의 꽃놀이 자신전(紫宸殿) 앞에 있는 벚꽃을 감상하는 연회. 제2권 「꽃놀이」 첩에서 이월 이십일이 지나 행해졌다.

납전納殿 이조원 안에 있으며, 금은과 비단, 직물 등을 보관하는 곳.

내대신內大臣 좌우대신을 제외한 정원 외의 대신. 나카토미노 가마타리(中臣鎌足)가 임명된 것이 첫 전례였다. 10세기 후반, 후지와라노 미치다카(藤原道隆)가 임명된 후로는 늘 임명되었다.

내시內侍 내시사의 3등관인 장시(掌侍)를 뜻한다.

내시사內侍司 후궁(後宮) 12사(十二司) 가운데 하나. 천황을 가까이 모시면서 말을 전하고, 궁녀들을 감독하며, 후궁(後宮)의 의식 예법 등을 관장하는 기관. 이곳의 장관인 상시는 정원이 두 명으로 천황의 총애를 받는 일이 많았다.

넝쿨 넝쿨이 제멋대로 자라 문을 여닫을 수 없게 하기 때문에, 황폐한 집을 비유한다. 제1권 「하하키기」 첩, '비 내리는 날의 여인 품평회'에서 황폐한 집에서 뜻하지 않게 미인을 발견하는 묘미가 화제에 오른다.

노에서 떨어지는 물 눈물을 뜻한다. '이내 몸 위에 이슬이 맺히는 듯하구나. 이는 은하수 나루터를 오가는 배의 노에서 떨어지는 물일런가'(『고금집』, 「잡상」· 작자 미상, 『이세 이야기』 59단).

다마카즈라玉かずら 넝쿨풀을 아름답게 이르는 말. 다마카즈라는 노래에서 '끊기다', '길다', '뻗다'라는 말과 연관 지어 쓰인다.

다미노田蓑 **섬** 오사카(大坂) 만 요도(淀) 강 하구에 있는 섬 가운데 하나로 추정됨.

「다카사고」高砂**를 노래했던 아들** 권중납언(전 두중장)의 차남. 제2권 「비쭈기나무」 첩의 기술에 바탕을 두고 있다.

『다케토리竹取 **영감 이야기』** 오늘날의 『다케토리 이야기』. 작자 미상. 헤이안 시대 초기에 성립한 것인가. 다케토리 영감이 키운 가구야 히메가 다섯 명의 귀공자와 천황의 구혼을 거부하고 달나라로 돌아간다는 이야기. 전승의 틀을 벗어나, '지어낸 이야기' 형식을 갖춘 최초의 작품이라 여겨진다. 고풍스러운 이야기.

닥나무 술 닥나무 껍질 섬유를 쪄서 가늘게 찢어 만든 실. 신대에 걸어 신전에 바친다.

두툼한 종이 관립 제지 공장에서 만든 종이. 처음에는 시키시(色紙: 딱딱한 규격 종이)도 만들었으나, 나중에는 거의 엷은 먹색 재생지를 생산했다.

다이카쿠 절大覺寺 교토 시 우쿄(右京) 구에 있는 절. 원래는 사가(嵯峨) 천황의 별궁이었는데, 상황이 붕어한 후 딸인 데이시(正子: 준나淳和 천황의 황후)가 물려받았고, 출가한 후에는 다이카쿠 절이라 불렸다(876년). 다이카쿠 절의 남쪽이란 미나모토노 도루의 별장이었던 세이카 절(栖霞寺)을 모방한 것이라는 설도 있다.

대강전大江殿 재궁(齋宮)이 바뀌어 귀경할 때 액막음을 행했던 숙소인가.

대극전大極殿 궁중의 팔성원(八省院) 북부 중앙에 있었던 정전(正殿). 천황이 정무를 보고, 대례를 행하던 곳.

대반소台盤所 청량전 서쪽 차양의 방에 있는 궁녀들의 대기소. 음식을 올려놓는 반상을 놓는 곳.

대이大貳 **전시**典侍, **중장**中將 **명부**命婦, **병부**兵部 **명부**命婦 제3권 「그림 겨루

기」 첩에서 그림 겨루기 장면의 오른편에 자리했던 고키덴 여어의 시녀들.

대재부大宰府 **대이** 대재부 차관. 종4위하에 상당한다. 태수는 임지로 부임하지 않기 때문에 대부분의 실무는 대이가 담당했다.

대재부 태수 겐지의 남동생. 훗날의 반딧불 병부경. 풍류를 알아 공사를 막론하고 연석에서는 빠뜨릴 수 없는 인물. 대재부 태수에는 대개 친왕을 임명하지만, 실제로 부임하지는 않는다.

대체 누가 문을 잠가 들이지 않는가 '아직 초저녁인데 하얀눈썹뜸부기가 찾아와 문을 두드리네, 도대체 누가 문을 잠가 들여보내지 않는가'(『겐지석』源氏釋). 하얀눈썹뜸부기의 우는 소리를 듣고 여자를 방문하는 남자를 연상한 것.

도끼 자루가 썩어 '도끼 자루 썩으면 다시 바꾸리라, 괴로운 세상에 다시 돌아가고 싶지 않으니'(『고금화가육첩』古今和歌六帖 제2). 진(晉)의 왕질(王質)이 산속에 나무를 하러 갔다가 바둑을 두는 동자를 보았는데, 그사이에 도끼 자루가 썩을 정도로 시간이 흘러 있었다. 집으로 돌아와 보니 시대가 바뀌어 있었다는 란가(爛柯)의 고사(『술이기』述異記)를 은유한 것이다.

도리베鳥邊 **산** 교토 시 히가시야마(東山) 구 동산의 산기슭을 이른다. 예로부터 화장터와 묘지가 있었다.

도연명의 시에도 있듯이, 이렇게 황폐하고 쓸쓸한 집에도 잡풀을 헤치고 들어간 사람의 흔적 있는 좁은 길이 세 갈래는 있게 마련인데 도연명(陶淵明, 365~427)은 동진(東晉)의 시인. 세속을 초월한 은자로 헤이안 초기 한시인들의 관심을 모았다. 세 갈래 길이란 도연명의 「귀거래사」, 『문선』(文選)의 한 구절. '마침내 내 집 대문과 처마가 보이자 기뻐하며 급히 뛰어가네. 사내 아이 종들이 반갑게 나를 맞이하고 어린아이들은 대문에서 나를 기다리네. 뜰 안 세 갈래 길은 황폐하나 소나무와 국화는 여전히 살아 있네'.

도읍의 남쪽 도읍 어귀. 사람들의 통행이 드문 지역.

도조신道祖神 여행의 신. 고갯마루에서 여행자들의 안전을 기도하는 신.

두중장頭中將**과 병위독**兵衛督 둘 다 제3권 「솔바람」 첩에만 등장하는 인물.

두툼한 종이 참빗살나무 껍질로 만든 종이. 하얗고 두꺼워 소식을 전하는 편지에 사용한다. 연문에는 적당하지 않고 풍류가 없다.

띠 황폐한 장소의 상징.

무늬 없는 딱딱한 비단 평상복 가느다란 실로 촘촘하고 딱딱하게 짠 얇은 비단. 무위무관이기 때문에 무늬 없는 평상복을 착용한다.

미쓰네躬恒 오시코치노 미쓰네(凡河內躬恒). 생몰 연대 미상. 36가선(歌仙) 중의 한 사람. 관위는 낮았으나 가인으로는 높은 평가를 받았다. 우다 천황과 다이고 천황을 모셨고, 기노 쓰라유키와 함께 『고금집』의 찬자가 되었다. 『칙찬집』에 195수가 올라 있다. 노래집에 『미쓰네집』이 있다.

미야스도코로御息所 천황의 총애를 받는 여성. 특히 황자나 황녀를 낳은 여어, 갱의를 뜻하는 존칭이다. 옛이야기에 서방님이 집을 비운 동안 탑의 벽을 허물고 밤새도록 등불을 켜두어 정조를 지켰다는 정숙한 부인의 이야기. 전거 불명. 본문은 「오쿠이리」(奧入: 후지와라노 데이카定家가 붙인 주석)라는 설이 있다.

바지를 입히는 의식 어린아이에게 바지치마 형식의 아랫도리를 처음 입히는 의식. 세 살부터 일곱 살 사이에 행한다. 황자의 경우에는 천황이 허리끈을 묶어주는 역할을 맡는 예가 많았다.

밤에도 빛난다는 구슬 중국에서 귀중한 보물로 여겨지는 것. 『사기』, 『문선』 등에 등장한다. 일본에서도 '밤에 빛난다는 구슬이라 할지언정 어찌 술을 마시며 시름을 잊는 것에 미칠 수 있으랴'(『만엽집』萬葉集 권3 · 오토모노 다비토大伴旅人)라는 등 예로부터 알려져 있었다.

밤을 잘 보냈다는 인사 남녀가 동침을 한 다음날 아침, 남자가 여자에게 보내는 편지. 이르면 이를수록 성의가 있다고 여겨졌다.

『백씨문집』白氏文集 중국의 시인 백거이의 시문집. 71권(원래는 75권). 헤이안 시대 『문선』(文選)과 함께 많은 사랑을 받았다고 하는데, 이는 『마쿠라노소시』(枕草子)에 '글씨는 백씨문집. 문선'이라 돼 있는 것으로 보아 알 수 있다. 무라사키 시키부는 중궁 쇼시(彰子)에게 이 시문집의 「신락부」(新樂府)를 가르쳤다고 한다. 『겐지 이야기』에서는 제1권 「기리쓰보」 첩 이후 「장한가」, 「이부인」 등이 자주 인용되면서 이야기의 주제에 깊이 관여한다. 그밖에도 풍류시의 인용이 많은 것도 한 특징이다.

법화팔강회 『법화경』 전 8권을 아침저녁으로 두 번, 나흘에 걸쳐 강독하는 법회.

병위의 큰아씨 병위부 관리의 큰딸. 『정삼위 이야기』의 주인공으로 추정되는 인물.

보현보살普賢菩薩 **법회** 보현보살이 공덕을 기리는 법회. 매달 십사일에 행해졌다.

부드럽고 얇은 종이 안피나무 껍질과 닥나무 껍질을 섞어서 만든 질 좋은 종이.

불구佛具 불전에 바치는 공양물을 담는 그릇, 툇마루 끝에 마련된 선반 위에 놓는다. 또는 불사에 필요한 도구.

빗 여성이 머리를 장식하기 위해 꽂는 빗.

사가嵯峨 **제**, 786~842, 재위 809~823 간무(桓武) 천황의 황자. 헤이제이(平城) 천황이 퇴위한 후 즉위했으나, 헤이제이 상황과 대립하여 구스코(藥子)의 변이 일어난다. 글씨에 뛰어나 삼필(三筆) 가운데 한 사람이다.

사가嵯峨**의 오이**大堰 **강** 교토의 아라시(嵐) 산 부근을 흐르는 강. 상류는 호쓰(保津) 강, 하류는 가쓰라(桂) 강.

사이바라催馬樂 고대 가요. 원래는 민요였지만 헤이안 시대에 아악으로 편성되었다. 사이바라의 반주는 홀, 박자, 육현금, 비파, 칠현금, 피리, 대금, 생황 등이 한다. 춤은 없다. 궁중이나 귀족의 연회석, 사원의 법회 등에서 불렀다.

삼악도三惡道 지옥, 아귀, 축생의 삼도. 불교의 가르침을 거역하면 죽은 후에 떨어진다는 곳.

3위 중장三位中將 근위 중장으로 특히 3위를 받은 자. 중장은 보통 종4위하에 상당한다.

상달부上達部 공경(公卿)을 뜻한다. 섭정, 관백, 태정대신, 좌우대신, 내대신, 대중납언, 참의 및 3위 이상의 총칭.

상시尙侍 내시사(內侍司)의 수장으로 두 명이며, 천황을 가까이에서 모시면서 주청과 선지를 전하고, 궁정의식을 관장했다. 천황의 총애를 받는 자도 많아 여어와 갱의에 준하는 지위가 되었다.

새 사냥 가을에 매를 이용하여 메추리 등의 작은 새를 잡는 사냥.

서사書司 후궁(後宮) 12사(十二司) 가운데 하나. 서적, 문방구, 악기 등을 관장하는 곳.

석가모니불제자 경을 읊기 시작할 때, '석가모니불제자' 아무개라고 이름을 부르는 것.

선사禪師 스에쓰무하나의 오빠. 선사는 고승의 존칭. 궁중의 도장에서 봉사하는 내공봉(內供奉)의 10선사 가운데 한 사람이라는 설도 있다.

선지宣旨 칙명을 읽어내리는 것. 소칙에 비해 절차가 간단하고 형식적이다.

섭정攝政 어린 천황을 대신하여 정치를 하는 역. 신하가 섭정을 한 경우는 후지와라노 요시후사(藤原良房)가 처음이다. 이후 후지와라 북가(北家)에 의한 섭관 정치가 정착되었다.

성인식 상투를 틀고 관을 쓰며 성인용 옷으로 갈아입는다.

세키關 **산** 관문이 있는 산. 특히 오사카(逢坂) 관문이 있었던 장소.

셋쓰攝津 오사카 북부와 효고(兵庫) 현 동부에 걸친 지역. 기나이(畿內) 다섯 지방의 하나.

소납언少納言 **유모** 무라사키 부인의 유모. 제1권 「어린 무라사키」 첩 외에서도 등장한다.

소박한 집 띠나 갈대를 거적처럼 짜서 지붕을 얹은 집.

소방蘇芳 콩과의 낙엽 저목(低木). 검은빛이 나는 짙은 갈색 염료를 채취할 수 있다. 건축 자재, 가구 자재 등으로 사용된다. 향목의 일종.

수령受領 임지에 실제로 내려가 정무를 집행하는 국사의 최고직.

수리修理 **재상** 참의로 수리직 장관을 겸임하고 있는 자.

수법修法 밀교(密敎)에서 행하는 가지기도(加持祈禱)의 법.

수신隨身 칙명에 따라 귀인의 외출시 경호를 담당하는 근위부(近衛府)의 관리.

스가와라노 미치자네菅原道眞 **공이 읊은 시** 스가와라 미치자네의 한시집 『관가후집』(菅家後集) 중의 시구. 엔기 3년(903)에 성립. 죽음을 예감하고, 대재부(大宰府)를 유랑했던 2년 동안 지은 시를 모아 친구인 기노 하세오(紀長谷雄)에게 보낸 것. 겐지가 스마를 떠나는 이야기는 미치자네와 그밖의 역사적 사실을 준거로 하고 있다고 여겨진다.

스미요시住吉 **신사, 스미요시 명신**明神 셋쓰 지방, 현재의 오사카 시 스미요시 구에 있다. 스미요시 명신이란 우와쓰쓰노(表筒男) 나카쓰쓰노(中筒男), 소코쓰쓰노(底筒男)의 3신을 가리키며, 훗날에는 진구(神功) 황후도 모셨다. 바다의 수호신이며 화가(和歌)의 신.

시냇물 침전의 정원에 도랑을 파서 강물을 끌어들여 시내처럼 흐르게 한 물.

시모가모下鴨 **신사** 교토 시 사쿄(左京) 구에 있는 가모미오야(賀茂御祖) 신사.

신락가神樂歌 궁중에서 신에게 제사를 지낼 때, 춤과 함께 부르는 노래.

쓰네노리常則 아소카베노 쓰네노리(飛鳥部常則). 무라카미(村上) 천황 시대에 실재했던 고매한 화가.

아리따운 가발 머리를 보충하기 위해 만든 머리. 가발을 선물하는 것은 여행의 안정을 비는 도조신(道祖神) 신앙과 연관이 있다는 설도 있다.

아리와라노 유키히라在原行平 **중납언**中納言, 818~893 헤이제이(平城) 천황의 황자인 아보(阿保) 친왕의 아들. 나리히라의 형. 『고금집』에 4수, 『후찬집』에 3수가 실려 있다. 『고금집』, 「잡하」, 962번 노래의 머리말에, 몬토쿠(文德) 천황 시대에 어떤 사건과 연루되어 스마로 내려갔다고 되어 있다. 그러나 역사에는 그에 대한 기록이 없어 사건의 내용은 알 수 없다.

아베노 오시阿倍多 현존하는 『다케토리 이야기』의 아베 미우시를 뜻할까. 아베 미우시는 가구야 히메에게 구혼한 남자 중의 한 명. 가구야 히메가 결혼 조건으로 '불 쥐 털옷'을 요구하자, 중국 상인에게 거금을 내고 사들였는데, 여기에 불을 붙이자 허망하게 타버리고 말았다.

아와타粟田 **산** 교토 동산의 북쪽 일대를 뜻함. 교토에서 시가(滋賀) 현으로 가는 도카이도(東海道)의 입구.

아즈마아소비東遊び 헤이안 시대 이후 궁정과 신사에서 행해진 무악으로, 가무의 이름. 아즈마(東) 지방의 민요 「풍속가」가 바탕이다. '아즈마마이'(東舞)라고도 하며, '동쪽 놀이'라는 뜻이다. 헤이안 시대에 궁정과 신사에 도입되었다. 육현금, 고려 피리, 생황, 피리, 박자로 반주를 하고, 큰북 등의 타악기는 사용하지 않는다. 일가(一歌), 이가(二歌), 준하가(駿河歌), 구자가(求子歌), 대비례가(大比禮歌)의 5곡. 각 노래에는 가사가 있으며, 준하가와 구자가에는 춤이 있다.

안찰사 대납언의 따님 겐지의 어머니 기리쓰보 갱의. 안찰사는 지방 행정의 감찰관이나, 이 시대에는 직함만 있는 직책이었다.

액막이 제 신에게 기도하며 죄와 부정을 씻어내는 것, 또는 그 행사. 원래 계와는 다른데, 헤이안 시대 이후에는 혼동되었다.

어창소御倉所 이조원 내에 있는, 창고가 줄지어 있는 곳.

에쓰젠越前**의 하쿠**白 **산** 이시카와(石川) 현과 기후(岐埠) 현의 경계에 있는 눈이 많이 내리는 산으로 노래의 소재가 된 명승지.

엔기 천황延喜 帝, 901~923 제60대 다이고(醍醐) 천황(885~930, 재위 897~930)을 뜻한다. 후지와라노 도키히라(藤原時平)와 스가와라노 미치자네를 좌우 대신으로 임명하고 천황이 친정을 한 탓에 사회가 안정을 이뤘다. 훗날 성대로 이상화되어 '엔기의 치(治)'라 불렸다. 미치자네가 실각한 후에는 후지와라 씨의 세력이 신장되어 율령제의 근간이 흔들렸다. 이 시기에 『일본삼대실록』, 『고금화가집』 등이 편찬되었다.

여동女童, **동녀**童女 소녀 몸종 또는 하인.

여별당女別當 재궁료(齋宮寮)의 여성 장관.

여어女御 천황의 후궁(後宮). 황후와 중궁의 뒤를 잇는 지위. 통상 황족이나 섭정, 관백, 대신의 딸이어야 될 수 있었다.

여원女苑 태상천황에 준하는 지위. 후지쓰보 중궁은 아들 레이제이가 황위에 올랐으므로 황태후가 되어야 하나 그 전에 출가했기 때문에 태상천황에 준하는 여원으로 추대되었다.

여자들의 수레 여자들이 타는 우차.

역참의 관리에게 시를 하사하였다는 고사 스가와라노 미치자네(菅原道眞) 공이 아카시(明石) 역에서 숙박했을 때, 감복해하는 역참의 모습을 보고 시를 읊었다고 하는 고사. '역장이여 놀라지 말라, 시간의 변개를. 일영일락 이는 즉 춘추와 같다'(『오카가미』大鏡, 「도키히라전」時平傳).

오노노 미치카제小野道風, 894~966 엔기, 덴랴쿠(天曆) 시대의 화가. 오노노 다카무라(小野篁)의 손자. 후지와라노 스케마사(藤原佐理), 후지와라노 유키나리(藤原行成)와 함께 3적(三蹟)이라 일컬어지며 화양체(和樣体)

의 기초를 확립했다.

오사카逢坂 **산** 시가 현 오쓰 시의 서쪽, 교토부와 경계에 있는 산. 오사카의 관문이 있었다. '만난다'는 뜻을 담아 사용되었다.

오사카逢坂**의 관문** 교토 부와 시가 현의 경계인 오사카 산에 있는 관문.

오십일 잔치 생후 오십 일이 되는 날의 축하연. 부모와 조부 등이 젓가락으로 떡을 아기의 입에 넣어주는 의식,

오탁악세五濁惡世 깨달음을 방해하는 다섯 가지 탁(겁탁, 견탁, 명탁, 번뇌탁, 중생탁)이 존재하는 나쁜 세상.

왕명부王命婦 후지쓰보의 궁녀의 이름. 황족 출신. 명부는 중급 궁녀. 제1권 「어린 무라사키」 첩에서 겐지와 후지쓰보의 밀회를 주선한 인물.

왕소군王昭君 전한, 원제(元帝)의 후궁이었던 여인. 화공에게 뇌물을 먹이지 않은 탓에 모습이 추악하게 그려져, 황제의 총애를 받지 못하고 흉노의 비로 보내졌다. 출발 직전에 대면한 황제는 왕소군이 후궁 가운데 가장 미인이라는 것을 알고, 화공을 모두 처형했다는 고사가 있다(『서경잡기』西京雜記 권2).

요시키요良淸 겐지의 가신. 하리마의 수(守)의 자식. 제1권 「어린 무라사키」 첩에서 아카시의 뉴도에 대한 소문을 얘기했던 인물.

용왕龍王 바닷속 용궁에 사는 용족의 왕. 야마사치히코(山幸彦)가 용궁에 가서 해신의 딸인 도요타마 히메와 결혼했다는 신화(『고사기』高事記, 『일본서기』日本書紀) 외에, 동해의 용왕과 그 딸에 얽힌 중국의 전승도 있다.

우근위右近衛 **장감**將監 **장인**藏人 기의 수(守)의 남동생으로 이요의 개(介)의 아들. 제2권 「접시꽃 축제」 첩에서 가모의 계에 임해 겐지의 임시 수행원이었다. 6위 장인으로 우근위부 3등관을 겸한다.

『우쓰호 이야기』宇津保物語**의 「도시카게」** 『우쓰호 이야기』의 「도시카게」 권. 작자는 미나모토노 시타고(源順)라고 일컬어지지만, 알 수 없다. 10세기 후반에 성립된 것으로 추정된다. 금(琴)의 명수 나카타다(仲忠)를 중심으로 음악에 영험한 이야기와 아테미야(貴宮)를 둘러싼 구혼 이야기가 어우러진 장편. 당세풍의 이야기.

우아한 다리 꽃 모양이나 구름 모양을 조각한, 바깥쪽으로 굽은 다리.

우치데打出 **호반** 시가(滋賀) 현 비와(琵琶) 호수의 호반.

위문위衛門尉 채부(靫負)의 위(衛). 위문부(衛門府) 3등관. 종6위에 상당한다. 우근위 장감은 종6위상에 상당하는데, 위문의 위로는 격이 낮아지므로, 종6위상이면서 위문부 장인을 겸했다고 해석된다.

유모乳母 어머니를 대신하여 갓난아이의 수유와 양육을 담당하는 여인. 일반적인 시녀와는 다른 권한이 있었다. 주군에 대해서도 친모와 다름없는 애정으로, 운명을 함께하며 봉사하는 경우가 많다.

유모의 딸 스에쓰무하나의 시녀. 제2권 「잇꽃」 첩에서 등장한다.

유적流謫 죄를 물어 먼 곳으로 보내는 일.

육현금六絃琴 일본 고유의 악기로 현이 여섯 줄이다. 아즈마 금(東琴), 야마토 금(大和琴).

율律 음악의 조. 단조적인 선율. 중국 전래의 장조적인 선율은 여(呂)라고 한다.

음양사陰陽師 음양료(陰陽寮)에 속하여 천문, 역수, 점, 계, 제의 등을 관장하는 직책. 훗날에는 일반적으로 점이나 굿에 관계하는 자를 일컫게 되었다.

이 거울 어찌 보지 않고 살리오 제3권 「스마」 첩에서 무라사키 부인이 읊었던 노래. 설사 그대와 헤어진다 한들/사랑하는 그대 모습/거울에 머문다면/하루인들 이 거울/어찌 보지 않고 살리오

『이세 이야기』伊勢物語 120여 개의 짧은 단락으로 이루어진 아리와라노 나리히라(在原業平)라 여겨지는 인물의 연애 일대기.

이세의 재궁齋宮 천황의 대리로 이세 신궁에서 신을 섬기는 미혼의 황녀. 천황이 즉위할 때마다 새로이 선정된다.

이시야마 절石山寺 시가(滋賀) 현 오쓰(大津) 시, 세타(瀨田) 강 언저리에 있는 절. 관음신앙으로 유명하다. 달의 명소. 무라사키 시키부가 이곳에 칩거하면서 『겐지 이야기』를 쓰기 시작했다는 전설이 있다.

이야기 그림 이야기 중의 장면이나 인물 등을 그림으로 그린 것. 당시는 그림을 곁들여 이야기의 문장을 즐기는 일이 많았다.

이엽송二葉松 어린 소나무. 어린아이를 비유한다.

이조원의 동원二条院の東院 이조원의 동쪽에 있는 건물.

이조원二条の院 겐지의 사택.

인왕회仁王會 나라의 안정과 안녕을 위해 궁중에서 『인왕호국반야경』을 설법하는 행사.

인형人形 계나 기도를 할 때, 죄나 부정을 옮겨가게 하여 물에 떠내려 보내는 인형.

입궁入內 황후, 중궁, 여어 등이 될 사람이 정식 의식을 거쳐 후궁으로 들어가는 것.

잊혀지는 이 몸은 상관없으나 '잊혀지는 이 몸은 상관없으나 신에게 맹세한 그 사람이 목숨을 잃지 않을까 걱정스럽네'(『습유집』, 「사랑4」 · 우근).

자단紫檀 인도 원산의 콩과 수목의 이름. 붉은색을 띠며 딱딱하다. 닦으면 나무결이 곱다. 가재도구류에 사용한다.

자욱하게 안개 낀 제2권 「비쭈기나무」 첩에서 후지쓰보가 불렀던 노래. 자욱하게 안개 낀/구중궁궐/몇 겹으로/나를 떼어놓으려는가/구름 위의 저 먼 달을/그리워하고 있건만

장인藏人 장인소(藏人所)의 관리. 장인소는 원래 천황의 기밀문서나 도구류를 보관하는 납전을 관리하는 기관. 천황 직속이라 점차 직무가 확대되어 궁중 의식과 천황의 일상 업무를 다루는 중직이 되었다. 5위 장인 외에 6위 장인에게도 전상의 방에 오를 자격이 있었다.

장인의 변弁 장인으로 태정관의 변관을 겸하는 인물. 제3권 「솔바람」 첩에서만 등장한다.

「**장한가**」長恨歌 당(唐)의 시인 백거이의 장시. 당의 현종과 양귀비의 비련의 사랑 이야기.

재상宰相 참의. 태정관으로 대납언, 중납언 다음가는 지위.

적부루마 붉은색을 띤 갈색 말.

전 친왕의 주법 엔기 제(다이고醍醐 천황)에게 직접 전수를 받아 뉴도(入道)에게 전수한 친왕의 연주법. 또는 다이고 천황 자신의 주법이라는 설도 있다.

전상인殿上人 4위, 5위 중에서 청량전 전상의 방에 오를 수 있는 자, 또는 5위, 6위의 장인을 뜻한다.

전상인의 명부 궁중에 출사하는 전상인의 성명을 기록하고 당직일을 표시

한 명부. 청량전 전상의 방에 있다.

전시典侍 내시사의 차관. 종6위에서 종4위로 진급하는 상급 궁녀. 내시사는 후궁(後宮) 12사(十二司) 가운데 하나로 천황을 가까이 모시면서 전언, 궁녀들의 감독, 후궁(後宮)의 의식절차를 관장하는 기관.

절구絕句 한시의 형태의 하나. 기승전결의 4구로 이루어진다. 5언 또는 7언.

절회행사節會行事 계절이 바뀌거나 공무가 있을 때, 조정이 군신에게 술과 음식을 베푸는 행사. 설날(정월 일일), 백마(정월 칠일), 답가(정월 십육일), 단오(오월 오일), 씨름(칠월), 풍명(십일월) 등이 있다.

「정삼위 이야기」正三位物語 오늘날에는 전해지지 않는 옛이야기. 여주인공 병위(兵衛)의 큰딸이 천황의 총애를 받아 정3위가 된다는 내용으로 추측됨.

제帝 '미카도'라고 읽는다. 천황을 의미하는 미카도는 절대 권력자는 황제와는 개념이 다른 일본 고유의 존재이다.

제5황녀 사가(嵯峨) 천황의 다섯째 황녀 한시(繁子)라 상정되나, 쟁을 전수했다는 기록은 없다. 제4권 「나팔꽃」 첩에 등장하는 다섯째 황녀라는 설도 있다.

좌대신左大臣 아오이 부인의 아버지. 제2권 「비쭈기나무」 첩에서 퇴직했다.

중납언中納言 오보로즈키요의 시녀. 제2권 「비쭈기나무」 첩에서 겐지와 오보로즈키요의 밀회를 주선한 인물.

중무 친왕中務親王 중무성의 장관인 친왕. 아카시의 뉴도의 아내는 황족의 핏줄이다.

중무中務 겐지의 시녀이자 연인. 무라사키 부인의 시녀와 동일 인물일까. 겐지가 스마로 내려간 후로는 무라사키 부인의 시녀가 되었다.

중장中將 겐지의 시녀이자 연인. 겐지가 스마로 내려간 후에는 무라사키 부인의 시녀가 된다.

쥐색 상복의 색. 엷은 먹색이라고도 한다. 남편의 상에는 중복이고 복상기간은 1년이다. 짙은 쥐색을 입는다. 아내의 상에는 경복으로, 복상기간은 석 달이다.

지에다千枝 실재했던 고매한 화가(畵家).

천향淺香 향나무의 일종. 침향류. 목질이 딱딱하지 않아 물에 넣어도 가라앉지 않는다.

첩지疊紙 접어 가슴에 품고 다니며 코를 풀 때나 글을 쓸 때 꺼내어 쓰는 종이.

청각채 해초의 일종. 얕은 바닷속 바위틈에 돋아 숨어 있는 탓에 빛이 닿지 않는다.

친왕親王 천황의 아들, 또는 자손으로 친왕 선지를 받은 자.

칠석七夕 서로 사랑하는 견우와 직녀가 일을 게을리한 벌로 헤어지게 되었는데, 칠석날인 칠월 칠일 밤에만 은하수를 건너 만날 수 있었다는 전설이 있다.

칠현금七絃琴 현이 일곱 줄인 현악기. 기러기 발(柱)이 없고, 주법이 어렵다. 뛰어난 음악은 뛰어난 정치와 통한다는 유교적 이념에 근거하여 황족과 상류층 귀족들이 즐겨 연주했으나, 『겐지 이야기』 시대에는 거의 연주되지 않았다고 한다. 『우쓰호 이야기』에서는 신비로운 악기로 귀하게 여겨졌고, 『겐지 이야기』에서는 황족들이 주로 연주한다.

침향沈香 서향과의 상록 고목(高木)으로 열대산이다. 목질이 무거워 물에 가라앉는다. 향료나 가재도구류의 재료로 쓰인다. 흑색이며 품질이 좋은 것을 가라(伽羅)라고 한다.

탄기彈棊 중국에서 전래한 유희. 둘이 마주 앉아, 가운데가 높게 되어 있는 네모난 반상에 흑백 6개의 돌을 올려놓고 튀기며 노는 놀이.

태상천황准太上天皇**에 준하여** 상황에 준하는 지위. 이치조(一条) 천황의 어머니 후지와라노 센시(藤原詮子)가 출가한 후, 준 태상천황이 되어 동삼조원(東三条院)이라 불린 역사적 사실(991년)을 담고 있다.

태풍 가을, 210일, 220일경에 부는 세찬 바람.

토담 흙을 쌓아 만든 담. 비가 내리면 무너지기 쉽다.

평조平調 아악 6조의 하나. 양악의 '미'에 가까운 음을 주음으로 하는 선율. 낮은 음이라서 연주하기 쉽다.

포袍 귀인이 입는 겉옷. 관위, 직함에 따라 색과 무늬, 모양이 다르다.

하루 여섯 번 있는 근행 여섯 번이란 신조(晨朝), 일중, 일몰, 초야, 중야, 후야를 말한다.

하얀눈썹뜸부기 물가에 사는 새. 문을 두드리는 듯한 소리로 운다.

하코야藐姑射**의 부인** 현존하지 않는 청혼에 얽힌 옛이야기. 하코야의 부인의 양녀 데루미쓰(照滿) 히메에게 후토타마(太玉) 제가 청혼을 했다는 이야기일까.

한삼汗衫 땀받이를 위해 입는 속옷. 행사 때에는 동녀들이 겉옷으로 입기도 했다.

해질 녘의 종소리 해가 질 무렵에 절에서 치는 종소리. '산사에서 해질 무렵에 치는 종소리 들려올 때마다 오늘도 날이 저문다 생각하니 슬프기 그지없네'(『습유집』拾遺集, 「애상」哀傷 · 작자 미상).

햇고사리 막 새순이 돋은 고사리.

향호香壺 **상자** 향을 담기 위한 항아리를 넣는 상자.

헤이 전시平典侍, **시종**侍從**내시**內侍, **소장**少將**명부**命婦 제3권 「그림 겨루기」 첩에서 그림 겨루기 장면의 왼편에 자리한 우메쓰보 여어의 시녀들.

형형색색의 가는 술 신전에 바치는 것. 술이나 비단포 등.

호胡**나라** 고대 중국의 북방에 있었던 이민족, 흉노족의 나라.

홑옷衵 동녀가 한삼 밑에 입는 속옷. 성인 남녀가 착용하는 경우도 있다.

후견後見 뒤를 보살피는 것. 또는 그 사람. 주종, 부부, 친자, 정치적 보좌 등 다양한 관계에 이용되었다.

후세後世 죽은 후에 다시 태어나는 세상. 내세.

훈의향薰衣香 의복에 배게 하는 향. 갑향, 정자향, 백교향, 침향, 소합향, 감송, 사향, 백단, 훈육 등을 합하여 만든 향.

흑단 남방 아시아산 감나무과의 상록 고목(高木). 검은색이며 딱딱하고, 닦으면 광택이 나는 재질로 가재도구류에 많이 쓰인다.

히루코는 세 살이 되도록 서지 못하였는데 히루코는 일본 건국의 신 이자나기(伊弉諾)와 이자나미(伊弉冉)의 아이이다. 세 살이 되도록 서지 못하여 배에 태워 떠내려보냈다(『일본서기』, 「신대상」). 장

히타치 친왕常陸 親王 히타치 지방의 태수인 친왕. 가즈사(上總), 히타치, 고즈케(上野), 이 세 지방은 친왕의 임국이나 친왕은 부임하지 않았다.

히타치常陸**의 개**介 제1권 「하하키기」, 「매미 허물」 첩에서 이요의 개(介)로 등장하는 인물. 우쓰세미의 남편. 전 우근위 장감의 아버지. 히타치는

오늘날의 이바라기(茨城) 현. 친왕이 다스리는 지방이나 친왕은 현지에 부임하지 않기 때문에 실무는 개가 맡았다.

작성자: 다카기 가즈코(高木和子)

인용된 옛 노래

관문을 넘어 불어오는 스마의 바닷바람

나그네 소맷자락이 선선하구나
관문을 넘어 불어오는 스마의 바닷바람에
※『속고금집』(續古今集), 「기려」(羇旅), 아리와라노 유키히라(在原行平)

그대의 거울에는 내 모습 머물러 있으니리

설사 몸은 이 세상 끝까지
방랑 길을 더듬는다 해도
그대의 거울에는
내 모습 머물러 있으리니
어찌 헤어짐이 있으랴
※「스마」 첩, 겐지의 노래

그리 슬픈 눈으로 바라보지 마시구려

언젠가는 반드시
다시 돌아오는 달
지금 잠시 구름 끼는 것을
그리 슬픈 눈으로
바라보지 마시구려
※「스마」 첩, 스마로 내려가기 전에 겐지가 하나치루사토에게 보낸 노래

그립다면 찾아와주오

나의 허름한 집은 미와 산 기슭에 있으니
그립다면 찾아와주오
삼나무가 서 있는 문이 표시이니
※『고금집』, 「잡하」 · 작자 미상

「그 망아지」

그 망아지가 나에게 풀을 달라 한다
풀을 뜯어주자 물을 주고 풀을 뜯어주자

*『신락가』(神樂歌), 「그 망아지」

그저 서쪽으로 갈 뿐

달력풀 피고 계수나무 향을 풍기니
저 달이 반달이 되려 하네
또한 삼천세계로 이루어진 천상을 일주하네
천상은 심오한 거울을 두르고 구름은 걷히려 하네
그저 서쪽으로 갈 뿐 좌천은 아님이라

*『관가후집』의 칠언절구 '달을 대신해서 답함' 에 따른다.

나뭇가지에서 떨어지는 이슬방울이 빗방울보다 더 굵다

수행자여 주인에게 우산을 권하라
미야기노의 나뭇가지에서 떨어지는 이슬방울은
빗방울보다 더 굵으니

*『고금집』, 「아즈마 노래」(東歌)

너무 가까운 사이는 되지 말아야지

그 사람을 생각한다 하여
너무 가까운 사이는 되지 말아야지
그리 되면 한시라도 만나지 않고는
애타게 그리워하리니

*『습유초』(拾遺抄), 「사랑하」· 작자 미상

노에서 떨어지는 물

이내 몸 위에
이슬이 맺히는 듯하구나
이는 은하수 나루터를
오가는 배의 노에서 떨어지는 물이런가

*『고금집』, 「잡상」· 작자 미상, 『이세 이야기』 59단

* 노에서 떨어지는 물은 눈물을 뜻한다.

눈물 흘리며 적적하게 사노라 답해다오, 서러움에 눈물을 흘리며

혹여 내 안부를 묻는 이가 있다면

스마 해변에서 눈물 흘리며
적적하게 사노라 답해다오
*『고금집』, 「잡하」 · 아리와라노 나리히라

달빛 속 무성하게 자란 계수나무의 고을이니

내 사는 곳은 달빛 속
무성하게 자란 계수나무의 고을이니
중궁마마의 위광에 의지하는 수밖에 없구나
*『고금집』, 「잡하」 · 이세

대체 누가 문을 잠가 들이지 않는가

아직 초저녁인데 하얀눈썹뜸부기 찾아와 문 두드리네
대체 누가 문을 잠가 들이지 않는가
*『겐지석』

도끼 자루 썩어 바꿔야 할 때

도끼 자루 썩으면 다시 바꾸리라
괴로운 세상에는 돌아가고 싶지 않으니
*『고금화가육첩』 제2

도연명의 시에도 있듯이, 이렇게 황폐하고 쓸쓸한 집에도 잡풀을 헤치고 들어간 사람의 흔적 있는 세 갈래 길은 있게 마련인데

마침내 내 집 대문과 처마가 보이자 기뻐하며 급히 뛰어가네
사내 아이 종들이 반갑게 나를 맞이하고
어린아이들은 대문에서 나를 기다리네
뜰 안 세 갈래 길은 황폐하나 소나무와 국화는 여전히 살아 있네
*『문선』 도연명의 「귀거래사」의 한 구절
* 도연명(365~427) 동진의 시인. 속세를 초월한 은자로 헤이안 초기에 한시인들의 관심을 모았다.

밤에도 빛난다는 구슬

밤에 빛났다는 구슬이라 할지언정
어찌 술을 마시며 시름 잊기에
미칠 수 있으랴
*『만엽집』 권3 · 오토모노 다비토

백거이도 같은 장사아치들이라도 비파를 연주할 줄 아는 이들을 좋아하였다 하옵니다

원화 10년 나는 구강군 사마로 좌천되었다. 이듬해 가을 날 밤, 손님을 분포구에 배웅하는 데 배 속에서 비파를 타는 소리가 들려왔다. 그 소리 유심히 들으니 아주 맑고 도읍의 풍취가 있었다. 그 사람에게 물으니 원래 장안의 창기였으며 한때 목 선생과 조 선생 두 스승으로부터 비파를 배웠으나 나이 들고 용모가 쇠하여 상인의 아내의 몸이 되었다 하였다.

✽『백씨문집』 권12「비파의 시 및 서」

＊유배에 처해진 신세인 백거이가, 한때 도읍의 명기이며 지금은 상인의 아내가 된 여자가 타는 비파 소리에 감동했다는 고사에 따른다.

부럽구나 돌아가는 파도여

떠나온 도읍이 더더욱 그리우니
부럽구나 돌아가는 파도여

✽『이세 이야기』 7단, 『후찬집』, 「기려」· 아리와라노 나리히라

사랑의 고뇌에 빠져 있는 나를 꾸짖지 말아다오

제발 아무도 나를 나무라지 말아다오
큰 배가 물결에 흔들거리는 것처럼
사랑의 고민에 빠져 있는 때이니

✽『고금집』, 「사랑1」· 작자 미상

살아 있는 나날 위하여 만나고자 함이라

사랑의 그리움에 목숨을 태워버린다면
무슨 소용이 있으리
살아있는 나날 위하여 만나고자 함이라

✽『습유집』, 「사랑1」· 오토모노 모모요(大伴百世)

삼천 리 밖

십일월 중 가장 긴 밤
삼천 리 밖 멀리 가는 사람
어떠한가 홀로 묵는 양매관
차가운 베개 홑이불 병든 몸

✽『백씨문집』 권13, 칠언절구 '동지에 양매관에 묵음' 에 따른다.

새벽녘의 이별이 이리도 괴로울 줄이야 8

다른 사람들에게 꼭 물어보리
새벽녘의 허전한 이 이별이
도대체 무엇을 닮았는지

❀『후찬집』, 「사랑3」 · 쓰라유키(貫之)

서린 내린 후의 꿈

왕소군은 푸른 눈썹 붉은 얼굴에 비단자수 옷으로 치장하고
하는 수 없이 오랑캐의 사막성을 향해 고향을 떠났네
변방에 부는 가을바람은 슬픈 마음을 찢는 듯하고
농산 부근의 강물 소리를 들으며 밤에 강을 건너니
눈물이 하염없이 흐르네
호나라 사람이 부는 뿔피리 소리가
서리 내린 밤하늘에 울려 꿈을 깨우고
그리운 한나라 궁전은 만 리 저편으로 멀어져
달빛 아래 고향을 그리니 단장의 슬픔이 복받쳐오네
왕소군이 화공에게 황금의 뇌물을 주었더라면
아름다운 용모를 그려주고 오랑캐 나라로 떠나는 일도 없이
평생 황제를 모시고 총애를 받으며 살았을 터인데

❀『화한낭영집』 권하 · 「잡왕소군」이라고 제목이 붙여진 오에노 아사쓰나(大江朝綱)의 시의 한 구절

소나무도 옛 친구가 될 수 없으니

이제 누구를 벗 삼을까
나이 든 다카사고의 소나무도
옛 친구가 될 수 없으니

❀『고금집』, 「잡상」 · 후지와라노 오키가제(藤原興風)

오늘 밤의 이 아까운 달빛과 벚꽃을 이왕이며 멋을 아는 이에게 보여주고 싶구나

❀『후찬집』, 「봄하」 · 미나모토노 사네아키라(源信明)

「아스카이」

오늘 밤은 아스카이에 묵고 싶구나
나무그늘 시원하여 좋고
물도 차가워 좋고

말의 여물 또한 좋으니
※사이바라의 율「아스카이」

아와지에서 멀리 보았던 희미한 달

아와지에서 멀리 보았던 희미한 달
오늘 밤 가깝게 느껴지는 것은 장소 때문일까
※『신고금집』, 「잡상」· 오시코치노 미쓰네(凡河内躬恒)

앞길을 알 수 없어 흐르는 슬픈 눈물

앞길을 알 수 없어 흐르는 슬픈 눈물
그저 눈앞에 떨어지네
※『후찬집』, 「이별」· 미나모토노 와타루(源濟)

역참의 관리에게 시를 하사하였다는 고사

역장이여 놀라지 말라 시간의 변개를
일영일락 이는 즉 춘추와 같다
※오카가미(大鏡) 도키히라 전(時平傳)
* 스가와라노 미치자네 공이 아카시 역에 묵었을 때, 감격하여 어쩔 줄 모르는 역참의 관리를 보고 시를 읊었다는 고사.

옛 노래에도 있듯이, 만의 수면에 어린 달그림자를 사랑하는 사람과 함께 보고 싶은

마음이 맞는 사람들끼리 보러 가세
다마쓰시마 만 밑으로 아래로
저물어가는 달빛을
※『겐지석』

이세의 맑고 아름다운 바다에서 조개를 줍자

이세의 맑고 아름다운 바닷가에서
조개를 줍자, 구슬을 줍자
※사이바라의 율「이세 바다」

이제 와서는 또한 마찬가지로구나 나니와의 수로 말뚝

이만큼 괴로워했으니 이제 와서는 또한 마찬가지로구나
나니와의 수로말뚝은 아니나 이 몸이 망하더라도
그 사람을 만나리라
※『이세 이야기』 7단, 『후찬집』「기려」(羈旅) · 아리와라노 나리히라
* 도읍에 살던 옛 남자가 아즈마 지방으로 내려가는 길에, 이세와 오하리(尾張) 사이

의 바다를 보고 읊었다는 노래. 실재했던 나리히라는 아즈마 지방에 내려간 일이 없다고 한다.

이천 리 밖 멀리 있는 친구

은으로 된 누각 금으로 된 전각에 밤은 조용히 깊어가고
혼자 한림원에 숙직하며 그대를 생각하네
보름날 밤 갓 떠오른 달을 보며
이천 리 밖에 멀리 있는 친구를 생각하네
서궁 동쪽은 안개 낀 수면의 파도가 차갑고
욕전 서쪽에서는 깊은 종소리가 들리네
이 맑은 달빛을 함께 볼 수 없는 것이 안타깝네
강릉은 비가 잦고 가을에 흐린 날이 많을 것이니

✽『백씨문집』 권14, 칠언율시 '8월 보름날 밤 궁중에 혼자 숙직하며 달을 보고 원구를 생각함' 에 따른다.

* 백거이가 멀리 있는 친구 원진을 그리며 지은 시.

이 해변에 살면서
돌아오는 가을을 몇 번이고 맞이했는데
새삼스레 부목처럼
덧없는 배에 몸을 실어
어찌 도읍으로 돌아가려는가

✽「솔바람」 첩 · 아카시 부인의 노래

어슴푸레하게 밝아오는
아카시 해변의 아침 안개 속
섬 너머 떠나는 배를 보며
슬픔에 잠기네

✽『고금집』, 「기려」 · 작자 미상

잊혀지는 이 몸은 상관없으나

잊혀지는 이 몸은 상관없으나
신에게 맹세한 그 사람
목숨을 잃는 것이 안타깝구나

✽『습유집』, 「사랑4」 · 우근

자식 생각하는 아비 마음

자식 둔 부모 마음은
어둠 속을 걷는 것도 아닌데
자식 생각에 어쩔 줄 모르고
길을 헤매이누나

❈『후찬집』 권15 ·「잡1」· 후지와라노 가네스케『겐지 이야기』에 빈번하게 인용되는 노래. 작자는 다이고 천황을 가까이 모신 인물로, 무라사키 시키부는 그 증손이다.

자욱하게 안개 낀

자욱하게 안개 낀
구중궁궐
몇 겹으로
나를 떼어놓으려는가
구름 위의 저 먼 달을
그리워하고 있건만

❈「하하키기」 첩, 후지쓰보의 노래

저 멀리 앞바다로 노 저어 가는 배처럼

구마노 해변에서
저 멀리 앞바다로
노 저어 가는 배처럼
나를 멀리하여 마음 주지 않으니

❈『고금화가육첩』 권3 · 이세

지금 생각하니 한스러워 이 가모의 울타리마저

경하로운 계의 날
아름다운 행렬에 접시꽃 꽂으며
행진하였던 그 옛날 화려한 꿈이여
지금 생각하니 한스러워
이 가모의 울타리마저

*「스마」 첩에서 전 우근위 장감이 읊었던 노래.「접시꽃 축제」 첩에서 재원의 계의 날에 겐지를 임시로 수행했기 때문에 그 후로 영달을 꾀하지 못하고 겐지를 따라 스마에 동행, 이 노래를 읊는다.

지록위마라 하며

팔월 기해 조고는 난을 일으키려 하였다. 그러나 군신이 자기 뜻에 따르지 않을 것을 우려하여 먼저 어떤 일을 꾸미니 사슴을 이세 황제에게 헌상하며 말하기를 '말입니다'라 하였다. 그러자 이세 황제는 웃으며 말하기를 '승상이 잘못 알고 사슴을 말이라고 하는 것인가'라 하였다. 황제가 좌우의 신하에게 물으니 어떤 이는 침묵하고 어떤 이는 말이라 하여 조고에게 아첨하며 따랐다. 어떤 이는 사슴이라 말하였으니, 조고는 사슴이라 말한 이들을 여러 죄목을 붙여 은밀히 처단하였다. 그 후로 군신은 모두 조고를 두려워하였다.

*『사기』 권6, 「진시황본기」에 보이는 조고(趙高)의 지록위마(指鹿爲馬) 고사.

취기 어려 슬픈 눈물 흘리는 봄의 술잔

헤어진 지 오 년 만에 다시 만나 함께 머무니 사흘이 지나도록 배에 오르지 못하네
마주 앉아 저녁부터 한숨 쉬며 한탄하고 날이 밝도록 두런두런 밤을 지새우네
빠진 이와 백발을 아쉬워하니 벌써 오십이 되려고 하네
관하를 멀리 뒤로 하고 삼천 길을 지났네
둘이 모두 고향 버리고 평생을 창강 변에 몸을 의지하고 백일 변에 머무네
지나간 옛일은 희미해지고 모든 것은 꿈만 같네
옛 벗들은 영락하여 이미 반은 황천으로 떠나고 말았네
취기어려 슬픈 눈물 흘리는 봄의 술잔
시 짓기 힘겨워 턱 바치는 새벽 촛불 앞

*『백씨문집』 권17, 장율시.

하루인들 이 거울 어찌 보지 않고 살리오

설사 그대와 헤어진단들
사랑하는 그대 모습
거울에 머문다면
하루인들 이 거울
어찌 보지 않고 살리요

*「스마」 첩, 무라사키 부인의 노래

하사하신 어의가 지금 여기 있느니

작년의 오늘 밤 청량전에서
전하를 가까이 모시었네
그때 지은 가을을 생각하는 시편을
혼자 단장의 슬픔에 젖어 생각하네
하사하신 어의가 지금 여기 있느니
높이 받들어 매일 그 여향을 맡네

✽『관가후집』(菅家後集)의 칠언절구 「구월 십일」.

* 유배지에 있었던 스가와라노 미치자네(菅原道眞)가 전해 구월 십일 궁중의 연석에서 '가을을 생각하며' 라는 제목으로 다이고(醍醐) 천황에게 헌상한 한시를 회상하며 읊은 것.

호나라 말은 북풍에 기대고

가고 가고 또 가고 가니 그대와 생이별하여
서로가 만 리 넘게 떨어져 하늘 한 모서리에 있네
길은 험하고 또 머니 만날 날을 어찌 알 수 있으리
호나라 말은 북풍에 기대고 월나라 새는 남쪽 가지에 둥지를 트네
헤어진 날이 오래될수록 허리띠는 나날이 느슨해지네
뜬구름이 빛나는 태양을 가리고 그대는 돌아올 것 같지 않네
그대를 그리워하니 몸은 늙어가고 세월은 어느덧 저물어가네
버림받았음을 다시는 말하지 않으리 부디 잘 먹고 잘 지내시기를

✽『문선』 권29에 있는 고시

흰 구름 겹겹이 쌓인 산

흰 구름 겹겹이 쌓인 산의 봉우리조차
살려면 살 수 있는 이 세상이었구나

✽『겐지석』

지은이 **무라사키 시키부**(紫式部, 978년경~1014년경)는 헤이안(平安) 시대 중기에 활약한 여류작가로, 일본의 가장 위대한 문학작품이자 세계에서 가장 오래된 완전한 장편소설로 일컫는 『겐지 이야기』(源氏物語)의 저자다. 진짜 이름은 알려져 있지 않으며, '무라사키' 라는 별명은 『겐지 이야기』의 여주인공 이름에서 딴 것으로 전해진다. 무라사키 시키부의 생애를 알려주는 주요 자료로는 1008~10년까지 쓴 일기가 있으며, 이것은 그녀가 모셨던 중궁 쇼시(彰子)의 궁정생활을 엿보게 해준다는 점에서도 상당히 흥미롭다. 일부에서는 『겐지 이야기』의 집필시기를 무라사키 시키부의 남편인 후지와라노 노부타카(藤原宣孝)가 죽은 1001년부터 그녀가 궁정에서 시녀로 일하기 시작한 1005년까지로 보고 있다. 그러나 이 길고 복잡한 작품을 쓰는 데는 훨씬 더 오랜 세월이 걸려 1010년 무렵에도 끝나지 않았을 가능성이 더 많다. 한편 히카루 겐지가 죽은 뒤의 이야기는 다른 작가가 썼다고 보는 견해도 있지만, 이 책을 현대어로 옮긴 세토우치 자쿠초는 무라사키 시키부가 오랜 세월을 두고 이 소설을 완성했을 것이란 설을 내세우고 있다.

현대일본어로 옮긴이 **세토우치 자쿠초**(瀬戸内寂聴, 1922~)는 일본 도쿠시마 현에서 태어나 도쿄 여자대학교를 졸업한 뒤 결혼한 남편과 중국으로 건너갔으나, 종전을 맞이해 일본으로 돌아온 뒤 작가의 길로 들어섰다. 1972년 불교에 귀의하고 종교활동과 집필활동을 병행하고 있다. 세토우치 자쿠초는 『겐지 이야기』에 대해 남다른 조예와 애정을 가진 작가로, 많은 글과 여러 활동을 통해 『겐지 이야기』의 매력을 널리 알리는 데 힘쓰고 있으며, 특히 『겐지 이야기』의 현대어역은 겐지 붐을 일으키는 계기가 되기도 했다. 2006년 문화 · 저술 부문에 이바지한 공로를 인정받아 문화훈장을 받았다. 저서로는 『석가모니』 『다무라 준코』 『여름의 끝』 『꽃에게 물어봐』 『백도』 『사랑과 구원의 관음경』 등이 있으며, 무라사키 시키부의 『겐지 이야기』를 현대어로 옮겼다.

옮긴이 **김난주**(金蘭周)는 1958년 부산에서 태어나 경희대학교 국문과를 졸업하고 같은 학교 대학원에서 수학했다. 일본 쇼와 여자대학교에서 일본 근대문학을 전공하여 석사학위를 받은 후, 오쓰마 여자대학교와 도쿄 대학교에서 일본 근대문학을 연구했다. 옮긴 책으로는 한길사에서 펴낸 세토우치 자쿠초의 『겐지 이야기』, 시오노 나나미의 『어부 마르코의 꿈』『콘스탄티노플의 뱃사공』을 비롯해, 요시모토 바나나의 『키친』, 에쿠니 가오리의 『냉정과 열정 사이』『언젠가 기억에서 사라진다 해도』, 오가와 요코의 『박사가 사랑한 수식』, 마루야마 겐지의 『천년 동안에』, 시마다 마사히코의 『천국이 내려오다』, 나라 요시토모의 『작은별 통신』 등이 있다.

감수자 **김유천**(金裕千)은 한국외국어대학교 일본어과를 졸업하고, 일본 도쿄 대학교 인문과학연구과에서 석사학위, 인문사회계연구과 일본문화연구전공으로 박사학위를 받았다. 현재는 상명대학교 일본어문학과 조교수로 있다. 저서로는 『일본의 연애가』(공저) 등이 있으며, 주요 논문으로는 「일본문학과 일본인의 성의식 연구—『源氏物語』를 중심으로」「『源氏物語』의 논리와 주제성」「『源氏物語』의 불교」 등이 있다.